Persécute-moi

Willow Heights Academy: L'Élite Tome Un

Selena

ISBN-13: 978-1-955913-94-2

Couverture © Ally Hastings

Je m'appelle Crystal Dolce, et je suis tout sauf adorable...

Mon père prétend que ce sera facile.

Nous allons déménager dans une petite ville du sud, et mes frères m'ont assuré qu'on allait en devenir les souverains.

Après tout, ma famille est riche et habituée à obtenir ce qu'elle veut. Comment les choses pourraient être difficiles ?

Pourtant, lorsque nous arrivons à Faulkner, quelqu'un dirige déjà la ville.

La famille Darling.

Ils sont tout aussi riches que nous, et ne sont pas heureux de voir une famille bourgeoise débarquer chez eux. Les trois cousins Darling, tous plus cruels et plus beaux les uns que les autres, gouvernent les couloirs de Willow Heights comme mes frères le faisaient dans notre lycée à Manhattan.

Aucun d'entre eux n'est pire que Devlin Darling, qui a pris pour mission personnelle de s'en prendre à ses nouveaux rivaux.

Les Darling voient mes frères comme une menace. Ils veulent qu'ils s'en aillent.

Il ne leur faudra pas longtemps pour trouver leur seule faiblesse.

Moi.

« Quand on lutte contre des monstres, il faut prendre garde de ne pas devenir monstre soi-même. Si tu plonges longuement ton regard dans l'abîme, l'abîme finit par ancrer son regard en toi ».

Friedriech Nietzsche

Un

* * *

MON NOM EST CRYSTAL DOLCE, et je suis tout sauf douce. Mon nom de famille pourrait vous induire en erreur, mais quiconque me connaît sait la vérité. Les murs de mon lycée savent ce que j'ai fait, or tout le monde a peur de me confronter. Mes parents ont connaissance de ce que j'ai fait, mais il me trouve des excuses parce que, avouons-le, leur réputation n'est pas sans tâche. Par ici, mes actions sont normales. Ce n'est qu'une bagatelle.

Mais pas pour moi.

Quelqu'un frappe à ma porte, et je ferme mon ordinateur portable avant de saisir mon sac Gucci, prête pour me rendre au bahut. Royal passe la tête dans l'entrebâillement.

— Papa souhaite nous parler, annonce-t-il, en me jetant un coup d'œil et en me faisant un signe témoignant qu'il valide mon apparence parfaitement soignée.

— Nous ? lui demandé-je. Maintenant ? À propos de quoi ?

Mon frère hausse les épaules.

— Je ne sais pas. Allons le découvrir.

— Nous allons être en retard.

— Papa ne se souvient probablement même pas que nous allons à l'école, me fait remarquer Royal alors que nous avançons dans le couloir de notre maison décorée dans un style Browstone chic.

— Tu as probablement raison.

J'admets cela alors que mon estomac se noue d'appréhension lorsque je pénètre dans la cuisine.

— Où sont les jumeaux ? s'enquiert notre père en levant ses yeux de son écran de téléphone portable.

Mon frère aîné, King, est déjà installé à table, une tasse de café dans une main et un bagel dans l'autre.

— Je suis là ! s'écrie Duke.

Baron et lui entrent dans la pièce en grognant, et en se bousculant pour passer la porte le premier.

— Asseyez-vous, ordonne notre père. J'ai des nouvelles à vous annoncer, et autant le faire lorsque vous êtes tous ensemble.

— Où est maman ? l'interrogé-je, quand bien même je sais qu'elle ne se lève jamais aussi tôt.

Ses journées de semaine ressemblent à ses week-ends, puisque notre mère préfère prendre son petit-déjeuner au lit juste avant midi, en enchaînant ensuite avec quelques cocktails et des cachets pour panser tous les supposés maux dont elle souffre.

— Ta mère dort.

— Qu'est-ce qu'il y a ? questionne King en se levant pour déposer de nouveaux bagels dans le grille-pain. Nous devons aller en cours.

Notre père pose ses mains à plat sur la table et nous observe tour à tour avant de faire son annonce.

— Nous allons déménager.

Tout l'air semble déserter la pièce. Pendant une minute, personne ne bouge. Royal est toujours à mi-chemin du frigo, dans le but d'aller chercher du fromage et de la crème. La bouche de Baron s'ouvre. Duke cligne des yeux. King se détourne du comptoir pour observer notre père. Je reste assise là, bien trop stupéfaite pour parler. Enfin, nous nous réanimons d'un même ensemble.

— Que veux-tu dire par déménager ? demande King en jetant ses bagels dans une assiette. Comme, dans la banlieue ?

— Nous ne pouvons pas quitter la ville, enchérit Baron. Tout se passe à Manhattan.

Et c'est un euphémisme. Notre vie se trouve à Manhattan. Et malgré les événements du printemps dernier, je n'ai jamais songé à quitter notre école, et encore moins New York.

— Pas dans la banlieue, réplique notre père. En Arkansas.

— En… Quoi ? demandé-je.

— Tu parles de l'État ? s'enquiert Duke.

— Non, abruti, le pays, intervient Barron en tartinant son petit-déjeuner.

— L'Arkansas, répète King sans détour.

Sa voix me donne l'impression qu'il ressent la même chose que moi. Je ne parviens pas à imaginer un endroit qui ressemble moins à New York que l'Arkansas. Je serais incapable de trouver cet état sur une carte même si ma vie en dépendait.

— J'ai vécu là-bas pendant un certain temps lorsque

j'étais enfant, reprend notre père. Et maintenant, j'ai une opportunité professionnelle là-bas.

— Quel genre d'opportunité peut-il y avoir en Arkansas ? réplique King avec amertume.

— Le genre qui est bien trop importante pour être refusée.

— Est-ce que tu as des ennuis, papa ?

Je pose cette question, ma voix étant à peine plus audible qu'un murmure.

— Dois-tu de l'argent... tu sais. Aux familles ?

— Ne sois pas aussi dramatique, Crystal, me sermonne-t-il. Je pense que nous pourrions tous tirer profit de ce changement.

Les gens n'ont de cesse de murmurer à propos de la mafia, et je sais que le nom de mon père y est souvent associé, uniquement parce que c'est un homme d'affaires Italo-américain prospère qui a bâti sa carrière à partir de rien dans le Bronx. Pas l'Arkansas. Je n'ai jamais entendu parler d'une enfance vécue dans le sud. Notre père a l'accent du Bronx, pour l'amour de Dieu.

— Où en Arkansas ? fait King.

Je parviens à voir les rouages de son esprit s'agiter alors qu'il soupèse les possibilités, les avantages et les inconvénients, et la manière dont il pourrait faciliter ce changement pour nous tous. Tous mes frères sont protecteurs, mais il est le cœur même de notre famille.

— Faulkner, répond papa. C'est une petite ville. Voyez ça comme... une opportunité.

— Une occasion de vivre dans une petite ville merdique dans le sud ? réplique Royal avec un air renfrogné.

— L'occasion d'être un gros poisson dans un petit étang.

— Nous sommes déjà de gros poissons ici, souligne Duke.

— Dans un étang énorme, ajoute Baron.

— Pourquoi est-ce que tu nous fais ça ? ajouté-je. Est-ce à cause de ce qui s'est passé entre Veronica et moi ?

Mon père serre les dents, et ferme son ordinateur.

— Compte tenu des problèmes que vous avez tous eus dernièrement, je pensais que vous seriez heureux de prendre un nouveau départ. Vous pourriez peut-être en profiter pour réfléchir au genre de départ que vous voulez prendre.

Il se lève, récupère ses affaires et quitte la pièce, en nous laissant là avec nos bagels non consommés, sans que nous osions nous regarder. Je me demande si un léger frisson traverse également mes frères.

Deux

Un nouveau départ. Combien de gens en rêve alors que nous sommes si peu à pouvoir en bénéficier. Une chance de recommencer, de laisser le passé derrière soi. Mais aussi... son présent. Ce matin, mon père m'a informé que nous quittions la seule maison que je n'ai jamais connue. Mon lycée. Mes amis. Ma vie. Mes erreurs.

Tout va disparaître.

Je passe le reste de la journée dans un état d'hébétude.

À midi, je décide de laisser tomber et de rentrer chez moi, afin de ramper dans mon lit pour écrire un article sur mon blog avant que ma mère ne se mette à me poser des questions. Non pas qu'elle remarquera ma présence à la maison. Ça fait seulement un mois que l'année a commencé, et j'ai déjà manqué beaucoup trop de journées. Cependant, jusqu'à présent, mes parents ne m'ont rien dit à ce sujet. Je suis presque certaine que mes frères interceptent le courrier, et puis mes parents ne sont pas vraiment intéressés par mes études. Toutefois, je sais que maman sera furieuse si ma mauvaise attitude l'implique, et si on lui fait savoir qu'elle n'est pas au courant de ce que sa fille mijote. Les autres mères pourraient parler d'elle derrière son dos, et nous ne pouvons pas nous le permettre. Après tout, nous sommes les Dolce.

J'entends mes frères qui rentrent à la maison, mais lorsque Royal passe sa tête dans l'encadrement de la porte de ma chambre, je fais semblant de dormir. Je suis incapable de faire face à quoi que ce soit pour l'instant. Les paroles de mon père se répètent inlassablement dans mon esprit.

Un nouveau départ.

Nous pouvons choisir qui nous voulons être. Quels genres de personne serions-nous dans une petite ville du sud ? Est-ce que c'est une punition ? Ou bien une pénitence ? Puis-je payer pour mes péchés loin de la scène du crime ?

J'entends mon père qui rentre à son tour, et je sais l'instant précis où il en avise ma mère parce que son cri perçant résonne à travers toute la maison. Ma mère est de New York. Sans Tiffany, Barney, et Bloomingdale, sans ses clubs de mamans de Manhattan, ses galas, ses cocktails sur des yachts avec des mondains prêts à poignarder tout le monde dans le dos à la première occasion, ma mère ne saurait pas quoi faire d'elle-même.

J'enfonce mes écouteurs dans mes oreilles et je m'assieds sur mon lit en posant mon ordinateur portable sur mes genoux et en plongeant dans le trou sans fond que représente l'achat de chaussures en ligne. Le bruit de quelque chose se brisant sur le mur en bas me tire de ma torpeur et je retire l'un de mes écouteurs. Le cri de rage de ma mère me brise les tympans malgré la distance.

J'aurais pu faire comme mes frères et m'échapper avant que la bataille ne commence. Ils ont proposé de m'embarquer avec eux, cependant faire la fête avec mes frères et tout le contraire de ce que je considère comme une partie de plaisir. Ils n'ont de cesse de planer autour de moi lors de soirées, à observer mes verres et à intimider n'importe quel jeune homme qui viendrait me parler. Et ce n'est pas comme si je pouvais me faufiler à une de ces soirées sans eux. Quelqu'un les appellerait dès l'instant où je me pointerais. Ils dirigent notre lycée, ce qui veut dire que personne ne souhaite les énerver en m'aidant à faire quelque chose qu'ils ne pensent pas être digne de ce qu'une fille Dolce ferait.

La seule raison pour laquelle mes frères me l'ont proposé c'est parce qu'ils pensent que s'ils m'emmènent avec eux, j'oublierai ce qui arrive à notre famille. Le problème, c'est qu'ils ne m'autoriseront pas à faire quoi que ce soit pour oublier. Jamais on ne me laisserait boire, flirter, ou me battre. Je suis une fille Dolce. Je dois me comporter correctement.

— J'en ai assez d'être la femme d'un putain de mafieux, hurle ma mère en bas.

Je réajuste mes écouteurs et augmente le volume jusqu'à ce que la voix de Sia soit la seule chose que j'entends. Enfin, la maison retombe dans le calme, et je me traîne hors du lit pour aller prendre un bain chaud. Je n'arrête pas de penser au silence, et au fait que bientôt mes parents feront un tout autre genre de bruit. Même si c'est dégueulasse, je sais que mes géniteurs vont très certainement baiser. Après chaque dispute, ils se réconcilient généralement de façon aussi spectaculaire que la manière dont ils se sont écharpés juste avant. C'est probablement la raison pour laquelle ils ont fini avec cinq enfants. Cependant, ce soir, la demeure reste étrangement silencieuse. Tout est en train de changer.

— Crystal, ma chérie, tu es là ?

Ma mère apparaît dans ma chambre, son regard est si brillant que je comprends qu'elle a dû prendre des pilules avec son cocktail du soir.

— Dans la baignoire, lui indiqué-je.

Et parce que ma famille n'en a que faire de l'intimité, elle entre dans ma salle de bains.

— Te voilà. Je te cherchais partout.

Elle s'installe sur mon tabouret, et ajuste sa robe de chambre en satin rouge avec sa main libre tout en tenant un verre de martini de l'autre.

— Je suis restée dans ma chambre tout le temps.

Je fais en sorte qu'un tas de bulles recouvre mon corps, puisque je sais que ma mère adore le critiquer sans que je lui demande son avis. Elle ne semble pas réaliser que son élégance de star de cinéma ne se transmet pas nécessairement par les gènes. J'ai de la chance d'avoir hérité un peu de sa beauté, de ses cheveux châtains aux boucles épaisses et de ses yeux foncés, suffisamment pour pouvoir entrer dans le cercle des personnes populaires du lycée. Cependant, je perçois ma propre beauté comme quelque chose de superficiel, comme si elle pouvait m'être dérobée à tout instant.

J'essaie trop fort, je m'en soucie bien trop.

Maman porte la sienne en elle. Sans le moindre effort. On pourrait la considérer comme quelqu'un de glamour appartenant au Old Hollywood. Je suis… non.

— Ton père m'a dit qu'il vous a déjà annoncé la nouvelle.

— Oui, dis-je en m'enfonçant dans la baignoire. Nous allons déménager.

— Oui. Je suppose que oui, concède-t-elle, en sirotant son martini.

Mon cœur se serre douloureusement.

— Tu ne viens pas avec nous.

— N'aie pas l'air si choquée, ma chère. Tu sais que je ne peux pas simplement abandonner ma vie et déménager en Alabama. Je suis une fille de Manhattan.

— Arkansas.

Elle agite une main dédaigneuse dans ma direction.

— Peu importe.

— Alors… quoi ? Papa et toi allez divorcer ?

— Nous n'en sommes pas là, répond-elle. Je devrais me préparer à sortir. Il y a une collecte de fonds au MET ce soir.

— Tu abandonnes papa au milieu d'une dispute pour aller traîner avec des gens que tu connais à peine et que tu n'aimes même pas ?

C'est le comportement typique de ma mère, mais quand même.

— Ne fais pas comme si c'était dramatique. Ce n'est vraiment pas le cas. C'est très simple. Il déménage d'un bout à l'autre du pays.

— Donc vous allez divorcer.

— Comme tu peux le voir, je ne suis pas la méchante ici, Crystal. Je continue ma vie comme je l'ai toujours fait. C'est lui qui apporte des changements, qui m'impose de grandes décisions.

C'est exactement ce à quoi je pensais toute la journée. Au fait de pouvoir rester, d'une manière ou d'une autre. Et si c'était le cas, est-ce que je le ferai ? Ou est-ce que mon père a raison ? Peut-être qu'une chance de recommencer n'est pas la pire chose au monde.

Peut-être qu'ainsi nous pourrions continuer nos vies comme nous l'avons toujours fait.

— Est-ce que nous devons choisir ? Entre papa et toi ?

Ma mère soupire et pose son verre vide sur ma coiffeuse.

— Ton père et moi nous disputons depuis des années. Ce n'était qu'une question de temps. Je n'aurais jamais cru que nous serions encore ensemble lorsque vous, les enfants, avez commencé le collège.

— Je pensais que cela te convenait. Que tu aimais ta vie ainsi.

Maintenant que je le dis à voix haute, je comprends à quel point je me suis trompée. Ce n'est pas parce que c'est tout ce que j'ai connu, leurs disputes et leurs réconciliations, que toutes les histoires d'amour sont censées être comme ça.

— Je pense que j'ai envie de passer un peu de temps toute seule, déclare ma mère, en se redressant avec une grâce qu'elle conserve à toute épreuve, même après d'innombrables martinis. Je ne sais même pas qui je suis sans vous tous. De quoi ai-je envie ? Sans votre père, sans vous, que ferai-je de moi-même ? Qui suis-je ?

— Est-ce vraiment le meilleur moment pour une crise existentielle ?

Je pose cette question en croisant les bras devant ma poitrine.

— Combien de fois es-tu allée manger de la crème glacée ce mois-ci ? me demande ma mère, en observant le renflement de mes seins.

— Maman !

Elle lève les yeux au ciel.

— Je ferais mieux d'y aller, sinon je vais être en retard au dîner.

Lorsqu'elle s'en va, je glisse sous la surface de l'eau et m'allonge sur le fond de la baignoire, en retenant mon souffle. J'ai entendu dire que la noyade était indolore, c'est ce que j'ai dit à Veronica lorsque nous flottions sur une piscine cet été. Est-ce que c'est vrai ?

— *Pourquoi penses-tu à toutes ces choses ? s'était-elle exclamée. C'est si morbide, Crystal. Tu devrais vraiment arrêter.*

J'ai eu envie de lui rappeler la fois où je lui avais déclaré qu'on devait arrêter, et où elle n'avait pas écouté. Cependant j'ai préféré garder le silence parce que je pensais qu'en parlant, elle pourrait ne plus vouloir être ma meilleure amie.

Et qu'aurais-je fait alors ? Je sais de source sûre que les relations évoluent rapidement.

J'entends mon téléphone sonner à l'extérieur de la baignoire, pourtant je reste plus longtemps sous la surface, dans le but de découvrir pendant combien de temps je peux retenir ma respiration.

Je me demande à quelle vitesse cela pourrait arriver. Pourrais-je ouvrir ma bouche et prendre une grande gorgée d'air avant que ce ne soit la fin ? J'imagine l'eau se précipiter dans mes poumons, les remplissant comme des ballons…

Je me rassieds, inspirant une bonne bouffée d'air. Mes poumons me brûlent. Il ne me semble pas possible que la noyade soit indolore. Je prends une serviette et sors de la baignoire comme si l'eau m'attirait vers le bas.

Mon écran de téléphone clignote alors qu'un nouveau message de la part de King apparaît, me demandant si tout va bien ici. Il est peut-être en train de faire la fête, néanmoins son esprit est ici avec moi alors que je contemple l'implosion de notre famille. Bien sûr que oui. Notre famille compte plus pour lui que quiconque, même plus que pour nos parents. Je m'assieds sur mon tabouret et songe à quoi lui répondre. Quelque chose qui pourra faire comprendre à mes frères la décision de notre mère, tout en les rassurant et en leur faisant savoir que je suis d'accord avec elle. Quelque chose qui ne prouve pas que j'ai envie de pleurer d'avoir été ainsi rejetée par ma génitrice. Après tout, elle les a rejetés, eux aussi. Mon cœur se serre pour mes frères. Je sais à quel point ils aiment la ville. Je désire peut-être une chance de tout recommencer, mais eux, ils n'ont aucune raison de le faire.

Ils n'ont pas bousillé leurs vies.

Au moins, nous serons tous ensemble. Ce qui est une vraie consolation. Ils seront à mes côtés, à conquérir les couloirs de notre nouveau lycée de la même manière qu'ils l'ont fait avec l'ancien.

Et moi ?

Peut-être que ce n'est plus ce que je désire. J'ai fait tout ça, et voilà où ça m'a menée...

Je suis épuisée, lasse et brisée. Il m'a fallu faire beaucoup trop d'efforts pour me frayer un chemin jusqu'au sommet et pour y rester. Et une fois que j'y étais arrivé, cela m'avait semblé à peine en valoir la peine. Parce qu'il n'y a qu'une seule façon d'agir lorsque nous sommes au sommet...

Cette fois, je serai capable de choisir. Je n'ai pas à tout recommencer. Personne en Arkansas ne saura qui je suis. Je pourrais être n'importe qui. Je pourrais même choisir de n'être personne du tout. J'ai déjà joué au jeu de la reine, de la princesse Dolce.

Peut-être que comme papa nous l'a suggéré, il est temps de changer.

Trois

FUIR nos problèmes est une tradition familiale, mais c'est la première fois qu'on le fait littéralement. Habituellement, nous flottons tous sur un nuage de bonheur engourdi, à observer le lever du soleil tout en buvant de la Tequila après une nuit d'oubli au Valium. Nous faisons le tour du monde à la recherche de la prochaine occasion, pour que nous n'ayons pas à regarder celles que nous avons manquées dans notre propre salon. Pourtant aujourd'hui, on s'est enfui.

Et je n'ai pas regardé une seule seconde en arrière.

— Oh mon dieu, qu'est-ce que c'est que ça ? Je pensais que l'été était terminé.

Je gémis alors que la sueur coule sur mon visage, à l'instant où nous descendons du jet de papa. Il écarte les bras et sourit, ses lunettes de soleil reflétant ma propre image misérable.

— Bienvenue en septembre dans le sud, annonce-t-il. Nous appelons cela l'été indien.

— Tout d'abord, je suis à peu près certaine que c'est un

terme offensant, déclaré-je. Deuxièmement, qu'est-ce qui se passe avec tout ce « nous ». Tu viens du Bronx, papa ?

— Nous nous associons fortement à l'endroit où nous passons nos années d'études, murmure Royal derrière moi. Papa est manifestement attaché à cet endroit.

Je ne vois pas personnellement à quoi me rattacher. La ville est plate comme une crêpe et il fait si chaud que j'ai l'impression d'être une fourmi sous le microscope d'un dieu psychopathe.

— Où sont tous les bâtiments ? Où sont les gens ?

— C'est une petite ville, me répond mon père. Ne vous inquiétez pas. Tout ira bien ici. Vous serez une nouveauté dans votre nouvelle école. Tout le monde voudra devenir ami avec vous. Et une fois qu'ils verront à quel point vous êtes talentueux, ce sera un jeu d'enfant.

— Cette fois, il a peut-être raison, réplique Royal en s'emparant de mon sac et en me conduisant à la Porsche Cayenne qui attend de nous emmener dans la nouvelle maison que notre père a achetée.

Apparemment, il vient ici pour affaires depuis quelques mois, et la semaine dernière, il est venu pour régler la question de la maison et des voitures. Maintenant, toute cette histoire devient réelle. Nous possédons une maison ici. Nous allons vivre ici. En permanence. C'est trop surréaliste pour que je digère les faits aussi rapidement. Je suis une boule de nerfs, et je me sens étourdie à la perspective de tout devoir recommencer, en plus de ressentir cette peur familière qui me grignote les entrailles depuis plus de six mois. Une brise chaude s'élève sur mes jambes nues.

— Cette ville est une blague, déclare Duke, qui plonge dans l'intérieur climatisé de la voiture. Nous allons devenir les maîtres de ce lycée en moins de deux.

Il enroule son bras autour de moi pendant que Royal se

glisse de l'autre côté. Notre père s'assied à l'avant et donne des indications au chauffeur. King et Baron ont décidé de faire un Road trip, décision prise parce qu'ils pensaient ne pas pouvoir trouver le genre de voitures qu'ils aiment en Arkansas. Après avoir pu observer cette ville depuis les airs, je ne doute pas qu'ils ont eu raison.

— S'il te plaît, dis-moi que ce n'est pas notre lycée, le supplié-je, en me couvrant les yeux lorsque nous passons devant un immeuble en bronze avec des fenêtres étroites qui ressemble à une prison.

Duke ricane et presse mon épaule.

— C'est le lycée public. Regarde comme c'est triste.

Je jette un coup d'œil entre mes doigts et aperçois une statue d'une étrange créature à six pattes. Un couple se tient contre sa base, et s'embrasse pendant que leurs amis discutent et rient autour d'eux. Une drôle de douleur s'engouffre dans mon sternum, alors je détourne les yeux.

— Respire, me murmuré-je à moi-même en fermant les yeux et en posant la tête contre le cuir frais.

Mes frères ont raison. Mon père a raison. Tout ira bien ici. Nous allons aller dans la meilleure école à l'autre bout de la ville, pas celle où les gens se pelotent en public pour que le monde entier puisse les voir. Tout ira bien. Plus que bien.

Royal presse gentiment mon genou, puis observe l'établissement scolaire jusqu'à ce qu'il disparaisse de notre vue.

— La seule bonne chose à propos du lycée Faulkner, c'est l'équipe de football, déclare papa depuis le siège avant. Croyez-le ou non, ils sont les grands rivaux de Willow Heights.

Willow Heights. Notre nouveau lycée. Papa est revenu de l'achat de la maison avec des dépliants sur l'académie préparatoire de Willow Heights, ainsi que des formulaires de demande que sa secrétaire a remplis pendant qu'il plaisantait au sujet des « frais de scolarité élevés », qui ne représentent pas grand-chose par rapport aux frais de notre ancienne école. Il a compensé la différence avec un don généreux, qu'il a promis de faire pour nous assurer la royauté auprès de l'administration dès que nous aurons franchi la porte. C'est maintenant à nous de nous comporter comme tel auprès des autres élèves.

Si c'est ce que l'on souhaite.

* * *

Nous arrivons devant un portail quelques minutes plus tard. Enfin, quelque chose me semble prometteur. Le trajet à travers la ville était carrément déprimant. Le plus haut bâtiment ne fait que trois étages. Tout est étrangement très lent, comme si les choses ralentissaient à cause de la chaleur. À part quelques fast-foods, des stations-service, et quelque chose qui semble se faire passer pour un centre commercial, il ne se passe pas grand-chose à Faulkner.

Mais alors que nous franchissons le portail, de vastes pelouses vertes s'étendent devant nous. D'énormes arbres dominent une immense cour, et derrière eux se tiennent de nombreuses maisons qui semblent appartenir à un vieux film.

— Bienvenue chez nous, déclare mon père en écartant les bras et en désignant tout le quartier avant de pivoter pour jauger nos réactions.

Ces mots me forcent à déglutir, puisque je suis à moitié terrifiée à l'idée d'être entrée dans un nouveau monde dont je ne sais rien, et en partie étourdie par l'excitation de la différence entre ce que nous avions à Manhattan et ce que j'ai devant les yeux. Nous possédons également une maison de vacances dans les îles vierges, mais là c'est…

Notre nouveau chez nous.

La voiture ralentit, et j'observe un long passage qui mène sous les branches légèrement arquées de deux rangées d'arbres moussus qui se penchent dessus comme s'ils s'inclinaient devant les personnes importantes qui marchent au-dessous. La passerelle traverse la pelouse luxuriante, verte et parfaitement coupée à l'avant d'une énorme maison de style colonial avec des rangées de colonnes blanches imposantes, des fenêtres en bois noir et une balustrade noire complexe sur le balcon qui s'étend sur tout le deuxième étage.

Alors que nous nous garons devant, je suis sur le point de demander à mon père s'il s'agit de la nôtre, lorsqu'un cabriolet nous dépasse par la droite, en faisant voler du gravier sur notre voiture comme si nous étions un taxi qui gênait la circulation. Je capte une mèche de cheveux blonds et un profil masculin avant que le véhicule ne fasse une embardée, et dérape dans l'allée de la maison voisine avant de disparaître.

Je me mords la lèvre et observe mon père, toutefois il ne bronche même pas, et s'en prend encore moins à ce connard de chauffeur. Au lieu de quoi, il ricane.

— Je ferais mieux de ne pas vous surprendre à conduire comme cette tête de nœud, s'exclame-t-il en désignant la demeure.

Le chauffeur s'arrête alors que je me tourne vers Royal en écarquillant les yeux.

— Tête de nœud ? répété-je avec incrédulité.

Mon père n'a jamais utilisé ce mot de toute sa vie. Il n'est pas connu pour jurer avec parcimonie. C'est comme si nous étions soudainement revenus dans les années mille neuf cent cinquante. Même ce cabriolet rappelle une époque plus ancienne, et est en parfait état.

Notre chauffeur se gare dans l'allée indiquée par notre père. Cette maison ne possède pas une rangée d'arbres, mais la même pelouse tentaculaire, et un aménagement paysager méticuleux. Une énorme plantation se trouve à l'arrière, avec deux escaliers incurvés menant au balcon du deuxième étage comme une paire de bras accueillants.

Notre père se tourne dans notre direction et nous sourit.

— J'ai pensé que vous aimeriez avoir un peu de liberté pour aller et venir à votre guise.

— Wow, déclaré-je, parce que je ne sais pas quoi dire d'autre.

J'ai l'impression d'être sur le plateau de tournage d'*Autant en emporte le vent*.

— Pas toi, ajoute mon père. Les garçons. Vous garderez un œil sur votre petite sœur, pas vrai ?

Royal hoche la tête.

— C'est à ça que servent les frères. Effectuer le travail que les pères sont censés faire.

Notre paternel ignore sa petite répartie et quitte la voiture lorsqu'elle s'arrête. Il ouvre notre portière et désigne la maison avec éclat.

— Bienvenue dans la nouvelle demeure familiale Dolce.

Quatre

Qui seriez-vous si vous pouviez être n'importe qui ? Je ne suis pas certaine de le savoir. Je n'ai jamais eu à choisir auparavant, et je ne saurais pas quoi décider maintenant. Parfois, je pense que toute ma vie a été orchestrée depuis le début par ma famille.

Voici pourtant ce que je choisirais. Je veux être... meilleure.

Pas mieux que tout le monde. Meilleure que moi. Mais je ne sais pas si c'est trop demandé. D'autant plus que ma famille s'attend à ce que je sois meilleure que les autres, tout comme eux.

Demain est notre premier jour dans ce nouveau lycée et je me couche en écoutant les bruits résonnant dans notre grande maison. Notre père est encore au bureau, il travaille tard pour tout mettre en ordre pour la nouvelle succursale qu'il ouvre ici. Je ne trouve pas le sommeil dans cette nouvelle et étrange demeure. Des bruits bizarres envahissent ma conscience... les grillons et d'autres insectes si bruyants qui me font craindre de sortir après la tombée de la nuit, le vent à travers les arbres poussant des soupirs sinistres tels des fantômes dans la nuit chaude.

Ce soir, un autre son que je ne parviens pas à identifier me tire de mon demi-sommeil. Je vérifie mon portable. Il est minuit, et la voiture de papa ne s'est toujours pas garée dans l'allée. Dehors, un bruit irrégulier attire mon attention. Je m'empare d'une robe de chambre en soie accrochée à ma porte de placard et je sors, la serrant autour de ma taille. Une rafale de vent chaud m'effleure, au moment où je pense avoir entendu un volet frapper quelque part.

Putain !

Ce son m'est en quelque sorte familier, bien que je ne parvienne pas à l'identifier correctement. Je jette un coup d'œil dans le clair de lune lumineux qui balaie la cour d'une lueur étrange. Le balcon couvre tout le dernier étage de la maison, bien que ma chambre soit à l'arrière. Pour atteindre les escaliers, il me faudrait passer devant les fenêtres de Duke d'un côté, puis celle de King de l'autre côté. Je suis presque certaine qu'ils l'ont fait exprès.

Du balcon à l'extérieur de ma chambre, je parviens à apercevoir la cour arrière, la cour latérale, ainsi que la rangée de buissons qui forment la frontière entre les différentes maisons. Selon la nouvelle gouvernante, ces derniers sont assez impressionnants au printemps. Au-delà des lilas, il y a la cour du voisin et un côté de sa maison qui m'apparaît. Une poignée d'arbres m'empêche de voir plus loin, et le vent dans leurs branches masque le bruit qui m'a réveillé. Brusquement, quelque chose de petit et sombre se faufile entre les buissons.

Je retiens mon souffle, surprise pendant une seconde en pensant qu'il s'agit d'une vermine. Mais alors que ça s'immobilise dans l'herbe, je parviens à distinguer quelque chose de beaucoup plus familier.

Un ballon de football américain.

Je cligne des yeux, je ne sais pas si je suis en train de rêver. La lueur de la lune sur la rosée du matin confère au paysage une atmosphère onirique. Un grand blond apparaît alors à travers les buissons. Il ne porte rien d'autre qu'un short si bas sur ses hanches que je parviens à voir de lui bien plus que je ne le devrais. Son corps est recouvert de sueur, et sa peau bronzée brille sous l'éclat de la lune. Je déglutis, mes yeux se posent sur ses épaules tatouées, sur ses abdominaux bien dessinés, jusqu'au V qui plonge sous la ceinture de son short.

Ce n'est pas comme si je n'avais jamais vu un homme en short auparavant. Mes frères passent la moitié de leur temps habillé de cette façon. Cependant ce garçon n'est pas mon frère. Il est plus mince que ces derniers, moins imposant, pourtant tout aussi musclé d'une manière moins ostentatoire et plus généreuse. C'est le genre de muscles que l'on obtient en travaillant au lieu de s'entraîner. Sa peau est plus dorée que le ton olive de mes frères italiens, et son bronzage se concentre sur ses épaules et ses bras, comme s'il l'avait acquis en restant à l'extérieur. Je parviens à le voir nettement malgré l'heure qu'il est. Chaque chose que je remarque à son sujet est un mystère, et m'apporte une question au lieu d'une réponse.

Il trottine à travers notre pelouse, ramasse son ballon, et recule comme s'il allait le balancer jusqu'à sa propre maison. Mais juste avant de lancer, il semble hésiter. En abaissant le ballon, il pivote lentement. Mon corps se fige, mon cœur s'emballe. Chaque partie de moi sait que je devrais me dissimuler dans l'ombre du balcon, et que je ne devrais pas laisser ce voisin insomniaque savoir que je l'ai observé.

Et pourtant.

Durant un instant imprudent, je souhaite autre chose que

la norme. Je ne veux plus être Crystal Dolce, fille chérie d'une probable famille mafieuse et sœur dorlotée par quatre garçons très dangereux. Je ne souhaite pas être la méchante fille qui a fait une chose terrible ni celle que tous les garçons n'ont pas le droit d'approcher. Je ne veux pas être la reine, je ne souhaite pas être pom-pom girl.

Je veux être vue. Je désire être une jeune femme debout dans une robe de soie au clair de lune, avec des cheveux décoiffés qui s'envolent sous le vent chaud de minuit, les éclats de lune me rendant lumineuse. J'ai envie d'être une énigme pour lui, moi aussi. Je veux qu'il me voie et qu'il souhaite résoudre le mystère que je représente.

Ses yeux rencontrent les miens, et il se fige. Pendant un long moment, aucun de nous ne bouge. Les chants des grillons s'estompent. Le clair de lune disparaît. La chaleur étouffante de la nuit se dissipe, et le vent se meurt. Il n'y a que nous, suspendus dans le temps et l'espace. Je plonge dans les profondeurs de ses yeux, m'enfonçant davantage dans la surface jusqu'à ce que plus rien d'autre n'existe.

Le crissement des pneus sur le gravier envahit brusquement notre monde, celui que nous avons construit pour nous seuls. Des phares balaient l'avant de notre maison, et je constate qu'il s'agit de mon père. Lorsque je me retourne, le jeune homme a disparu, ce qui me fait me demander si j'ai rêvé de ce moment hors du temps avec lui.

— Crys, qu'est-ce que tu fais ? me demande King à travers la porte de ma salle de bains.

— Je change mon tampon, tu veux m'aider ? hurlé-je en enfonçant mon portable dans ma poche.

— Allons-y. C'est l'heure.

— Il est temps d'afficher notre domination, s'écrie Duke en frappant ma porte du poing.

Je me contemple une dernière fois dans le miroir. Pendant une minute, j'ai envisagé de changer de style. Mais je suis cette personne depuis si longtemps, que je ne sais pas qui être d'autre. Peut-être que c'est la personne que je suis vraiment.

Jolie. Gâtée.

Méchante.

En tout cas, je suis toujours la même. Je n'ose pas changer d'image. J'ai pensé, l'espace d'une minute, que je pouvais peut-être être une fille qui portait des sweats, des T-shirts surdimensionnés et des chignons en désordre. Cependant, je sais que mes frères ne me laisseraient pas sortir de la maison ainsi. Nous avons une image à maintenir.

Les Dolce prennent soin d'eux.

— Ce rouge à lèvres n'est-il pas trop foncé ? s'enquiert King.

— C'est celui que je porte toujours, lui déclaré-je en embrassant sa joue. C'est ma signature.

— Cette jupe est plus courte que ton uniforme de notre ancien lycée ? ajoute-t-il en regardant mon ourlet.

Je suis excitée à l'idée de pouvoir porter de vrais vêtements ici, puisque Willow Heights possède un code vestimentaire strict, mais pas d'uniforme.

— Arrête de regarder mes jambes, espèce de pervers, répliqué-je en le poussant hors de ma chambre.

Dans une entente silencieuse, nous montons tous à bord de la nouvelle Range Rover de Royal, un « cadeau » de la part de notre père qui ressemblait plus à un pot-de-vin pour venir ici sans faire d'histoire. Je m'attendais à ce qu'ils prennent chacun leur voiture dans le but de frimer, mais peut-être que mes frères sont tout aussi nerveux que moi.

Toutefois je sais qu'ils ne le montreront jamais sous aucun prétexte.

— Regardez cette petite ville pathétique, déclare Duke alors que nous quittons notre quartier opulent et que nous avançons vers le lycée. Nous allons diriger cette école dès que nous franchirons les portes.

— Pas moi, annoncé-je, ma voix me paraissant légère même à mes propres oreilles, tant j'étais nerveuse.

Si j'ai appris quelque chose au cours de l'année précédente, c'est que le pouvoir peut être une chose dangereuse. Je ne veux plus gouverner, et je l'ai annoncé à mes frères. Ils ne comprennent pas, mais ils essaient de le faire. Ils n'ont jamais désiré être normaux. Ils aiment le pouvoir. Je dois l'admettre que je l'ai aimé, moi aussi. Je l'ai apprécié jusqu'au moment où j'ai vu ce qu'il pouvait me faire faire. Jusqu'au moment où j'ai perdu le contrôle. Mais ici ? Personne ne me connaît. Je pourrais être normale. Je pourrais avoir une amie qui ne serait pas au courant des pires choses à mon sujet, et où aucune culpabilité ne se dresserait entre nous. Peut-être que je pourrais même avoir un petit ami, quelqu'un que mes frères aimeraient réellement au lieu d'un garçon qu'ils ont autorisé à m'escorter pour remplir une fonction, avant de le renvoyer rapidement comme un domestique.

Les choses s'amélioreront ici, comme papa me l'a promis. Un nouveau départ est exactement ce dont nous avons tous besoin.

Nous nous garons sur le parking, et ma poitrine se serre, ma résolution s'effrite. Combien il me serait facile de marcher dans ce hall comme je le faisais en tant que reine. Je suis cette fille depuis si longtemps, que c'en est presque devenu un défaut. Ici, je serai différente. Meilleure.

— Prête, Crystal ? me demande Royal.

— Et si je ne le suis pas ?

Je murmure cette phrase en croisant ses yeux chocolat lorsqu'il se tourne sur son siège.

— Détends-toi, veux-tu ? me dit Baron en me pressant l'épaule. Cette école est une farce. Un jour, ici, tout le monde nous mangera dans la main.

— Ou lèchera nos chaussures, ajoute King en nous regardant dans le rétroviseur.

— J'ai quelque chose d'autre que les plus sexy pourront lécher, réplique Duke en s'empoignant pour souligner son commentaire.

King se gare dans une place de stationnement à l'arrière du terrain, à mi-chemin sous l'ombre d'un chêne imposant. Je sais qu'il le fait par égard pour moi, qu'il se gare ici pour que nous puissions parler à l'abri des oreilles indiscrètes. Autrement, mes frères se gareraient devant et au centre, afin d'attirer le plus l'attention. Ils ne sont pas vraiment du genre à passer inaperçus. Ils ne pourraient pas le faire même s'ils essayaient, alors ils ne s'en donnent même pas la peine.

— Je te garantis que tout ce qui se passe dans cette petite ville ne parviendra même pas à atteindre ce qui se passait dans notre ancien lycée, m'assure King en me tapotant le genou. Nous allons prendre cet endroit d'assaut en quelques minutes, et tu sais pourquoi ?

— Parce que nous sommes les Dolce, murmuré-je.

— Nous sommes les Dolce ! s'écrient Duker et Baron à l'unissant, en dressant leurs poings dans les airs.

Ils sont identiques, pourtant ils ont pris un grand soin de se distinguer pour cette école. Baron porte même une paire de lunettes au lieu de ses lentilles de contact habituelles, et Duke s'est fait couper les cheveux.

— Allons botter des culs, déclare King.

Je sais qu'ils ont atteint leurs limites pour gérer mon anxiété, alors je prends une grande inspiration et me concentre en croisant à nouveau le regard de Royal. Il est le plus silencieux de mes frères, mon jumeau, celui qui parvient toujours à me calmer quand je commence à paniquer.

Nous sortons du Range Rover, et j'ajuste ma jupe avant de lisser mes cheveux à mesure que nous entrons en formation. King est le centre de notre famille, le centre de notre groupe. Royal et moi nous tenons à ses côtés, et mes petits frères se posent chacun à des extrémités opposées, comme première ligne de défense. Je ne sais pas quand nous avons créé cette formation, cependant elle est aussi prévisible qu'une formation de joueurs de football sur le terrain. Nous sommes prêts. Avec un signe de tête, King ouvre la marche, et nous avançons à travers la foule.

— Remercions le petit Jésus, les nanas sont loin d'être laides, s'exclame Duke en passant devant un groupe de jeunes femmes adossées contre une camionnette.

Elles s'immobilisent pour nous dévisager, et Duke leur lance un sourire éblouissant. Mes frères sont, c'est le moins que l'on puisse dire, visibles. Ils mesurent tous plus d'un mètre quatre-vingt et sont bâtis comme les athlètes qu'ils sont. Pour ajouter à cela, ils ont tous hérité de la beauté de nos parents… à profusion.

Nous continuons à avancer et dépassons les places de parkings primo désignées pour les élèves qui paient pour un emplacement, chacune possédant un grand numéro jaune peint sur l'asphalte. Là, j'aperçois la longue décapotable bleue poudrée qui nous a coupé la route le jour où nous avons emménagé.

Celle de nos voisins. Compte tenu de l'endroit où ils vivent, il n'est pas surprenant qu'ils aient la meilleure place dans tout le lot, juste à côté de la passerelle qui mène à la porte de l'établissement. Ils ont probablement payé une fortune pour l'obtenir. Tout à coup, je suis heureuse que nous

nous soyons garés à l'écart. Nous avons pu analyser l'endroit de cette façon. Il est toujours bon de connaître les lieux, et les gens, même si l'on a l'intention de devenir le centre d'attention.

Trois types se sont appuyés contre la voiture comme s'ils nous attendaient. J'observe leurs visages, en essayant de reconnaître le garçon que j'ai vu hier soir. Un blond aux traits forts et anguleux se penche avec désinvolture sur l'arrière de sa voiture, un pied au sol et l'autre appuyé sur le pare-chocs, ses mains reposant sur les bords du coffre.

Ce n'est pas lui.

À côté, debout bien droit derrière la voiture, se tient une version plus grande, et plus musclée, ses épaules carrées et larges sont visibles même à distance. Ses manches sont retroussées, révélant un tatouage sur ses avant-bras bronzés, qui sont actuellement croisés devant son large torse. Il nous détaille de ses yeux d'un bleu de glace.

Une nuée de papillons s'envole en moi.

C'est lui.

Oh, merde. C'est très certainement lui.

De l'autre côté, un grand blond se tient contre le coffre de la voiture, sur ses coudes, pendant qu'il s'active sur son téléphone, sans nous accorder la moindre pensée. J'ai le temps de les observer avant qu'on arrive à leur hauteur. Mon attention se porte sur notre voisin insomniaque, celui qui semble être en colère. C'est le conducteur, le centre du cercle, tout comme King l'est pour nous. Et il n'a pas l'air d'être là pour nous souhaiter la bienvenue. Je jette un coup d'œil à mon frère, en me demandant comment nous allons la jouer. S'il va parler en premier, s'il va se montrer gentil.

— Vous vous garez avec les boursiers ?

Le mec éblouissant s'adresse à nous d'une voix douce et soyeuse qui fait naître un frisson à travers tout mon corps. Je ne m'y attendais pas. Je ne m'attendais pas à ce qu'il ait une voix aussi magnifique, qui résonne comme du miel chaud fondant sur ma peau nue. Et je ne m'attendais très certainement pas à ce que mon corps réagisse ainsi en l'entendant.

— Quelqu'un se trouve à notre place, répond King, en désignant le jeune homme d'un geste du menton.

Pendant une seconde, personne ne parle. Le gars sur son téléphone redresse le menton, et secoue la tête pour chasser ses cheveux blonds de devant ses yeux brillants. Quelques personnes se sont rassemblées, sans doute curieuses de voir les nouveaux arrivants et prêtes à assister à une confrontation.

— Tu penses que c'est votre place ? s'enquiert le type en colère.

Il est beau, avec sa mâchoire carrée arborant le soupçon d'une fossette en son centre, cependant ses yeux sont implacables et méchants. Le type à sa gauche possède des traits plus nets, un menton pointu et des yeux bleus brillants et curieux, pourtant je suis capable de comprendre qu'il s'agit là d'une famille. Comme nous.

— Ça sera le cas demain, ajoute King.

Il continue de marcher, alors nous en faisons de même. Nous gravissons les marches larges et peu profondes jusqu'aux portes d'entrée. Le bâtiment est énorme et tout en brique, et arbore le nom complet de l'école - l'académie préparatoire de Willow Heights – sur une longue dalle de marbre au-dessus des portes. Et au niveau de l'entrée se trouve un petit médaillon, en marbre lui aussi, arborant la devise de l'école : Inis Origine Pendet.

Nous entrons dans le bâtiment et trouvons le bureau d'accueil, où nous découvrons nos emplois du temps et rencontrons nos guides pour la journée. Ils se présentent comme étant le conseil des étudiants, et ne sont autres qu'un groupe de jolies blondes qui ressemblent à des clones avec des cheveux parfaitement coiffés, lisses, et des talons hauts. Alors que nous nous dispersons, j'observe ma guide, Lacey et constate qu'elle scrute mes frères avec déception. Je suppose qu'elles ont tiré à la courte paille.

— Alors, comment se passent les choses ici ?

Lacey avance, et nous nous frayons un chemin dans le couloir.

— Les cours sont difficiles, me répond-elle. Donc, si vous venez du ghetto ou d'ailleurs, vous devriez vous attendre à passer beaucoup plus de temps sur vos devoirs que ce que vous avez probablement dû faire à Brooklyn.

Il y a tellement de méchanceté dans cette simple phrase que je ne me donne même pas la peine de la corriger. J'ai des préoccupations plus importantes et un temps limité pour apprendre ce que j'ai besoin de savoir.

— Je ne m'inquiète pas pour les cours. Parle-moi de ces types devant. Les trois blonds.

— Les Darling, annonce-t-elle sans hésiter, comme si elle s'attendait à cette question.

— Des frères ?

— Ils sont cousins. Ils sont issus de l'une des familles fondatrices de Faulkner. Leur arrière-arrière-arrière-arrière-grand-père s'est installé ici dans les années mille sept cent ou quelque chose comme ça.

— Je m'intéresse davantage à ceux que j'ai vus en arrivant ici qu'à leurs ancêtres.

Elle me jette un coup d'œil dans lequel je parviens à distinguer de la pitié.

— C'est le Sud, chérie. La famille signifie quelque chose ici.

Je n'aime déjà pas cette salope, mais je décide de la fermer. Elle n'a pas besoin de me parler de l'importance de la famille. Je sais ce que c'est. Toutefois, j'ai besoin d'informations, et non pas d'une ennemie.

— Je comprends. Donc, ils font partie de l'élite de ce lycée à cause de leur nom de famille.

— L'élite de cette ville, me corrige Lacey. Ils obtiennent tout ce qu'ils veulent. Tu es nouvelle, donc l'un d'entre eux essaiera probablement de se glisser dans ton pantalon.

— Tu n'as pas à t'inquiéter pour ça, répliqué-je, en percevant son ressentiment dans sa déclaration. Je ne fais pas ce genre de choses.

— Si c'est ce qu'ils veulent, tu le feras. Ils obtiennent toujours ce qu'ils veulent, peu importe ce que c'est. Leur famille paie le salaire de tous ceux qui travaillent dans cette école. Apprends rapidement comment les choses fonctionnent ici et tout ira bien pour toi.

— Eh bien, merci. Je suppose que je vais m'y faire rapidement.

Lacey s'arrête devant ma classe, après m'avoir présenté les autres en cours de route.

— Est-ce que tu veux un conseil ? me demande-t-elle en posant une main sur sa hanche. Accepte tout ce qu'ils te demanderont, et essaie de garder ta dignité lorsqu'ils en auront fini avec toi, puis passe à autre chose. Ne te laisse pas berner en pensant que tu es quelqu'un de spécial. Tu ne serais pas la première fille à être baisée par un des garçons Darling, et tu ne seras très certainement pas la dernière. Ne le prends pas personnellement.

— Ça ne risque pas d'arriver. Mes frères sont très protecteurs. Ils ne me laisseront jamais sortir avec un gars comme ça, et je ne le voudrais pas moi-même.

— Tu serais chanceuse d'attirer l'attention de l'un d'eux. Devlin n'est pas trop dans tout ce truc de séduction, mais les autres ont une faible durée d'attention. Si tu joues bien tes cartes, tu pourrais devenir une Darling Doll. Les Dolls gagnent en popularité à Willow Heights.

De toute évidence, elle aime beaucoup les cousins Darling, et elle se fiche pertinemment de ce que j'ai à dire. Ça ne me dérange pas. Aujourd'hui, je me montre à l'écoute. C'est une nouvelle école, et je ne veux marcher sur les pieds de personne, ni attirer l'attention. Je vais devoir attendre pour voir ce que mes frères en diront, avant que nous mettions un plan en marche. Je pourrais finir par être la meilleure amie de cette fille. Dans un lycée comme celui-ci, tout est une question de statut social, et non pas de lien des plus profonds. Si je sortais avec un des Darling, je pourrais faire partie de son groupe. Je pourrais obtenir un statut. Je pourrais être une Doll que tout le monde chérit.

Ce simple surnom me donne envie de vomir, mais je ne laisse rien transparaître de mon dégoût. J'ai eu de la chance qu'elle me parle si ouvertement. Je ne suis même pas certaine de savoir ce que je veux, ni de ce que je peux obtenir. Je ne suis pas sûre de pouvoir me comporter comme une petite fleur fragile. Ce n'est pas la façon d'agir d'une Dolce. Cependant ça ne veut pas dire pour autant que je ne peux pas être quelqu'un d'autre qu'auparavant.

La seule chose dont je suis certaine, c'est que je souhaite être meilleure, et trouver un moyen de me racheter pour ce que j'ai fait. Seulement, je ne sais pas comment m'y prendre. Je vais me contenter d'observer jusqu'à ce que je trouve une solution. Si aider à faire tomber les rois de cette école et laisser mes frères se dresser à leur place peut aider à apaiser ma culpabilité, je le ferai. Je sais que c'est ce que ma famille désire, alors je m'y plierai probablement, que ce soit ou non ce que je souhaite vraiment.

Parfois, nous devons tous faire des sacrifices les uns pour les autres.

C'est ça, la famille.

Une sonnerie résonne doucement, et des étudiants commencent à apparaître au bout du couloir pour venir en cours.

— J'ai un conseil à donner aux nouveaux venus, déclare Lacey. Faulkner est bâtie sur les traditions. Nous sommes déterminés et nous n'aimons pas voir nos traditions être perturbées. Cela vaut pour toute ta famille. Ne faites pas de vagues et vous pourrez survivre.

Cinq

Le premier jour dans une nouvelle école. Ma seule chance de faire une première bonne impression. Qui serais-je ? Qui serais-je si je n'avais pas à être une fille Dolce, chargée de prendre la place qui me revient dans la hiérarchie sociale... au sommet ? Si j'avais le choix, je me poserais peut-être la question. Ce n'est pas le cas, alors se poser des questions est une perte de temps. Les Dolce ne s'attarde pas sur des hypothèses.

Nous voyons ce que nous voulons, ce que nous méritons, et nous le prenons.

— Hé, miss, m'apostrophe une voix sexy avec un accent du sud alors que je me rends à mon prochain cours, en tapant un article sur mon blog.

Je lève les yeux pour apercevoir un des Darling, celui avec les cheveux longs qui retombent devant son visage. Sa voix est presque aussi sexy que celle de notre voisin est pleine d'une malice qui me donne envie de sourire en retour même si je sais qu'il ne vaut mieux pas.

— Peu importe ce que tu vas me demander, la réponse est non, attaqué-je avant de me laisser entraîner par son sourire enjoué qui me rappelle un peu celui de Duke.

Mais alors que Duke est tout en énergie, comme un mignon petit chiot, ce gars a l'air d'attendre son moment avant de décider d'un plan d'attaque. Il y a quelque chose de calculé dans sa façon de marcher, comme si le monde bougeait au rythme qu'il imposait. Je réalise trop tard que j'ai moi-même ralenti pour me mettre à son niveau, et que je me suis placée en phase avec lui comme s'il m'avait attirée dans la gravité de sa présence.

Je ne serai pas une lune en orbite autour de lui ou de ses cousins. J'ai mon propre soleil… King. C'est la lumière la plus brillante, celle qui donne la vie et fait tourner le monde dans l'univers Dolce.

— J'allais simplement dire que nous sommes ensemble dans le cours suivant, répond-il. Tu ne peux pas dire non à ça.

— Comment sais-tu quel cours j'ai ensuite ?

— C'est de la magie, réplique-t-il avec un clin d'œil.

— Très drôle.

— J'aime penser que je le suis. Je m'appelle Colt. Colt Darling.

— Bien sûr que oui.

Il hausse bizarrement les sourcils, et son sourire s'élargit.

— Tu as donc entendu parler de moi ?

— Non, je voulais dire, bien sûr que ton prénom est Colt. Je parie que tu portes des bottes de cow-boy avec tes fringues.

— Parfois, concède-t-il, en écartant ses cheveux de devant son visage d'un coup de tête.

Il a le même charme facile et évident qu'un Matthew McConaughey adolescent.

— Donc, tu as un prénom, ou dois-je simplement t'appeler New York ?

— Crystal Dolce.

— Doux comme toi.

— Je t'assure que non.

Colt ricane.

— Asseyons-nous ensemble.

— Je ne suis pas certaine que ce soit une bonne idée.

Il m'adresse un sourire de connivence.

— Je suis drôle, tu te souviens ? Je te ferai rire.

— Pourrais-je rire de toi ?

— Moi aussi, dans ce cas. Donc je suppose que tu vas devoir te contenter de rire avec moi.

— Est-ce ainsi que les choses fonctionnent ici ? Nous sommes soit avec vous, soit contre vous ?

— Comment cela pourrait-il fonctionner autrement ?

Il me pose cette question en entrant dans la salle de classe de manière tout aussi désinvolte. Mes yeux sont attirés, captivés par sa confiance, et la prochaine chose que je constate, c'est son cul pendant une seconde alors qu'il se trouve en face de moi. Toute cette merde doit cesser. Avant même qu'elle ne commence.

Il s'assied à sa table et tapote l'espace à côté de lui.

— Pourquoi ai-je l'impression que je vais prendre la place de quelqu'un d'autre ? Je suis certaine que tu ne t'assieds jamais seul.

— La personne se débrouillera. Assieds-toi.

J'ai envie de désobéir, mais l'idée de m'installer toute seule dans une salle pleine d'étrangers, de devoir supporter leurs regards et leurs murmures de spéculation comme je l'ai fait la dernière fois, me force à prendre place sur la chaise. Après tout, ce n'est pas comme si quelqu'un d'autre allait me proposer de m'asseoir avec lui. Et même si je déteste l'admettre, je suis flattée d'avoir attiré son attention. Il est adorable, avec son sourire enjoué, son accent du Sud et ses cheveux blonds.

— Bonne fille, dit-il en tapotant mon genou sous le bureau.

Le contact de sa main chaude et calleuse sur ma peau nue me fait sursauter, je déplace ma jambe, quand bien même la sensation n'était pas vraiment désagréable. Ce n'est vraiment pas bon. Mes frères ont déjà commencé à merder avec cette famille. Être attirée par l'un d'eux serait le pire geste que je pourrais faire.

Je suis surprise par le petit frisson qui me traverse à l'idée de les défier.

Cependant, je sais que je ne pourrais pas faire ça. Nous sommes les Dolce. Nous nous serrons les coudes.

Rien dans ce monde n'est plus important que ça, et il n'y a pas un homme qui pourrait se dresser entre nous. Certainement pas ce jeune homme trop charmant, et trop propre sur lui pour son propre bien, dont on m'a déjà averti qu'il était un joueur qui aime prendre ce qu'il souhaite, et qui me laisserait ramasser les lambeaux de ma dignité après coup. Je fais de mon mieux pour ignorer Colt durant le restant du cours, un cours d'anglais ennuyeux sur Roméo et Juliette, que j'ai lu déjà dix fois dans mon ancien établissement.

— Tu veux que je vienne à ton balcon ce soir ? s'enquiert Colt en plaisantant.

Je lève les yeux au ciel et pose un doigt sur mes lèvres. Une seconde plus tard, un morceau de papier glisse sur la table. Son écriture est griffonnée dessus, en de grosses lettres désordonnées qui témoignent son manque d'effort.

J'ai entendu dire que vous habitiez à côté de Devlin.
J'écris à mon tour et repousse le papier.
Et alors ?

Je sais où tu habites. Je pourrais venir à ta fenêtre.

Nous ne sommes pas Roméo et Juliette.

Nous pourrions l'être.

Non.

Tu as raison. Tu n'as pas 13 ans, et je ne suis pas un pervers suicidaire.

J'étouffe un rire.

C'est un peu pervers de dire que tu sais où j'habite.

Je ne sais pas ce que je pense du fait que Devlin lui ait dit où j'habite, ou du fait que ce dernier lui ait parlé de nous. Dans les quelques jours qu'il nous a fallu pour nous installer, ils n'ont pas fait un seul effort pour venir nous accueillir dans le quartier ni quoi que ce soit d'autre, mais apparemment Devlin savait que nous étions là depuis le début.

Colt glisse le papier de ma direction.

Pas pervers, c'est juste un fait. Préférerais-tu que j'agisse comme un gamin de 10 ans ? Je peux lancer des cailloux.

Je secoue la tête et griffonne quelques mots en retour.

À moins que tu ne souhaites mourir, je te suggère de laisser mes fenêtres tranquilles. J'ai quatre frères très grands et très protecteurs. Et un père qui est peut-être, ou peut-être pas, dans la mafia.

J'envisage de laisser tomber les derniers mots, cependant cela ne fait jamais de mal de laisser planer le doute dans l'esprit des gens. Nous sommes italiens, alors les ignorants aiment poser cette question dans tous les cas. Autant y répondre avant qu'ils ne le fassent. Cette rumeur offre une couche de protection, de respect et de peur. Nous acceptons ces rumeurs, sans jamais les confirmer ni les nier. Ça fait partie de l'image de notre famille, du mystère qui nous entoure.

Colt repousse le papier, sa seule phrase prenant jusqu'à

trois ou quatre lignes sur la feuille du carnet.

Je n'ai pas peur.

Je ne réponds pas, car trop de pensées me traversent l'esprit. Il devrait avoir peur. Mes frères ne plaisantent pas lorsqu'il s'agit des types qui se moquent de moi. Même si ce n'était pas pour eux, je ne souhaite pas entreprendre quelque chose de compliqué. J'ai beaucoup de choses à me faire pardonner, et si je souhaite être quelqu'un de nouveau, quelqu'un de meilleur, ça ne doit pas commencer ainsi. Ce n'est pas une option, de toute façon, alors je repousse cette idée.

Colt me donne un coup de coude, et me fait les yeux doux, une attitude qui je le sais ferait fondre une femme plus faible. D'accord, en réalité, ça me fait fondre. Toutefois, je ne tombe pas dans le panneau. Je ne peux pas. Je ne suis pas ici pour tomber amoureuse.

Je me tourne vers l'avant et refuse de le regarder à nouveau. C'est seulement lorsque le cours se termine que je me rends compte que personne n'est venu réclamer ma place. Soit Colt est habituellement seul, soit sa parole est une loi tacite, et la personne qui est assise-là en temps normal a simplement accepté de changer de place.

Après les cours, je me glisse dans le couloir avant de faire quelque chose de stupide. Je suis à mi-chemin lorsque j'entends un bruit. On dirait qu'une meute de chiens est entrée dans le lycée, mais lorsque je tourne la tête, j'aperçois un groupe d'étudiants entassés ensemble comme s'ils regardaient une bagarre. Sauf qu'ils aboient tous. Ça pourrait être drôle s'ils n'émettaient pas des sons gutturaux, comme quelque chose de sanguinaire et primitif.

J'hésite, je ne veux pas savoir ce qui se passe. Toutefois mes pieds me portent vers l'avant, et la prochaine chose que je réalise, c'est que je me précipite le long du couloir, afin de me frayer un chemin à travers la foule pour voir ce qui est au centre de toute cette agitation. En passant devant un des cousins Darling avec une Lacey hystérique pendue à son bras, j'atteins finalement le centre du cercle.

Le premier aperçu que je vois me montre Devlin Darling debout de dos. Il se tient face aux casiers, en tenant une fille qui sanglote par l'arrière de son cou. Tout le monde se presse autour d'eux, aboyant comme une meute de chiens enragés. La jeune femme tremble de ses épaules inclinées à ses cuisses pâles et épaisses. Ses mains recouvrent son visage, et ses boucles de cheveux roux et crépus obscurcissent ce que ses mains ne font pas. Une tranche de peau apparaît en haut de son front, rouge vif sous une couche de taches de rousseur.

Pendant une minute, je suis incapable de bouger. J'ai ce sentiment bizarre, d'être hors de mon corps, comme c'était le cas lorsque nous sommes arrivés en Arkansas, et que j'ai réalisé que tout ceci était bien réel. Maintenant, je ressens le même sentiment, comme si j'étais capable de voir ma vie se diviser. Il y a la fille que j'étais, et la fille que je suis sur le point de devenir. C'est l'occasion pour moi de me joindre à eux. Je peux m'accrocher au bras d'un des garçons Darling et ricaner. Me comporter comme l'amie des membres de cette vieille et importante famille. Je possède les bonnes voitures, les sacs de marque, les chaussures onéreuses, la bonne maison. J'ai même les bons frères. Je peux être l'un d'eux. Devenir une Darling Doll.

Je sais comment tout ceci fonctionne. Je peux me battre pour obtenir une place dans ce nouveau monde, une place à la meilleure table, un emplacement dans le meilleur coin du parking. Ce ne serait pas difficile. Il me faudrait un petit temps d'adaptation, mais tout le monde s'écarterait et me laisserait prendre place au sommet avec les autres familles, tout comme quelqu'un a quitté son siège sans se plaindre lorsque j'étais assise à sa place. Je pourrais le faire. Ce serait comme prendre la voie facile, celle que j'ai empruntée pendant si longtemps que je n'avais même pas réalisé le genre de personne j'étais devenue jusqu'à ce qu'il soit trop tard.

Désormais, j'ai une chance de devenir quelqu'un de différent. D'expier mes péchés. C'est la personne que je veux être maintenant. La Crystal Dolce 2.0. C'est la fille que j'ai envie d'être en Arkansas, celle que je désire présenter à tous ces gens. Mes frères aiment faire une entrée remarquée, contrairement à moi aujourd'hui. J'avais prévu de garder la tête baissée dans cette école, d'éviter les ennuis et de conserver le silence. De laisser quelqu'un d'autre me voler la vedette.

Ce n'est que mon premier jour, pourtant je sais que ça n'arrivera pas. Parce que la vérité est que je ne suis pas faite pour l'invisibilité. Je ne suis pas la gentille fille, et peu importe à quel point j'ai essayé de l'être, je ne pourrai jamais vraiment me complaire dans ce rôle. Disparaître dans la foule n'est pas plus naturel pour moi que ça ne l'est pour mes frères. Être invisible n'est pas la façon dont je pourrais racheter la personne que j'étais.

C'est comme ça. C'est mon moment.

Je voulais avoir la chance de faire les choses bien. Je désirais obtenir une façon de devenir meilleure. Je ne savais pas comment j'allais m'y prendre, mais maintenant tout est clair. J'ai un choix à faire, un choix qui va ruiner tout ce que j'avais prévu depuis que j'ai appris qu'on déménageait en Arkansas. Si j'agis ainsi, je ne serai pas la nouvelle nana tranquille, la sœur chérie du haut du panier de cet établissement. Et je ne serai pas non plus l'ancienne Crystal.

Je pensais en réalité qu'il s'agissait de mes deux seules options. Je me fourvoyais. Il y en a une troisième :

La mienne. Mon choix.

Je choisis de faire des vagues.

Six

JE M'AVANCE dans la foule. Une vague de puissance s'élève
en moi. J'avais été si nerveuse à l'idée de venir ici, de tout
recommencer. Maintenant, je n'ai plus peur. Je suis solide
comme l'acier.

— Laisse-la partir, déclaré-je, la voix calme mais intran-
sigeante.

Pendant un moment, Devlin ne bouge pas, ne parle pas. Il
m'observe fixement, et je perçois sa surprise, et son incrédulité dans son regard. Je suppose qu'il n'est pas habitué à ce
que les gens lui tiennent tête.

— Sinon quoi ?

Il me demande cela en se remettant rapidement de sa
surprise et en m'adressant un sourire supérieur.

— Laisse-la partir.

Un serre-tête d'oreilles de chat est posé sur le sol à nos
pieds. Je l'écarte et m'approche encore plus. En jetant un
coup d'œil vers le bas, je réalise que Devlin ne tient pas son
cou, mais l'arrière d'un collier-de-chien qu'elle porte.

— Tu n'as pas la moindre idée de ce qui se passe ici,
déclare-t-il, ses yeux bleus fixant les miens. Pourquoi ne vous

occupez-vous pas de vos affaires, ou mieux encore, pourquoi ne retournez-vous pas à New York ? Là où est votre place !

Je croise les bras et je l'observe, je contemple ses yeux bleus qui sont si clairs qu'ils ressemblent à la surface d'un lac gelé en janvier. Ses yeux me promettent de nombreuses choses dangereuses qui sont tout aussi mortelles que les profondeurs glacées d'un lac.

Je détourne le regard et fais un geste en direction de la jeune femme qui tremble.

— Quiconque a des yeux peut voir et comprendre ce qui se passe ici. Maintenant, laisse-la partir. Je ne te le redemanderai pas.

Il arbore désormais un sourire narquois et amusé.

— Je crains que tu ne doives le faire, ronronne-t-il de sa voix drapée de soie. Parce que ce n'est pas fini. À moins que tu ne t'agenouilles à sa place.

Ses yeux plongent dans les miens, et son sourire s'élargit.

— Je ne le ferai pas. Même si c'était la dernière chose que j'étais en mesure de faire.

— À genoux toi, Frosh ! ordonne-t-il, en tirant sur le collier.

La jeune femme tombe maladroitement à genoux, et tout le monde recommence à rire, à siffler et à aboyer. Pendant une horrible seconde, je pense qu'il va la forcer à faire quelque chose de terrible dans ce couloir.

Il m'a bluffée. Je suis incapable de l'arrêter. Je ne connais pas ce type. Je ne possède aucune information à son sujet, et pas le moindre pouvoir dans ce lycée. Je fais donc la seule chose à laquelle je pense… je le distraie pour permettre à sa victime de s'échapper. Je fonce sur lui aussi brutalement que possible.

Il me fait l'impression d'être un mur de briques sous mes mains, toutefois je le prends par surprise suffisamment pour qu'il trébuche sur le côté. Sa main est encore coincée dans le collier de sa victime, et cette dernière tombe littéralement sur le sol avant d'être libérée. Je l'enjambe, et le regarde droit dans les yeux. Avec mon dos tourné vers elle, mon corps placé entre eux, j'espère qu'elle aura le bon sens de se tirer d'ici. Je viens de jouer la seule carte que j'avais, la meilleure amie du désespoir… l'élément de surprise.

Ce qui ne lui offre que quelques secondes.

Devlin m'attrape par la gorge, et me presse contre les casiers avant que je ne puisse réagir. Mon corps frappe le métal, le son résonnant dans le couloir. Ses yeux brillent de fureur alors que ses doigts se serrent autour de mon cou pendant une fraction de seconde avant qu'il ne détende sa prise pour en laisser une bien moins douloureuse, mais tout aussi efficace pour me retenir. Toute l'adrénaline qui a alimenté mon courage se transforme en autre chose, et je tremble si fort qu'il peut probablement le sentir.

— Comment peux-tu traiter les gens de cette façon ? lui craché-je au visage alors que je le griffe pour me libérer de son étranglement. Tu penses que parce que tu conduis une voiture de luxe et que tu portes un nom célèbre ici, tu es meilleur que tout le monde ?

Un sourire cruel naît à la commissure de ses lèvres, avant qu'il ne plaque son corps contre le mien, la chaleur de ce dernier me faisant me figer sur place.

— Je ne pense pas cela, rétorque-t-il, sa main toujours autour de ma gorge, juste assez serrée pour me donner l'impression d'être une menace.

Il baisse le menton, son souffle chaud caresse mes lèvres lorsqu'il reprend la parole :

— Je le sais.

Pendant l'espace d'une seconde, je ne peux plus bouger, comme si la glace de son regard m'avait piégée sur place alors même qu'un feu fait rage sous ma peau. Mon corps est une totale contradiction, la confusion me transperce. Je ne peux pas dire si je me sens incroyablement forte, tenace, ou terriblement faible. Si la chose qui s'éveille dans le cœur de mon être est un bourgeon délicat, un germe vert tendre qui peut être piétiné par une botte négligente, ou un dragon cracheur de feu qui pourrait raser la surface de la Terre de sa fureur.

— Celle-ci, annonce-t-il lentement, sa voix s'élevant, mais ses yeux ne quittant jamais les miens. Et désormais la nouvelle chienne Darling.

Un silence s'abat sur la foule, puis cède à une rafale de murmures. Avant que je puisse lui cracher au visage pour m'avoir traitée de chienne, un poing atterrit sur le côté de son crâne, l'envoyant valser sur le côté et me libérant de sa poigne. King attrape Devlin par la gorge avant qu'il ne puisse se remettre.

— Qu'est-ce que tu fais à ma sœur ?

Qu'est-ce que tu fais, en effet.

Alors que les coups de poing pleuvent, je m'aplatis contre les casiers, pressant mes paumes brûlantes contre le métal frais, mon cœur palpitant à tout rompre dans ma poitrine. Je ferme les yeux et inspire profondément. Je ne suis pas choquée par l'apparition d'un de mes frères. Dans les recoins de mon esprit, je m'y attendais probablement. Je m'attends toujours à ce qu'ils viennent pour moi.

Lorsque j'ouvre les yeux, King et Devlin sont debout. Mon frère est plus grand et plus fort, mais Devlin semble plus rapide, il danse sur ses pieds comme le ferait un boxeur. Son poing atterrit dans la mâchoire de King qui trébuche en arrière. Royal se fraie un chemin dans la foule et s'attaque à son tour à Devlin. Ils tombent tous les trois au sol d'un même ensemble. Le troisième garçon Darling, celui que je n'ai pas encore rencontré, plonge à son tour dans la mêlée.

Je m'éloigne du combat et tombe sur Colt. Il m'adresse un sourire tordu.

— Regarde ce que tu as fait, ma douce Crystal.

— Moi ?

— Tu es une vilaine fille. J'aime ça.

— Ne devrais-tu pas aller prêter main-forte à tes cousins ? Sans vouloir offenser ta famille, je suis à peu près certaine que mes frères sont en train de leur botter le cul.

— Je suis un amant, pas un combattant, réplique-t-il, en écartant ses cheveux brillants de son front.

J'aperçois des cheveux roux dans la foule, et une paire d'oreilles noires. Je n'arrive pas à croire que cette fille ne s'est pas enfermée dans les toilettes les plus proches pour pleurer.

— Je dois y aller, déclaré-je en m'écartant.

— Ne t'enfuis pas encore. Nous sommes en train de nous battre.

— Nous ne faisons rien du tout. Je dois aller retrouver mon amie.

— Je suis ton ami, réplique-t-il en posant ses mains sur son cœur et en m'adressant son regard de chiot battu.

— Pas après ça.

J'observe les jumeaux se frayer un chemin jusqu'à nous pour se joindre au combat. Je me sens un peu mal pour les Darling, toutefois je ne vais certainement pas rester pour regarder la raclée qu'ils vont se prendre. J'essaie de contourner Colt, cependant il se place à nouveau devant moi.

— Qui est ton amie ? s'enquiert-il en croisant les bras devant son torse, son regard s'assombrissant.

— Elle, répliqué-je, en désignant la rousse du doigt.

— Dixie ?

— Oui.

Je me dirige d'ailleurs dans sa direction en laissant Colt derrière moi.

— Qu'est-ce que tu fais ici ?

Je m'empare du coude de Dixie. Elle se tourne vers moi, les yeux grands ouverts comme des soucoupes.

— Quoi ?

— J'ai créé une distraction, et toi tu restes simplement là à regarder ?

— C'est ce que tu as fait ?

— Ça a marché, non ?

Je lui pose cette question en tentant de l'éloigner de la foule et de l'emmener au bout du couloir pendant que les enseignants accourent.

— Tu as commencé une bagarre ? Exprès ?

Elle semble encore sous le choc. La réponse qui vient automatiquement à mes lèvres est un sourire narquois et un haussement d'épaules d'indifférence. Toutefois, je me souviens que j'essaie de me débarrasser de mon attitude de salope, donc j'opte pour la vérité :

— Pas exactement. J'essayais simplement de les convaincre de te laisser tranquille.

Elle s'immobilise sur place.

— Pourquoi ferais-tu ça ?!

Je cherche une excuse, mais rien ne vient.

— Disons simplement que je n'ai pas toujours été une personne très gentille. Peut-être que je voulais me racheter d'une façon ou d'une autre.

— Et tu souhaites le faire en devenant mon amie ?

Le regard qu'elle me lance est un peu trop… tout. Plein d'espoir, effrayé, et horriblement et désespérément transparent. Cette pauvre fille n'a manifestement aucune idée de la façon de ce qu'il se passe dans ce jeu.

Parce qu'en réalité c'est tout ce que la vie représente… un jeu. Certaines personnes ont de meilleures mains, bien sûr, mais nous sommes tous des joueurs sur le même échiquier géant. Ou sur un terrain de football, ou n'importe quelle métaphore que vous voudriez utiliser. Même les joueurs qui ont posé les meilleures cartes peuvent tout perdre avec un geste mal planifié, et se retrouver avec rien.

Je ne sais pas quelle main a été distribuée à cette fille ni quelles sont les cartes qu'elle tient désormais, néanmoins je sais qu'elle a besoin d'aide pour comprendre les choses. Et c'est moi qui vais la lui apporter.

— Je suis nouvelle ici, mais tu ne l'es pas. Je pourrai avoir besoin d'aide pour apprendre les ficelles. Alors, que dirais-tu de conclure un marché ?

Les yeux de Dixie s'écarquillent.

— Tu veux me soudoyer pour être ton amie ?

— Depuis combien de temps viens-tu au lycée ici ?

— C'est ma première année, bégaie-t-elle.

Je me souviens que Devlin l'a appelé Frosh tout en réalisant qu'elle n'est qu'en première année.

— Depuis combien de temps vis-tu dans cette ville ?

— Toute ma vie.

Sa voix est douce et possède le même accent que les Darling.

— Je suis la belle-nièce du maire, et c'est la seule raison pour laquelle je suis ici. Même s'il n'agit pas en public comme s'il me connaissait. Pendant les vacances, mes parents me font faire toutes sortes de conneries avec eux, mais sinon, ils font semblant de ne pas me connaître. La dernière fois que nous nous sommes rencontrés, sa femme a dit à mes parents de ne pas m'amener avec une apparence si « négligée ». Et je pense sincèrement qu'elle a dit ça parce que je suis grosse.

— Eh bien, je pourrai avoir besoin d'une amie. Et à en

juger parce que je viens de voir, et d'entendre, toi aussi. Pourquoi personne ne t'a-t-il défendu ?

— Je suis nouvelle ici, répond-elle. Je veux dire, tous les étudiants de première année sont nouveaux, évidemment. Sauf qu'ils sont tous allés à l'école privée ensemble et sont ensuite venus ici pour le lycée. J'ai fréquenté l'école publique jusqu'à cette année. Je n'ai pas vraiment… je veux dire, je n'ai pas vraiment d'amis.

Elle est à peu près aussi rouge que lorsque Devlin l'a fait mettre à genoux. Je me sens mal puisque je l'ai vraisemblablement embarrassée.

— Tu as une amie désormais. Retrouve-moi à la cafétéria pour le déjeuner.

Avec la manière dont les choses se passent aujourd'hui, je ne suis pourtant pas certaine que l'un des Dolce survive jusque-là.

Sept

JE L'AI FAIT. J'ai fait quelque chose de mieux. Ou du moins j'ai essayé. Mais que se passe-t-il lorsque votre bonne action mène à blesser des gens ? Comme on dit, le chemin de l'enfer est pavé de bonnes intentions. Je connais bien ce chemin... et les intentions cruelles qui vont avec. Espérons que cette bonne action ne me conduira pas dans un enfer de ma propre fabrication. Parce que maintenant ? Je perçois les choses non pas comme une bonne action, mais plutôt comme un suicide social.

Je marche tranquillement lorsque le proviseur me fait appeler pour que je lui présente ma version des faits. Je n'étais pas impliquée, donc techniquement il ne peut rien me faire. Je feins l'ignorance, en disant que c'est un malentendu. Lorsqu'il me laisse partir, je cherche dans le bureau des signes de la présence de mes frères ou des Darling, mais je ne trouve rien.

Au déjeuner, je me précipite à la recherche de mes frères. Toutefois, je ne trouve que des étrangers en train de se jeter un frisbee sur la pelouse, quelques types qui font des figures avec leurs vélos, et de petits groupes d'amis en train de discuter ou assis au bord de la fontaine. J'arrive au niveau du réfectoire, un bâtiment moderne, anguleux, tout en acier et en vitres de l'extérieur. À l'intérieur, il y a des poutres apparentes et du bambou, et pas la moindre trace d'un membre de la famille Dolce.

Ils ne doivent pas être en train de parler au directeur.

À moins que...

Mon cœur vacille. Je dis toujours à Royal de se tempérer, qu'un jour il va s'en prendre à la mauvaise personne, celle qui portera plainte. Ou qu'il finira par se blesser sérieusement lui-même ou quelqu'un d'autre. Peut-être même, par accident. Il pourrait faire plus que les blesser.

Je ravale ma panique, m'empare de mon portable et envoie un message.

Lorsque je relève les yeux, j'aperçois le troisième Darling, celui à qui je n'ai pas encore parlé. Je me dirige immédiatement vers sa table. Quelques gamins me narguent, mais je choisis de les ignorer. Le fils chéri se met à parler et à ricaner comme si de rien n'était, bien qu'un énorme bleu se forme sur sa pommette et qu'un de ses yeux soit à moitié fermé. Je claque ma paume sur la table ronde. Le groupe assis là se tait immédiatement, et me jette un coup d'œil avant de se tourner vers leur « chef ».

— Où sont mes frères ?

La table est pleine, une dizaine de personnes sont assises avec lui, en un mélange de types à l'allure athlétique et de jolies jeunes femmes. Les Darling Doll comme Lacey les ont appelées. Je ne laisse pas ma curiosité me distraire. Je garde mon regard ancré sur le plus jeune des Darling.

Il sourit et s'écarte de la table, en se prélassant sur sa chaise, avec un bras sur le dossier. C'est une pause qui me rend presque impossible la tâche de ne pas regarder en direction de son entrejambe.

— Hé, mais c'est la nouvelle ! Douce, c'est ça ? C'est un nom de chienne.

Ses amis ricanent, néanmoins je ne me laisse pas décontenancer. Je ne désire pas être crainte, ni enviée, et encore moins haïe dans cet établissement. Je souhaite simplement être discrètement respecté. Cela me suffit. Apparemment, ils ont d'autres projets pour moi.

S'ils ne me laissent pas agir comme je le veux, je serai forcé de rentrer dans leur jeu. Et j'ai bien l'intention d'y gagner.

— Dolce, répliqué-je. Tu devrais t'en souvenir, comme ça tu pourras le crier lorsque tu te masturberas en pensant à moi.

Je sais que je joue à un jeu dangereux. Je dominais peut-être les choses à Manhattan, mais j'avais toute une équipe derrière moi pour me soutenir. Ici, je ne suis personne, ou en tout cas pour le moment. Et Preston le sait. La lueur de triomphe qui brille dans ses yeux me le confirme.

Il se penche en avant, et braque ses yeux au mien.

— Si tu cherches un siège, j'en ai un pour toi.

Il fait lentement courir ses doigts sur le devant de son pantalon, et mes yeux suivent ce mouvement avec une sorte de fascination malsaine. Mon cœur tambourine dans ma poitrine au moment où son doigt s'arrête. Je déglutis, et observe le léger renflement que je parviens à distinguer à travers son pantalon.

Il s'incline davantage et baisse sa voix jusqu'à obtenir un murmure conspirateur et ajoute :

— Sur ma queue.

Je parviens à sentir la chaleur qui gagne mon cou alors que je lutte pour ne pas répliquer. Bien sûr, il y avait énormément de trous du cul à Manhattan. Pourtant dans notre école ?

Un type se serait arraché les yeux avant d'oser me parler comme ça. Il aurait su immédiatement que j'étais hors d'atteinte, que mes frères le tueraient pour s'être moqués de moi.

Soudainement, je me rends compte à quel point mes frères avaient tort. Tout comme mon père. Willow Heights n'est pas un triste petit trou à rats. Faulkner n'est pas une pathétique ville de ploucs. C'est un endroit où mon nom n'a aucun pouvoir, où ma famille n'est pas meilleure que celle des autres. C'est un endroit où je ne bénéficie d'aucune protection. Où je suis vulnérable.

Tout ce que je pourrais dire à Preston n'y changera rien. Ça empirera même probablement les choses. J'agirais comme une psychopathe hystérique, comme une fille qui ne peut supporter une petite blague.

Je refuse de m'abaisser à son niveau. Les Dolce ont plus de classe dans un de leurs ongles que ce connard n'en a dans toute sa famille. Alors, je me redresse, je pivote sur mes talons et je m'en vais la tête haute et ma dignité en place. Derrière moi, j'entends des rires et des gens qui frappent le dos de Preston, avant de taper sur la table avec hilarité.

— Allez, bébé ! m'appelle ce dernier. J'ai entendu dire que les filles de la ville ont toutes le sang chaud. Rebondis là-dessus comme une pro.

Je me rends compte que la cafétéria est plongée dans le silence, que tout le monde écoute notre échange. Dans l'attente.

Ce n'est qu'à mi-chemin que je me rends compte de ce qu'ils attendent tous. Du coin de l'œil, je vois de jeunes gens se cogner les uns aux autres, relayant un message que Preston a dû envoyer derrière mon dos. En passant devant chaque table, tout le monde m'aboie dessus. Ce n'est pas un stupide bruit lancé au hasard. C'est un bruit sauvage et dangereux, comme les grognements que ferait un Rottweiler sur la défensive.

Je ne tremble pas lorsque j'atteins la porte. Tout ce que je veux, c'est gagner les toilettes les plus proches, m'enfermer à l'intérieur, et laisser sortir le flot de larmes qui me picotent les yeux. Mais ensuite je me souviens que j'ai dit à Dixie que je la retrouverai pour le déjeuner. Je m'arrête et inspire profondément, les mains serrées en poings. Je peux m'enfuir et aller dire à mes frères que quelqu'un s'est montré méchant avec moi, comme le ferait un bébé, ou je peux agir comme une grande fille et tenir le coup. Je ne compte pas retourner là-bas pour faire une scène, et lui faire comprendre la merde humaine qu'il est. Toutefois, je ne compte pas fuir non plus. Parce que je sais que si je le fais maintenant, je ne pourrai plus faire machine arrière. Ils m'entraîneront de plus en plus dans leur enfer personnel, ils iront jusqu'au bout, et ils ne s'arrêteront pas jusqu'à ce que je sois détruite.

Donc, il faut que je mette un terme à tout ça maintenant.

Je pivote. Je ravale ma fierté, et laisse mon regard balayer le réfectoire jusqu'à ce que j'aperçoive Dixie assise à une table dans le coin. Elle me fait signe. Un grand sourire naît sur son visage lorsque je l'aperçois, et son mouvement de bras s'intensifie. En forçant mon regard à ne pas se poser sur la table des Darling, j'avance vers elle. Je fais attention à ma démarche, sans me presser, mais sans avancer trop lentement.

Ils m'observent tous, en attendant de voir ce que je vais faire. Je ne leur donnerai pas la satisfaction de leur offrir un spectacle. Je me glisse à côté de Dixie et inspire profondément.

— Sympa cette école, dis-je en faisant attention à mes paroles.

Je ne connais pas cette fille. Bien sûr, elle a l'air d'avoir le cœur sur la main, mais pour ce que j'en sais, elle pourrait être du côté des Darling. Elle m'attrape le bras et baisse la voix, les yeux brillants d'excitation.

— Est-ce que tu viens de parler à Preston Darling ?

— Oui, dis-je en écartant mon bras. Et alors ?

— C'est Preston Darling, s'écrie-t-elle comme si elle parlait d'Harry Styles et non pas d'un simple étudiant d'un trou paumé en Arkansas.

— D'accord. Tu dois vraiment arrêter de présenter les choses comme ça. As-tu oublié ce que son cousin t'a fait ce matin ?

— Non, rétorque-t-elle en touchant son bandeau.

En le regardant encore, je constate qu'il s'agit d'une paire d'oreilles de chien. En plus du collier, cela fait clairement d'elle une cible.

— Qu'est-ce qu'il t'a dit ?

— Rien.

Je détourne mon regard de son stupide bandeau.

— Pourquoi est-ce que tu portes ça ?

— Il le faut.

Elle répond avec une pointe de défi dans la voix.

— Pourquoi ?

— Parce que c'est ce qu'ils m'ont dit.

— Attends une seconde, répliqué-je en levant la main.

Tout ceci me semble un peu trop familier, et une sensation de malaise grimpe dans mon estomac. Juste au moment où je pense avoir compris, quelque chose vient changer ma perception de cet endroit.

— Les Darling te disent quoi porter ? Pourquoi ? Tu es apparentée à eux ?

— Oh mon dieu, non.

Elle mordille un de ses ongles, et se balance nerveusement sur sa chaise.

— Pourquoi dans ce cas ?

— Je dois obéir. Je suis leur chienne chérie cette année. Ou… je l'étais. Je suppose que c'est toi maintenant. Il ne peut y en avoir qu'une seule à la fois.

Elle vacille comme si elle s'attendait à ce que je m'énerve, parce qu'en ayant fait des vagues par inadvertance j'ai pris sa place en tant que victime des Darling. Je me souviens que Devlin m'a présentée à la foule comme étant la nouvelle chienne des Darling, et que ce commentaire m'avait retourné le bide. S'ils pensent qu'ils vont pouvoir m'obliger à porter quoi que ce soit, ils peuvent se foutre le doigt dans l'œil.

Toutefois, je serais bien incapable de mettre un terme à tout le reste.

Aux aboiements. Aux railleries grossières.

À l'intimidation.

L'ironie de la chose ne m'échappe pas. Lorsque j'ai dit que j'allais expier mes péchés, je ne pensais pas devoir aller aussi loin pour le faire. Je pensais pouvoir recommencer à zéro, être une meilleure personne. Je pensais pouvoir défendre quelqu'un au lieu de participer à sa chute. Mais soudainement, je sais que c'est la seule façon de réellement expier mes péchés. Je dois voir les choses en me plaçant de l'autre côté. Pour comprendre ce que cela fait de perdre son trône, et de regarder les gens d'en bas.

Cependant, je ne leur faciliterai pas la tâche. Je serai peut-être obligée de m'agenouiller, mais je ne le ferai pas toute seule. Je ne porterai pas leur collier et je ne m'inclinerai pas à leurs pieds. Je me battrai à chaque instant. Parce que peu importe jusqu'où ils tenteront de me plier à leur volonté, je ne me briserai jamais.

Huit

Il s'avère que ce n'est pas aussi simple de déménager, d'aller dans une nouvelle école et de se placer à la tête des lycéens comme des membres de la royauté. Il s'avère que même les petites villes ont des rois. Et que ces rois ne veulent pas céder leur trône.

— Que s'est-il passé ?

Je pose cette question en me glissant sur le siège avant du Range Rover cet après-midi-là.

— Où étiez-vous à l'heure du déjeuner ?

— Ce connard a essayé de nous faire suspendre, me répond King, en passant une vitesse. Attache-toi.

J'obéis avant de me tourner vers mon frère.

— Attends, est-ce que vous allez vraiment avoir des ennuis ?

Mes frères ne s'attirent jamais d'ennuis. Bien sûr, ils ne se bagarrent généralement pas en plein milieu du couloir, toutefois c'était une bonne démonstration de leur domination en ce premier jour. Nous n'avons jamais de problèmes. Les responsables des écoles ferment les yeux pour des gens comme nous. Ou en tout cas c'était le cas à Manhattan.

— Nous avons pris congé pour le reste de la journée. Papa est allé s'en occuper. Nous serons de retour en cours demain.

— Oh, dis-je avec un soupir de soulagement.

Au moins j'avais Dixie avec qui m'asseoir à l'heure du déjeuner. Bien entendu, c'est une vraie groupie des Darling, comme tout le monde, mais au moins j'avais quelqu'un. Même si cette personne est devenue étrangement geek avec moi, en sortant un cahier pour me présenter les règles de l'amitié selon elle. Elle est très gentille. Je l'ai choisie pour amie et je vais m'y tenir.

Je vais suivre ses règles.

— Comment ça s'est passé ? s'enquiert King.

J'ouvre la bouche pour le lui dire, mais décide de la refermer. Je ne veux pas commencer une autre dispute ni mettre mes frères dans le pétrin avant que l'école n'ait le temps de réaliser que nous sommes aussi intouchables que les Darling. Et je ne veux pas me dresser au milieu de ce que mes frères ont à faire avec eux. C'est quelque chose de différent de ce qui m'est arrivé aujourd'hui. La poussière va bientôt retomber, et si je ne fournis pas aux Darling la satisfaction de réagir, peut-être qu'ils vont s'ennuyer et passer à autre chose. Une autre fille arrivera, et je serai vite oubliée.

Une drôle de sensation me gagne à cette pensée. Je la repousse. J'ai juré que j'agirai de la bonne manière cette fois-ci. J'ai déjà eu la vedette. Je n'en ai plus besoin.

— Peut-être que papa n'a pas fait un don suffisamment important.

Mon frère sourit.

— Il s'est rattrapé aujourd'hui.

— C'est une bonne chose, conclus-je.

Toutefois un sentiment d'incertitude ne me quitte pas. Peut-être que repousser les Darling n'est pas une si bonne idée. Peut-être que nous devrions les rejoindre au lieu de les combattre. Je sais pertinemment qu'il ne me faut pas suggérer une telle idée à mes frères. Ces derniers veulent diriger cette ville, et je sais que plus rien ne pourra les arrêter. Si les Darling avaient réagi différemment, s'ils s'étaient montrés ne serait-ce qu'un peu accueillant, mes frères auraient peut-être été suffisamment ouverts d'esprit pour leur laisser une place dans nos rangs. Ils auraient peut-être jugé les Darling dignes de nous. Cependant, il est trop tard.

King me tapote le genou en se garant devant chez nous.

— J'espère que tu es prête. Demain, nous allons inverser la tendance.

Le lendemain, mes frères sont autorisés à retourner en cours. J'ai renoncé à être quelqu'un que je ne suis pas, et la peur que j'ai ressentie la veille s'en est allée. Je ne pourrai jamais essayer d'être quelqu'un d'autre. Maintenant que j'ai obtenu l'attention de Willow Heights je dois la transformer en quelque chose de positif, afin de l'utiliser pour faire le bien et aider les gens.

Nous quittons la maison tôt, ce qui ne nous ressemble pas. Un courant sous-jacent de tension dans la voiture me rend nerveuse, mais mes frères m'assurent que tout ira bien. Lorsque nous arrivons à l'école, King gare le Rover sur la première place de parking, celle près de la passerelle.

— Qu'est-ce que tu fais ?

— Nous prenons ce qui nous appartient, me répond-il en coupant le moteur.

— Et vous n'auriez pas pu me le dire ? Devlin va péter un câble.

— C'est le but, intervient Duke, en enroulant un bras autour de mes épaules. J'ai hâte de voir la tête de ce connard quand il réalisera qu'on a surenchéri.

— Ensuite, nous prendrons leur place dans l'équipe de football, ajoute King.

Je lève les yeux au ciel.

— Vous ne comptez pas abandonner, pas vrai ?

— Merde non, s'écrie Baron, en levant sa main pour frapper celle de Duke.

— Nous faisons valoir notre point de vue, enchérit King. Lorsqu'ils se rendront compte que nous sommes ici pour rester, et que désormais nous possédons ce lycée, nous n'aurons plus aucun problème avec eux. Mais ils doivent d'abord accepter que quelqu'un d'autre règne sur cette ville.

— Et s'ils te touchent encore une fois, je les tuerai, grogne Royal derrière moi.

Je me tourne vers lui, et comme toujours, ça apaise mon esprit. Ce plan fou, ne semble plus aussi incroyable quand il est à mes côtés. Son regard sombre soutient le mien, et je me recentre à la réalité. Royal presse ma main pendant une seconde avant que son regard ne se concentre sur quelque chose derrière moi. Je perçois le bruit d'un moteur, et avant même de regarder dans cette direction, je sais que les Darling sont arrivés. Leur voiture s'immobilise si brusquement que le crissement de ses freins retentit, et que de la fumée blanche s'échappe des pneus.

Devlin sort de son véhicule et fonce vers nous en quelques secondes à peine, alors que le moteur tourne toujours.

— Qu'est-ce que c'est que ça ? beugle-t-il en avisant le Rover comme si c'était une vulgaire bagnole.

Cependant, je sais pertinemment que ce n'est pas à notre voiture qu'il s'en prend. C'est à nous. À notre nouvel argent qui arrive en ville. Au pouvoir qui vient avec. À notre revendication d'un trône qu'il a un jour occupé. Un trône qu'il pensait pouvoir posséder à jamais grâce à son nom.

— C'est notre place de parking, répond King calmement.

Devlin quant à lui n'a rien de calme. Il attrape mon frère, et je m'enfuis, pas prête à affronter une autre bagarre. Ces enfants de l'Arkansas semblent avoir le feu dans le sang. Royal aime se battre plus qu'il n'aime être en bonne santé, mais il ne perd jamais son sang-froid. Nous savons comment gérer la merde sans nous laisser secouer.

Les Darling ? Ils n'essaient même pas.

Ils frappent d'abord, et posent des questions ensuite.

Le poing de Devlin s'abat sur la mâchoire de King avant que mon frère ne puisse sauter en arrière.

— J'en ai encore en réserve, grogne Devlin. Retournez dans votre voiture et garez-vous là où vous étiez hier, avec les ordures. C'est là qu'est votre place.

King crache du sang à ses pieds.

— Va parler au proviseur. Il sait que notre place est ici. Et bientôt, tu l'auras compris toi aussi.

Une douzaine de jeunes gens se sont rassemblés pour observer l'affrontement. Preston bondit hors de la voiture pour soutenir son cousin, et même Colt se montre. Les pointes de ses bottes de cow-boy dépassent de l'ourlet de son pantalon, et je ne peux m'empêcher de me demander s'il pensait à moi ce matin en les enfilant. Cette idée me fait frissonner. Je pensais qu'en portant ce genre de chaussures il aurait l'air ringard, mais d'une certaine façon ça lui donne un air sexy. Il sourit lorsqu'il me voit le mater, et je détourne rapidement mon attention de lui.

Un énorme pick-up rose se gare juste à côté de nous.

J'observe cette monstruosité, mais personne d'autre ne semble surpris par le véhicule, ni par le personnage de dessin animé qui en sort en titubant. Elle s'agrippe à la rampe pour se stabiliser sur ses talons de quinze centimètres. Sa jupe en cuir, rose, couvre à peine ses fesses, et ses énormes seins manquent de faire éclater sa chemise blanche.

— Désolée tout le monde, lance-t-elle avec son accent sudiste. Est-ce que j'ai interrompu quelque chose ?

Elle secoue ses boucles blond platine et nous observe.

— Non, répond Devlin avant de se retourner et de se diriger vers le bâtiment.

Barbie nous adresse un regard blasé, puis nous dépasse, en courant après Devlin. Preston retourne dans la voiture pour aller se garer ailleurs, et la foule autour de nous commence à se disperser. Cependant, je ne pense pas que ce soit terminé.

— C'était Dolly, me murmure-t-on à l'oreille de façon conspirateur.

Je lève les yeux pour apercevoir Colt juste derrière moi. Il fait un geste du menton en désignant la silhouette de la Barbie blonde et m'adresse un doux sourire.

— Elle a un faible pour Devlin, au cas où tu ne l'aurais pas compris.

Je m'écarte de lui, mais à en juger par le regard de mon frère, il a vu les doigts de Colt s'agripper à ma taille. Je sermonne le jeune Darling. Ce ne serait pas juste de le laisser penser que nous sommes amis. Le couper rapidement dans son élan est la seule solution.

— Je pensais que j'étais une chienne. Tu ferais mieux d'aller t'installer dans le couloir pour pouvoir m'aboyer dessus lorsque j'entrerai.

— Arf, ne sois pas fâchée contre moi. Je ne t'ai pas appelé comme ça. D'ailleurs, tout le monde aime les chiennes. Elles sont mignonnes comme l'enfer.

— Pourquoi est-ce que tu parles avec notre sœur ? lui demande Duke en venant se glisser à mes côtés, me protégeant comme toujours.

Un seul regard sur eux est généralement suffisant pour faire reculer la plupart des gens, mais lui se contente de sourire.

— La dernière fois que j'ai vérifié, nous étions dans un pays libre. Je me dis que j'ai autant le droit de parler à une jolie jeune femme qu'à une autre.

— Tu te trompes, intervient Royal, en venant se poster à mon autre côté, bousculant le jeune homme dans le processus. Maintenant, recule. Crystal n'est pas disponible.

— Compris, répond Colt en levant ses deux mains et en faisant un pas en arrière. On se voit en deuxième heure, ma douce Crystal.

Il me fait un clin d'œil avant de disparaître.

— Putain, c'est qui ça ? me questionne Royal en croisant mon regard.

S'il n'était pas mon frère, je pourrais avoir peur de lui. Avec ses épais sourcils noirs froncés, il a l'air aussi dangereux qu'un ouragan. Je hausse les épaules, le cœur battant à tout rompre lorsque les mots franchissent les lèvres.

— Personne. Nous avons simplement un travail de groupe à faire ensemble. C'est tout.

Je ne dirais pas que je n'ai jamais menti à mes frères, mais ce n'est pas très fréquent. Toutefois, pour une quelconque raison, je ne peux pas me résoudre à leur dire toute la vérité en cet instant. Parce que la vérité, c'est que je ne sais pas comment réagir. La vérité, c'est que je ressens une certaine attirance pour le magnétisme des Darling : ils sont comme nous, mais différents. Je veux savoir comment d'autres personnes comme nous parviennent à diriger leur école, en agissant de manière différente de la nôtre. J'ai envie de savoir pourquoi Colt agit de manière aussi décontractée, sans avoir peur de rien, et pourquoi Devlin semble toujours si en colère.

— Eh bien, tu vas dire à ton professeur que tu ne peux pas continuer de travailler avec lui. Nous ne pouvons devenir amis avec les membres de cette famille. Nous devons les faire tomber.

Ce n'est pas vraiment un choix. Ce n'est pas comme si je préférais Colt Darling à ma propre famille. Ma famille représente tout pour moi. Ils peuvent parfois m'étouffer en me contrôlant plus que je ne le voudrais, mais ils font partie de moi. Je sais qu'ils seraient prêts à mourir pour moi.

Je connais Colt depuis un jour.

— D'accord, accepté-je en hochant la tête.

Perdre l'amitié de Colt n'est pas un prix élevé à payer pour être une Dolce. La loyauté est tout pour nous, et nous devons le prouver. Laisser les gens me voir parler à un des garçons chéris de la ville ne va pas nous accorder des faveurs. Nous devons former un front uni, pour apparaître comme une seule entité. Après tout, notre famille jouit d'une certaine réputation.

Pourtant, une petite douleur se forme dans ma poitrine lorsque je pense que je vais devoir tirer un trait sur Colt, sans pouvoir lui expliquer pourquoi, et sans un regard en arrière. Il ne fait que flirter gentiment. Il ne se soucie pas réellement de moi. Et je le connais à peine, donc je ne peux pas sincèrement me soucier de lui. Toutefois l'idée de perdre un ami dans cet endroit hostile est troublante. Sans mentionner que peut-être, pour une fois dans ma vie, ce serait bien de penser à moi en un premier lieu. Ne pas avoir à se soucier de ce à quoi ça ressemblera, si mes frères approuveront ou non, et comment cela pourrait se répercuter sur notre famille.

Je repousse ces pensées et me dirige vers ma classe. Cette

fois, je marche avec mes frères. Personne ne m'aboie dessus, et j'espère contre mon meilleur jugement que c'était une initiation du premier jour, et qu'elle sera complètement oubliée lorsque tout le monde entendra parler de la bagarre qui a failli se dérouler dans le parking.

Puis, j'entre dans ma première salle de cours et j'aperçois Devlin Darling assis à une table de laboratoire au fond de la pièce, là où Monsieur Wagnall m'a installée la veille.

Merde. Non. Ça ne peut pas arriver.

Je me tourne vers le professeur, un homme âgé avec de petites lunettes rondes et une tête chauve, avec quelques petites touffes de cheveux qui dépassent au-dessus de ses oreilles, le faisant ressembler à un hibou.

— Puis-je m'asseoir ailleurs aujourd'hui ?

— Asseyez-vous à l'endroit qui vous a été assigné, répond-il en râlant.

— Oui, mais voyez-vous, ce jeune homme n'était pas présent hier. Et je ne suis pas censée m'asseoir avec lui. Une querelle de famille. Puis-je simplement m'asseoir là-bas ?

Je désigne une table vide et adresse à mon professeur mon sourire le plus charmant.

— Bien essayé, mademoiselle Dolce. Mais je vous ai assigné une place. Veuillez vous y asseoir.

— Vous entendrez parler de mon père.

— Je n'en ai pas le moindre doute, répond-il, sans paraître le moins du monde impressionné.

La pièce se remplit, et je refuse de me donner en spectacle, alors je serre les dents et me dirige vers Devlin. Je garde la tête haute, le visage impassible. Je pratique une technique que j'ai apprise en thérapie, en me représentant de l'extérieur. Personne ne peut savoir que mon cœur bat la chamade et que mon estomac est noué par l'effroi, en attendant les aboiements et les injures. Aux yeux du monde, je suis simplement une jolie jeune fille avec des cheveux parfaitement lissés, du rouge à lèvres prune, et une robe ajustée et conservatrice avec une ceinture et des chaussures assorties.

Tout le monde me dévisage. En silence. En attendant. Je prie pour qu'ils ne voient pas mes genoux trembler et Dieu merci, je ne pense pas que ce soit le cas. J'arrive à la table, une paillasse de laboratoire surélevée avec une surface noire. Devlin m'observe fixement.

— Tu te moques de moi ? murmure-t-il dans un souffle. C'est la place que tu as choisie ?

— Tu n'étais pas présent hier, rétorqué-je, en me glissant sur le tabouret à ses côtés. Je ne savais pas que tu étais assis ici. Et le professeur m'a dit que nous avons des places attitrées.

Devlin sourit.

— Et tu fais ce que tout le monde te dit, comme une bonne petite chienne ?

Je croise les bras devant ma poitrine.

— J'ai essayé de le faire changer d'avis. Il a refusé. Penses-tu vraiment que j'ai envie de m'asseoir à côté de toi ?

Une lueur de surprise brille dans ses yeux bleus dévastateurs. Apparemment, il n'est pas habitué à ce que les jeunes femmes ne tombent pas dans son numéro de charme, dissimulant le connard qui se trouve juste derrière la surface.

— Alors, va t'asseoir ailleurs.

Je hausse les épaules.

— Ça ne vaut pas la peine d'aller en retenue. J'ai entendu dire que ta famille a beaucoup d'influence dans cette ville. Pourquoi ne pas me montrer comment ça fonctionne pour vous ?

Le regard de mon collègue de classe s'assombrit.

— Monsieur ? J'ai besoin d'un nouveau partenaire de labo.

Le professeur soupire et se passe la main sur son crâne chauve, en fermant les yeux une seconde comme s'il était à bout de patience.

— Très bien, accepte-t-il. Le partenaire de Dolly est absent aujourd'hui. Vous pouvez travailler avec elle.

Devlin pose une main sur la table. Il scrute Monsieur Wagnall pendant un long moment, avant de secouer la tête imperceptiblement.

— Laissez tomber.

Le professeur secoue la tête et se met à nous dispenser notre leçon du jour.

— Wow. Qu'est-ce que Barbie a fait pour t'énerver ?

— Ne l'appelle pas comme ça, s'écrie Devlin.

Je suis trop surprise qu'il la défende pour répondre. Dolly est effondrée sur sa chaise, la tête baissée, ses grosses boucles blondes tombant en avant et dissimulant son visage. Soudain, je me sens comme de la merde de l'avoir traité ainsi. Colt m'a déjà fait comprendre qu'elle avait un faible pour lui, même si le sentiment n'est définitivement pas réciproque. Il y a évidemment là-dessous une histoire dont je ne sais rien, alors je décide d'abandonner.

— Au moins, il allait te changer de place, souligné-je à la place.

Le sourire de Devlin revient, et pour une quelconque raison, une vague d'exaltation monte en moi. Je l'ai fait. J'ai éteint sa colère.

— Tu agis comme si tu étais surprise, réplique-t-il.

— Pas surprise. Je viens simplement de confirmer ce que je soupçonnais déjà.

— Tu peux préciser ?

— Que le Sud fonctionne un peu comme partout.

Cette fois-ci, ses lèvres s'écartent alors qu'il tente de dissimuler son rire.

— Mais encore ?

Je lève les yeux au ciel et sors les fournitures avec lesquels nous sommes censés travailler.

— Les familles riches ont tout le pouvoir. Elles peuvent faire tout ce qu'elles veulent. Il s'agit davantage de loyauté familiale ancienne que d'autre chose.

Il m'observe attentivement désormais, sa curiosité transparaît dans son regard. Je lui adresse un sourire serein.

— Dis-moi que je me trompe.

— Ta famille fait partie de la mafia ? me demande-t-il en retour.

Pour une quelconque raison, cette question me rassure. On me la pose souvent. Il est bon de savoir qu'en vertu de tout le reste, Devlin reste un être humain comme nous tous. Tout comme moi. Je hausse les épaules.

— Nous avons du pouvoir.

Il sourit légèrement, secoue la tête, et soulève les instructions de l'expérience à venir. Pendant le reste du cours, je meurs d'envie de lui poser des questions au sujet de sa famille, pour savoir ce qu'il pense de ce que j'ai dit, ce qu'il pense du fait que nous vivons désormais à côté de chez lui, et pourquoi il jouait au football à minuit. Mais je me rappelle que je ne suis pas censée me soucier des réponses à ces questions. La seule raison pour laquelle je devrais lui parler est pour trouver des informations qui pourraient nous aider à le faire tomber.

C'est encore mieux qu'avant, pas vrai ? Je veux dire, faire tomber quelqu'un... ça ressemble à quelque chose que Veronica ferait. Quelque chose que j'ai accompli avant, mais de manière différente.

Il ne s'agit pas de blesser une petite personne quelconque qui ne peut pas ou ne veut pas se défendre. Il s'agit de rabaisser le genre de personne qui s'en prend aux plus faibles.

De faire tomber un tyran ne me rendra pas coupable, surtout lorsque je sais que c'est pour placer mes frères à sa place. Certes, ces derniers ne sont pas des anges, mais ce ne sont pas des brutes non plus. Les jumeaux sont peut-être des crevards, et Royal a envie de se battre comme les drogués ont besoin d'une dose. Cependant jamais ils n'acculeraient une fille pour la traiter de chienne devant toute l'école. Mes frères n'obtiennent jamais le pouvoir en faisant se sentir quelqu'un d'autre petit et impuissant.

Ce que nous faisons, c'est prendre la relève et améliorer les choses. C'est un objectif noble. L'année prochaine il n'y aura pas de meute de chiens dans les couloirs de Willow Heights. Cet endroit sera un lieu sécuritaire pour des gens comme Dixie. À l'abri des personnes comme les Darling, et de celles que j'étais auparavant.

Neuf

ALLER dans une nouvelle école et commencer au sommet signifie écraser tous ceux qui se trouvent en dessous. Cela veut dire qu'il faut grimper au-dessus de chaque personne pour pouvoir y arriver. La personne au sommet a le plus de risque de chuter. Peut-être que rien ne change du tout pour celle qui se trouve tout au bas de l'échelle. Elle est toujours là. Peut-être qu'il faut se saisir d'une main qui remonte du bas de la pile pour l'attirer vers soi.

Dites-moi que cela ne change rien pour eux. Dites-le-moi. Je vous mets au défi.

Le reste de la matinée se déroule sans incident. Preston se trouve dans mon cours de maths, qui réunit des premières années et de deuxièmes années, mais il ne semble pas me remarquer. Quelques personnes me regardent de travers, néanmoins on ne m'aboie pas dessus. En plein milieu du cours, Preston se lève et sort de la salle sans adresser un mot au professeur. Quelques minutes plus tard, Dolly lève la main et demande à aller aux toilettes. Ni l'un ni l'autre ne revient.

Je me demande s'ils se fréquentent. Et si Devlin est au courant. Et bien entendu, pourquoi je m'en soucie ?

Je reporte mon attention vers le cours du jour et parviens à atteindre l'heure du déjeuner sans m'attirer d'ennuis. Au réfectoire, je me dirige droit vers la table de Dixie. Elle porte les mêmes collier et oreilles de chien que la veille, avec un haut noir qui souligne amplement son décolleté et ses taches de rousseur. Je me glisse sur une chaise à ses côtés.

— Alors, commencé-je, parle-moi davantage de toute cette histoire de chienne des Darling et des Darling Dolls.

Elle semble étonnée par ma question. Je ne parviens pas à dire si elle est surprise que je le lui ai demandé, ou simplement étonnée que je me suis à nouveau assise avec elle. Ou pour une tout autre raison. Avant qu'elle ne puisse répondre, les Dolce arrivent et dominent tout l'espace à notre table.

— Qu'est-ce que tu fais ? me demande King.

— Je suis assise avec mon amie, dis-je fièrement.

Je me sens liée à elle à cause de cette stupide étiquette de « chienne des Darling ». King tourne le menton vers la table voisine, qui est vide.

— Est-ce que nous pouvons parler ?

Je soupire et me relève pour les suivre sans argumenter.

— J'ai renoncé à l'idée de me comporter comme une plante verte, énoncé-je. J'admets que c'était stupide. Mais je ne vais pas me comporter comme une garce non plus. J'apprécie Dixie. Et elle a besoin de moi.

— Tu es en train de te punir pour ce qui s'est passé à New York en te faisant passer pour l'amie de cette drôle de fille ? s'enquiert Royal, en s'approchant bien trop de la vérité.

— Non.

— C'est une chienne.

— Quoi ?

Mon cœur vacille. Et ce qu'ils sont au courant ? Est-ce qu'ils savent que désormais c'est à moi que revient ce titre ?

— Elle ne prend pas soin d'elle-même. Si elle fournissait un petit effort, elle pourrait être jolie. Elle a de beaux seins.

— Tu es grossier. Et c'est contre les règles, répliqué-je.

Puisqu'ils rejettent n'importe quel gars que j'envisagerais alors qu'eux peuvent baiser qui ils veulent, je leur ai fait jurer que mes amies devaient être une exception. Ils ne doivent pas sortir avec elles ni les fréquenter et encore moins parler de leurs poitrines.

— Très bien, enchaîne Duke. Mais tu veux vraiment commencer ta scolarité comme ça ? Je ne vois pas comment elle pourrait t'aider à grimper l'échelle sociale. Nous devons la gravir, et elle va te retenir en arrière.

Je croise les bras, et plonge mon regard dans le sien, refusant de reculer.

— Soit elle reste avec moi, soit je ne vais nulle part.

— Très bien, réplique King. Fais comme tu veux. Sache seulement que tu devras te débrouiller par toi-même.

— Je ne crains pas le travail acharné. D'ailleurs, elle connaît très bien cette école. Elle a vécu dans cette ville toute sa vie. Peut-être qu'elle pourrait nous aider. Je sais en tout cas que moi je peux l'aider.

— Alors asseyons-nous avec elle, déclare Royal en haussant les épaules.

Mes frères prennent tous place autour de la table avec Dixie, qui semble être sur le point de faire une crise cardiaque. Son visage devient rouge écarlate, et elle bégaie au travers de mes présentations. Elle prononce à peine un mot durant tout le déjeuner alors que mes frères parlent de leur plan pour essayer de grimper à la tête de l'équipe de football. La saison a déjà commencé, néanmoins l'influence de notre père peut leur assurer au moins un essai pour tenter de rejoindre l'équipe.

— Qui sont les capitaines ? demande King à Dixie.

— Quoi ?

Ses yeux sont écarquillés.

— Oh, je… les Darling, évidemment. Et… eux.

Elle fait un geste vague vers une table où je repère les trois cousins et leur cour royale.

— Une fois que nous serons dans l'équipe, nous ferons nos preuves, ajoute Royal en observant les Darling. Nous verrons qui commandera alors.

— Ils sont vraiment doués, murmure Dixie.

— Tu ne nous as jamais vus jouer, réplique Duke en souriant.

— Vous devriez venir au match vendredi, ajoute Dixie.

Ses joues rougissent de plus belle, tandis qu'elle se force à avaler une bouchée de son sandwich.

— Ça semble être une bonne idée, la félicite Duke. Nous pourrons ainsi évaluer la concurrence.

— D'ici la semaine prochaine, il n'y aura plus de concurrence, le contre King.

Lorsque le déjeuner se termine, Devlin et Preston se pavanent, de belles blondes papillonnant autour d'eux comme le feraient des mouches. Devlin nous aperçoit et ricane.

— Est-ce le mieux que vous puissiez faire ? attaque Devlin.

— Vous ne pourriez même pas obtenir nos restes, ajoute Preston. Les seules filles qui voudront de vous sont les chiennes et votre propre sœur.

Ils sortent du réfectoire toujours en riant. Même Colt sourit en les suivant. Je jette un coup d'œil à Dixie, qui est redevenue rouge tomate.

— Il ravalera ses paroles bien assez tôt, déclare Duke avec un sourire. Lorsqu'on baisera toutes leurs copines.

Mes frères retournent en classe, et Dixie m'attrape par le bras.

— Oh, mon Dieu. Ce sont tes frères ?!

— Oui, dis-je en levant les yeux au ciel. Et non, je n'essaierai pas de te caser avec l'un d'eux.

C'est une chose qui ne changera jamais. Je suis habituée à ce genre de questions. J'ai l'habitude que de jeunes femmes essaient de se rapprocher de moi simplement pour avoir accès à mes frères. J'ai l'habitude d'être abandonnée lorsque ces mêmes personnes réalisent que mes frères ne veulent absolument pas sortir avec mes amies.

— Oh, je n'étais pas… bégaie-t-elle. Je veux dire, ils ne voudraient même pas sortir avec moi.

— Pourquoi pas ?

— Parce que, rétorque-t-elle, en écarquillant les yeux comme si c'était évident.

Comme si je devais savoir pourquoi.

Je hausse les épaules.

— Ils ne sortent jamais avec mes amies. Donc, si c'est ce que tu veux, laissons tomber ce semblant d'amitié, et tu pourras tenter ta chance. Passer par moi ne te permettra pas de les atteindre.

— Ce n'est pas ce que je fais.

Dixie recule, et je réalise alors que j'ai adopté le mode défensif sans le vouloir, et que j'agis avec elle comme le ferait une vraie salope.

— Je suis désolée, soupiré-je. Et voilà que je recommence. Lorsqu'une fille commence à être gentille avec moi sans raison, je suppose que je me mets sur la défensive. C'est merdique, et je vais devoir travailler là-dessus.

— Tu es méfiante lorsque les gens sont gentils avec toi ?

Je ne peux ravaler mon rire.

— Je suis complètement à la ramasse, pas vrai ? Mais après tout, c'était typique dans mon ancien lycée.

— Wow, ajoute-t-elle en hochant la tête. Est-ce que ça signifie… je veux dire, tu es gentille avec moi. Est-ce que je devrais me méfier ? Parce que tu ne devrais probablement pas vouloir être amie avec moi. Je suis la chienne des Darling, et tu… tu pourrais être, genre, une Darling Doll, la reine des pom-pom girls… et du lycée, tout ça à la fois.

— J'ai déjà eu tout ça. J'ai envie de changement.

— Mais tu es magnifique, souffle-t-elle en rougissant. Alors que moi je ne suis même pas jolie.

— Tais-toi. Tu es très jolie.

Elle esquive en secouant la tête.

— Regarde-moi. Je n'ai jamais eu de petit ami. La seule raison pour laquelle je suis ici, c'est parce que ma tante a épousé le maire.

— Premièrement, je n'ai jamais eu de petit ami moi non plus. Deuxièmement, qui t'a dit que tu n'es pas jolie ? Les Darling ? Je les emmerde. Mon frère pense que tu es sexy !

— Quoi ?

Elle couine et s'immobilise dans le couloir.

— Il a dit ça ?

Je hausse les épaules.

— D'accord, il a dit quelque chose de grossier à propos de tes seins, mais je sais que c'est ce qu'il voulait dire par là.

— Vraiment ?

Dixie irradie pratiquement en replaçant sa poitrine, repoussant ses seins vers le haut en ajustant son soutien-gorge.

— Cette école est complètement foutue. Ne crois pas trop à ce que les gens d'ici pensent. Toute la ville va de travers.

Elle semble y réfléchir pendant une minute avant de

hocher la tête et de continuer sa progression dans le couloir. J'avance à ses côtés.

— Alors, je suis devenue la chienne des Darling ? Qu'est-ce que cela implique exactement ?

— Eh bien, des choses différentes, m'avoue Dixie en rougissant une fois de plus. En réalité, je devrais probablement te les donner maintenant qu'ils t'ont réclamé…

Elle touche ses oreilles de chien.

— Ne me dis pas que tu es désolée de m'avoir transmis ce titre.

— Non, ajoute-t-elle rapidement. Je ne le suis pas. Tiens.

Elle arrache le bandeau et se retourne pour détacher son collier-de-chien.

— Ils seraient probablement fâchés s'ils me voyaient les porter maintenant qu'ils m'ont destitué de mon titre, de toute façon. Il est préférable que je te les transmette.

— Tu peux les mettre là, déclaré-je, en désignant une poubelle.

Dixie écarquille les yeux.

— Devlin Darling m'a passé ce collier lui-même. Je ne peux pas le jeter !

— Alors laisse-moi le faire pour toi.

Je lui arrache les objets des mains et les dépose exactement là où ils doivent être. Je me passe la main sur mon pantalon et me retourne vers elle.

— Maintenant que nous nous sommes chargées de ça, parle-moi davantage de l'équipe de football.

Cet après-midi-là, j'emmagasine des informations pour mes frères, et je leur raconte tout ce que j'ai appris grâce à Dixie. Une petite sensation de culpabilité accompagne ma divulgation, comme si je devais quelque chose aux Darling. Ce qui n'est absolument pas le cas. Deux d'entre eux se sont déjà comportés comme des enfoirés à mon égard, et Colt…

Eh bien, je ne sais pas quoi penser de lui. Mais je ne lui dois certainement aucune loyauté. Ma loyauté va envers mes frères, et je souhaite qu'ils aient tout ce qu'ils désirent. Et dans ce cas présent, ils veulent renverser la tendance.

Pendant que je parle, nous tournons dans notre quartier et roulons le long du chemin étroit menant vers notre nouvelle maison. Je repousse ma culpabilité au loin. Je ne fais pas remarquer à mes frères qu'ils n'ont rien pu obtenir en posant simplement des questions, comme je l'ai fait moi-même. D'autant plus que j'aime les aider. Nous passons devant l'allée des Darling lorsque le Range Rover bascule sur le côté. King pile sur la droite, et les jumeaux jurent en chœur des malédictions alors qu'une autre secousse nous atteint. La voiture dérape latéralement, la roue s'enfonce avant que la voiture ne s'immobilise contre les monstruosités de briques qui servent de boîtes aux lettres par ici. Les nôtres et celles des Darling sont côte à côte, juste entre nos deux propriétés, et nous avons réussi à renverser les deux. À en juger par la solidité des boîtes aux lettres, nous venons probablement de détruire le Range Rover.

— C'est quoi ce bordel ?! fulmine King, en bondissant hors de la voiture.

Je peux entendre l'air s'échapper du pneu crevé, mais je suis trop assommée pour pouvoir bouger pendant une minute. Les jumeaux continuent de jurer en un flux constant alors qu'ils sautent à leur tour hors du véhicule pour étudier le pneu.

— Ça va ? me demande Royal en ajustant le rétroviseur pour pouvoir me voir.

— Très bien, dis-je.

J'inspire profondément et passe mes paumes moites sur mes cuisses.

— C'est juste un pneu crevé.

— Il y a des clous sur la route, s'écrie Duke.

King revient dans la voiture, prend le volant et regarde droit devant lui, la mâchoire serrée et les jointures blanchies.

— Que s'est-il passé ?

J'enroule mes mains autour de mes genoux et serre jusqu'à ce que mes ongles s'enfoncent dans ma peau.

— Est-ce que tu peux changer le pneu ?

— Allons à la maison, déclare King, sans bouger un muscle.

— Nous n'avons pas de pneu de rechange, ajoute Baron en se glissant dans le siège à mes côtés.

Une porte claque, et je me tourne pour apercevoir une blonde maigrichonne sortir de la maison des Darling. Elle porte un pantalon Capri rose et un chemisier fleuri, ses cheveux étant tirés en une queue de cheval haute et lisse. Elle s'avance vers nous sur ses talons hauts de couleur rose, et se fraie un chemin soigneusement à travers la passerelle de gravier blanc et passe par les arbres inclinés. Ses hanches se balancent à chacun de ses pas, un portable se trouve dans une de ses mains et ce qui ressemble à une tarte en équilibre sur l'autre.

— Youhou, lance-t-elle en nous faisant signe avec la main qui tient le téléphone.

Royal jure en silence, en quittant l'habitacle. Nous le faisons tous, puisqu'il est évident que le Range Rover n'ira nulle part pour l'instant. Duke siffle doucement, les yeux fixés sur les hanches de la femme qui s'approche de nous.

— Si c'est la mère de Devlin, il ne faudra pas s'étonner si l'un d'entre nous la baise !

— Penses-tu que c'étaient eux ?

Comme pour répondre, la décapotable bleue s'avance dans le quartier et se retrouve juste derrière nous. Les cheveux blonds ébouriffés du conducteur, et son bras reposant le long de la fenêtre, sont les premières choses que j'aperçois. Une paire de lunettes de créateurs recouvre son regard glacial. Il a l'air de sortir tout droit d'un film, surtout lorsqu'il nous adresse un sourire suffisant.

— Un problème de voiture ?

Il ne fait pas mine de sortir de son véhicule.

— Oh, tu es là, chéri, l'appelle la femme en se dirigeant vers notre voiture. J'avais envie de rencontrer les voisins depuis le début de la semaine. Nous allons enfin pouvoir nous présenter.

Devlin ne répond pas. Il se contente de rester immobile pendant une minute, et je pense qu'il va refuser. Cependant, juste au moment où ça commence à devenir gênant, il ouvre sa portière et sort. Sa mère incline sa tête, et il se penche pour embrasser rapidement sa joue. Je suis touchée par ce geste, pour ne pas dire terriblement surprise. Au vu de la manière dont il se comporte au lycée, je ne l'aurais jamais considéré comme étant un fils à maman. Mais après tout, elle n'a pas l'air suffisamment vieille pour être sa mère. Pourtant, je sais de source sûre que les apparences peuvent être trompeuses. Si j'ai appris quelque chose de la part des amies de ma mère, c'est que les femmes sont prêtes à tout pour paraître jeunes le plus longtemps possible.

— Vous devez être la famille Dolce, déclare-t-elle, apparemment satisfaite de l'affection manifestée par son fils.

Elle se pavane devant lui et devant nous. Une paire de lunettes est vissée sur son nez, donc je ne parviens pas à déchiffrer son expression lorsqu'elle pose son regard sur nous.

— C'est bien nous, répond King. Je suis King Dolce.

— Le roi du clan Dolce ? réplique-t-elle d'un ton moqueur.

Je me force à sourire et décide d'intervenir avant qu'elle

ne devienne aussi grossière que toutes les cougars face à mes frères.

— Vous devez être Madame Darling, m'exclamé-je en lui tendant la main. Je suis Crystal Dolce.

Elle pose le plat à tarte en verre dans mes mains.

— C'est un plaisir de te rencontrer, Crystal. Pourquoi ne pas rentrer chez vous et aller chercher votre père, pour qu'il puisse jeter un coup d'œil à ces boîtes aux lettres pendant que nous nous présentons tous les uns aux autres ?

Ma mâchoire se crispe en l'observant.

Putain. De. Merde. C'est quoi ce bordel ?!

Elle n'a pas l'air de réaliser qu'elle vient de se montrer grossière, ou plus probablement qu'elle s'en fiche. Madame Darling se retourne pour glisser ses doigts fins et bronzés en direction de King.

— Bonjour. Je suis Madame Darling, votre voisine.

Elle lui sourit avec adoration avant de passer devant moi pour serrer la main de Royal, elle est si proche que je dois m'écarter pour ne pas me faire bousculer. Devlin se tient derrière elle, un sourire narquois et ennuyé plaqué sur les lèvres. J'aimerais pouvoir apercevoir son regard derrière ses lunettes, pour découvrir ce qu'il pense du fait que sa mère flirte aussi ouvertement avec mes frères. Royal lui serre la main avant de revenir vers moi.

— Ça a l'air délicieux, murmure-t-il en jetant un coup d'œil à la tarte. Tu devrais t'en aller pour que les adultes puissent parler.

— Tais-toi, le rabroué-je en le secouant et en essayant de ne pas rire.

Je suis tellement reconnaissante qu'il perçoive toujours quand j'ai besoin de son soutien silencieux, et d'être là pour me l'apporter sans même que je ne lui demande quoi que ce soit. Lorsque Madame Darling essaie de nous présenter son fils, il fait un signe de main.

— Nous nous sommes rencontrés au lycée.

Voilà tout ce qu'il dit.

— Mon Dieu, que s'est-il passé ?!

Elle pose cette question en désignant la pile de briques qui gît désormais là où se trouvaient les boîtes aux lettres.

— Juste un petit accident, répond King, qui semble si indifférent, que l'on ne pourrait pas se douter qu'il y a cinq minutes à peine il était une bombe prête à exploser. Ne vous inquiétez pas, nous allons nous en occuper.

— Oh, je ne m'inquiète pas de ça, réplique Madame Darling avec un vague geste de la main et un sourire. Je m'inquiétais pour vous tous en réalité. Est-ce que tout le monde va bien ?

— Tout va bien, merci, lui apprend Royal.

— C'est bien. Je ne peux pas imaginer ce que je ressentirais si mon Devlin avait un accident. C'est une bonne chose qu'il conduise en toute sécurité. On ne peut pas être trop prudents, surtout avec une voiture comme celle-là.

En oubliant mes manières, j'observe son fils. OK, donc je commence à comprendre pourquoi il est sorti avec la Barbie blonde. Sa mère est une femme au foyer de banlieue, et je parie que son armoire à pharmacie pourrait rivaliser avec celle de ma propre mère.

— Vous avez besoin d'un coup de main ? nous demande ce dernier avec un sourire pince-sans-rire. Ce n'est pas très loin. Nous pouvons probablement la pousser jusque dans votre allée.

— Nous allons gérer ça, réplique Royal, son regard jetant des éclairs à notre voisin si suffisant.

— Cela n'a pas de sens, intervient Madame Darling. Mon Devlin sera heureux de vous aider, n'est-ce pas, bébé ? Il est très fort. Mais je parie que vous pouvez aisément le deviner en le regardant.

Elle ricane et frappe son bras d'une manière qui frôle dangereusement avec le flirt. Devlin fait des aller-retour devant nous.

— Permettez-moi de grimper à bord et de tenir le volant, nous impose alors Madame Darling en contournant le Range Rover pour atteindre le côté conducteur.

— Nous n'avons pas besoin d'aide. Je vais simplement la garer au bord de notre allée.

Le moteur fonctionne toujours, donc il peut la sortir du fossé, mais on aura besoin de nouveaux pneus, parce que nous ne pouvons pas conduire sur la jante.

— Oh, mon garçon !

Madame Darling se penche lentement pour récupérer un des clous qui se trouvent sur le chemin.

— Voyez-vous ça ? Pas étonnant que vous ayez un pneu crevé.

— Pas étonnant effectivement, murmure Royal en scrutant attentivement Devlin.

Ce dernier détourne impassiblement son regard.

— Des enfants ont dû jouer ici, statue Madame Darling. Je vais devoir m'entretenir avec la surveillance du quartier à ce sujet. Imaginez ! Des clous sur la route. C'est une bénédiction que vous alliez si lentement. Cela aurait pu être une véritable tragédie.

Je fixe Devlin attentivement, attendant le moindre signe qui pourrait le trahir, mais il se contente de rester là, l'expression sereine, le soleil de fin d'après-midi faisant briller ses cheveux dorés comme s'il représentait l'ange que sa mère croit qu'il est.

Royal contourne l'avant de la voiture et passe devant Madame Darling, afin de se glisser dans le siège conducteur.

Il ne laisserait pas ce taré ni quelqu'un d'autre, conduire sa voiture. Il la pousse vers l'avant, rebondissant sur quelques briques et du bois sur le chemin. Tandis qu'il sort du chemin pour arriver jusque devant chez nous, Madame Darling l'observe fixement, en lissant ses vêtements du plat de ses mains. Je ne rate pas la manière dont elle rentre le ventre et sort la poitrine.

— J'ai eu l'intention de passer pour dire bonjour à votre père toute la semaine, et cela me donne une bonne excuse.

Elle parle en se retournant et en récupérant la tarte de mes mains avant de rayonner en direction de King.

— Je me souviens de lui lorsque nous étions au lycée. Il était très beau à l'époque, tout comme vous les garçons.

Oh mon dieu. Je me détourne pour lever les yeux au ciel, seulement pour être repérée par Devlin.

Merde.

— Tu sais que tu vas payer pour ça, lui déclaré-je.

— Pour quoi ? demande-t-il, son expression complètement dénuée de toute émotion, comme s'il n'avait pas la moindre idée de ce dont je parle.

— Tu es en train de fâcher la mauvaise famille. Et s'il te plaît, garde ta mère lubrique le plus loin possible de mon père.

Il fronce les sourcils et pince les lèvres. Enfin, une réaction.

— Je pourrais dire la même chose. Éloigne ton pervers de père de ma mère.

— Eh bien, reprends-je en ajustant ma queue de cheval. Je suppose que c'est une chose sur laquelle nous sommes d'accord. Nos familles ne se mélangeront pas.

— D'accord avec ça.

Royal revient vers nous, en fronçant les sourcils lorsqu'il me voit parler avec notre voisin.

— Viens là, Crys, déclare-t-il, en glissant un bras protecteur autour de moi et en m'éloignant de lui.

Nous nous dirigeons tous vers notre maison, le cul de Madame Darling balançant à chacun de ses pas alors qu'elle marche devant nous. Curieuse de voir si Devlin nous suit, je jette un regard derrière moi. Je ne peux pas m'en empêcher.

Il nous observe avec un détachement qui ne lui ressemble pas, comme s'il était au-dessus de tout. Debout, seul sur le chemin, les épaules droites, la tête haute, il donne l'impression d'appartenir à la royauté. Plus que ça. Le soleil l'éclaire comme il le ferait avec un dieu.

Il ne fait pas un seul pas dans notre direction, mais il ne s'en va pas non plus. Quelque chose en moi me tiraille lorsque je l'aperçois tout seul. Je me demande si sous cet extérieur de pierres ciselées, il a du mal à se joindre à nous. Cependant, il sait pertinemment qu'il ne peut pas fraterniser avec l'ennemi. Je me souviens de ce que cela fait d'être au sommet, de savoir que l'on ne peut pas se mêler aux autres parce que cela signifie devoir quitter son trône. Si l'on fait cela pendant ne serait-ce qu'une seconde, quelqu'un d'autre pourrait prendre notre place. Mes frères se sont alignés pour prendre celle de Devlin.

En détournant mon regard loin de lui, je ne peux m'empêcher de penser que je lui ressemble bien plus qu'il ne le croit, et plus que je n'oserais jamais l'avouer. Je connais la peur, et la façon dont elle peut nous dévorer. La solitude qui nous gagne lorsque nous sommes au sommet, peut-être impitoyable et cruel, même pour un Dieu.

Dix

J'ENTRE DANS ma chambre une heure plus tard et je hurle pratiquement de peur.

— Qu'est-ce que tu fous ici ?

Je murmure, en fermant rapidement ma porte, instinctivement. Je ne sais pas pourquoi je cache Devlin ni pourquoi il est ici. Par contre je sais que mes frères ne doivent pas le découvrir, sauf si je souhaite qu'ils aillent en prison pour meurtre.

— Il était temps, déclare Devlin, en se tenant assis et en balançant ses jambes du côté de mon lit, où il était allongé sur les oreillers comme un roi. J'attends depuis une heure.

— Pourquoi est-ce que tu es dans ma chambre ?

Je désigne ma porte d'un geste de la main.

— Mes frères vont te tuer.

Il n'a pas l'air très inquiet.

— De combien d'oreillers as-tu besoin ? Je veux dire, même si tu dormais debout, tu en as plus qu'assez. À quoi est-ce que ça te sert tout ça ?

— Donne-moi ça, sifflé-je, en lui arrachant mon oreiller en soie couleur lavande des mains.

Il le place sous son bras et se penche sur son coude, le coinçant ainsi sous lui et me souriant.

— Tu dois avoir l'habitude de trouver des choses étranges dans ton lit, pas vrai ?

— Comment est-ce que tu es arrivé ici ?

— Tu devrais vraiment songer à fermer ta fenêtre, réplique-t-il en désignant cette dernière d'un geste paresseux, là où les rideaux se balancent doucement sous la brise extérieure.

Il a laissé la fenêtre ouverte sur le balcon. Il a dû emprunter l'escalier extérieur pendant que l'on était tous à l'intérieur, ce qui est sacrément culotté de sa part.

— Tu dois partir, lui annoncé-je mon cœur tambourinant à mes oreilles.

Il me faut faire preuve d'un énorme contrôle de moi pour ne pas reculer contre la porte. Il est venu dans ma chambre et m'a attendue pendant une heure. Il a peut-être fouillé dans mes affaires. Quel genre de psychopathe fait ça ?

— Premièrement, j'ai envie de savoir de quoi ils parlent.

— Qui ça ?

— Nos parents.

— Je ne sais pas. Rien. Des conneries ennuyeuses.

— Comme quoi ? s'enquiert Devlin, son regard s'assombrissant.

Je soupire.

— Ils se rappellent leurs souvenirs du secondaire.

— Je croyais t'avoir dit de garder ton père éloigné de ma mère, déclare-t-il en serrant les dents. En réalité, garde toute ta famille loin de la mienne. Je ne sais pas qui vous pensez être pour pouvoir venir ici et vous foutre de nous, mais si vous n'arrêtez pas, vous allez le regretter.

— C'est elle qui est venue dans notre maison, souligné-je.

C'est toi qui as grimpé à ma fenêtre. Je pense que vous êtes la famille qui doit rester loin de la nôtre.

— Ton père a déjà joué cette comédie, réplique-t-il. Ça n'a pas marché à l'époque, et ça ne marchera pas maintenant. Tiens-le éloigné de nous.

— De quoi est-ce que tu parles ?

Il m'observe fixement pendant une longue minute, comme s'il ne croyait pas que je puisse ignorer à quoi il fait référence. Ses lunettes de soleil sont posées sur le sommet de sa tête, et brusquement, j'aimerais que ce ne soit pas le cas. Je n'ai pas envie de voir ses yeux, je n'ai pas envie d'apercevoir la façon dont il peut lire à travers moi, et à travers toutes mes défenses. Je n'ai jamais été seule avec lui, et tout à coup, j'ai l'impression que c'est terriblement dangereux.

Il affiche un sourire narquois et cruel. Je suis certaine qu'il a pu lire en moi.

— Est-ce que tu as peur de moi, Crystal ?

Il me pose cette question en se relevant brusquement de mon lit et en traversant ma chambre en trois pas.

— Non, dis-je en reculant d'un pas.

Il remplit tout l'espace. Sa présence comble toute ma chambre, aspire tout l'air et me laisse sans le souffle. Il me plaque contre la porte, je suis obligée de tordre le cou pour le regarder, ses doigts s'enroulent autour de ma gorge dans une prise qui est à peine plus qu'une caresse, et à peine moins qu'une menace.

— Tu devrais, murmure-t-il, les coins de sa bouche s'incurvant dans ce sourire sadique.

— Eh bien, ce n'est pas le cas.

Je sens mon pouls battre au bout de ses doigts, cependant je ne céderai pas si facilement. J'agrippe son poignet pour l'éloigner, sauf que plus je tire pour l'écarter de ma gorge, plus il sert.

— Que ce soir te serve d'avertissement, annonce-t-il. Reste loin de ma famille. Sois la bonne chienne que je sais que tu peux être. Parce que si tu ne le fais pas, je ferai de ta vie un cauchemar. Je te ferai regretter d'être en vie.

Il caresse doucement ma joue de sa main libre, et me soulève le menton de l'autre.

— Je te déshabillerais, et te ferais me supplier de te toucher, même si tu sauras que je te briserais si brusquement que tu me supplieras ensuite d'arrêter. Mais je n'arrêterai pas. Je te briserais morceau par morceau jusqu'à ce qu'il ne reste plus que des cristaux de sucre, ma douce.

Il caresse ma lèvre inférieure, et des picotements naissent sur ma peau alors même qu'il me plaque contre la porte. Il s'avance, jusqu'à ce qu'il n'y ait plus qu'un mince espace entre nos deux corps, un fossé qui est chargé d'une électricité qui me brûle tout le corps. J'inspire son parfum, comme de l'herbe fraîchement tondue avec un soupçon de cuir et l'arôme enivrant et vertigineux de la sueur des garçons. J'ai envie d'être dégoûtée, mais je m'évanouis presque en inhalant.

— Tu es un grand malade, répliqué-je, alors que mes doigts tremblent lorsque je les pose sur son poignet, et que mes ongles s'enfoncent dans sa peau.

— Oh, mon cœur, chuchote-t-il, ses lèvres si proches des miennes que je ne sais pas si la chaleur que je perçois provient de sa peau ou de son souffle. Tu n'en as pas la moindre idée.

Je presse plus fort, mes ongles s'enfonçant si profondément qu'ils brisent la mince couche de peau à l'intérieur de son poignet. Il inspire profondément, et ses yeux scintillent avec une lueur indéfinissable, quelque chose que je perçois comme de la colère.

— Tu m'as fait saigner, grogne-t-il. Tu n'aurais pas dû faire ça.

— Je… je suis désolée.

Je tremble en essayant de reculer, pourtant lorsque son regard se fixe sur mes lèvres, je réalise qu'il n'est pas énervé. Son regard est empli de convoitise. Mon propre corps répond, l'intérieur de mes cuisses se réchauffe, alors même que mon esprit me hurle de m'enfuir.

— Désobéis-moi, petite bâtarde, ronronne-t-il. Je te mets au défi. Je prendrai plaisir à te regarder et à te briser.

Ses lèvres frôlent les miennes, en un effleurement aussi léger que le battement d'une aile de papillon, et un frisson de plaisir ondule à travers mon traître de corps. Mes paupières se ferment, et je penche la tête avant d'avoir le temps d'y réfléchir.

Sa réponse est un rire cruel.

— Oh, non, s'exclame-t-il en reculant pour mettre de la distance entre nos deux corps.

Mes yeux s'ouvrent et la honte me submerge. La main de Devlin serre encore ma mâchoire, et le triomphe illumine ses yeux.

— C'est tout ce que tu auras, petite chienne. Maintenant cours et va dire à tes frères qu'ils s'en prennent aux mauvaises personnes. Personne ne peut remplacer les Darling dans cette ville. Tu peux choisir de me croire sur parole ou apprendre à la dure.

Il se retourne alors et sort par la fenêtre en moins de trois secondes. J'entends ses pas sur le balcon alors que je m'appuie contre ma porte, et ferme les yeux en essayant de reprendre mon souffle. Mon cœur bat tellement vite que je sens que je vais être malade, et tous mes membres tremblent. Mon Dieu, je me déteste d'être tombée si facilement dans son piège. Je hais mon cœur, ce traître, de battre la chamade lorsqu'il est à proximité. J'abroge les nuées de papillons qui s'envolent dans mon ventre jusqu'à me rendre étourdie lorsque je capte une bribe de son odeur. Je déteste regarder dans ses yeux et voir plus qu'un connard arrogant et privilégié.

Je perçois quelqu'un qui est plus que ce qu'il laisse savoir aux autres, quelqu'un qui saigne de l'intérieur et qui souffre comme nous tous.

Quand je contemple ses yeux, je ne vois pas seulement un monstre.

Je me vois, moi.

Onze

ILS DOIVENT AVOIR UNE FAIBLESSE. C'est ce que dit mon frère. C'est un château de cartes. Prenez-en une, et tout le reste s'effondre. Nous devons juste trouver de quoi il s'agit avant qu'ils ne découvrent notre faiblesse. Le problème, c'est qu'il est trop tard. Devlin connaît déjà la faiblesse des Dolce.

Moi.

Le lendemain, nous trouvons la voiture de Devlin sur notre emplacement de parking, celle que l'énorme don de notre père nous a achetée.

— Est-ce qu'il compte vraiment nous faire chier après avoir détruit ma voiture ? fulmine Royal.

Les mots de Devlin, la veille, me traversent l'esprit et je lui attrape le bras.

— Laisse tomber, supplié-je mon frère. Peu importe. C'est une place de parking, pour l'amour de Dieu. Veux-tu vraiment être suspendu pour quelque chose d'aussi stupide ? Allez. Il suffit de se garer ailleurs et de les ignorer.

Les narines de mon frère se gonflent alors qu'il observe le

cabriolet bleu Bel Air qui se trouve à sa place. Je dois admettre que c'est une très belle voiture. Compte tenu de l'état du Range Rover après la nuit dernière, je ne blâme pas mon frère d'être énervé de voir ce fichu cabriolet à sa place, comme pour frotter du sel sur sa plaie. Cependant, je ne veux pas que mes frères soient près des Darling. Je préfère faire la paix et passer à autre chose.

— Nous nous en occuperons plus tard, déclare King à Royal, qui se dirige vers un autre emplacement.

Je me détends quelque peu, en espérant que mes frères puissent voir à quel point c'est mesquin et ridicule de se battre pour une simple place de parking alors que le reste des places sont disponibles. Les Darling squattent autour de leurs voitures, comme d'habitude. Dolly se tient debout contre son pick-up rose Barbie avec une autre fille, et toutes les deux admirent les Darling en discutant, et en faisant semblant de ne pas leur prêter attention. À mesure que nous approchons, elles arrêtent de faire semblant et nous regardent directement, comme tous ceux qui traînent encore dans le parking.

— Vous êtes de retour à votre place aujourd'hui, laisse échapper Devlin avec un sourire narquois et un air ennuyé.

Fixer ses lèvres fait naître une envolée de papillons dans mon estomac.

Bon sang.

— Ignore-le, sifflé-je en saisissant le bras de Royal.

— Derrière les bennes à ordure, ajoute Preston par-dessus la tête d'une fille qui s'agrippe à lui comme une sorte de parasite.

Devlin m'a prévenu de laisser sa famille tranquille, mais apparemment ça ne marche pas dans les deux sens. Et ses paroles d'hier résonnent encore dans ma tête.

Je te mets au défi…

Est-ce qu'il compte pousser mes frères à réagir en espérant pouvoir s'en prendre à moi ? Toute cette histoire n'a rien à voir avec moi. Je ne devrais même pas me mêler de tout ce qui concerne mes frères. Si je m'éloigne d'eux à l'école, les Darling devront bien comprendre que je ne fais pas partie de leur petit jeu.

— Je vais retrouver Dixie, annoncé-je à mes frères. On se voit plus tard.

Je me dépêche de les laisser résoudre leurs problèmes de stationnement avec les Darling. Je ne compte pas prendre part à cette lutte de pouvoir ridicule. Je ne veux rien avoir à faire avec ça, surtout pas lorsque mon cœur ne cesse de battre la chamade en entendant le nom de Devlin, ou en apercevant son sourire, ou en captant l'odeur de sa peau lorsqu'il se penche plus près...

J'évite très consciencieusement Devlin durant la première heure de cours, mais lorsque j'arrive à la seconde, Colt tapote la chaise à ses côtés. Il est installé sur la sienne, ses jambes étalées dans l'allée.

— Viens t'asseoir, ma douce, me propose-t-il avec un sourire.

— Je ne peux pas.

— Tes frères te tiennent en laisse, ajoute-t-il, toujours en souriant comme si de rien n'était.

Cependant, j'entends la pointe de défi dans sa voix, et ça me fait légèrement plus peur que la manière d'agir de Devlin. Parce que même si ce dernier m'intimide, Colt me tente. Il me met au défi de faire quelque chose d'imprudent, de mortel.

— Non, ce ne sont pas mes frères qui font ça. C'est ton cousin.

Je me détourne de lui dans le but de me presser pour m'installer à une table vide. Au moment où je m'apprête à m'asseoir, Colt glisse sur la chaise.

— La place est prise.

Il me sourit, son défi toujours présent dans son regard, encore plus important désormais. Je l'observe fixement, je ne bouge pas. La vérité, c'est que je meurs d'envie de relever ce défi. J'ai envie de dépasser les bornes, de faire quelque chose de sauvage et de dangereux. Je veux défier Devlin pour lui prouver qu'il ne me fait pas peur, même si c'est le cas. Pour me prouver, si je ne peux pas le faire pour lui, qu'il ne contrôle pas ma vie.

— Qu'est-ce que tu fais ?

— La place est prise, répond Colt en se penchant vers l'avant et en posant ses avant-bras sur la table.

Ses muscles se contractent le long de son bras.

— D'accord.

Je soupire et me déplace pour atteindre le rang suivant, mais il en fait de même et s'assied dans le siège que je vise. Voilà que nous avons désormais attiré l'attention de quelques personnes. Ils nous scrutent tous, attendant quelque chose. Peut-être le signal pour commencer à m'aboyer dessus.

Merde.

Je ferais mieux de détourner leur attention avant que cela n'arrive.

— Qu'est-ce que tu veux ? sifflé-je à l'intention de Colt.

Je serre les dents et j'essaie de ne pas regarder autour de moi. Il tapote la chaise à ses côtés.

— Que tu t'assieds ici.

— Je ne le ferai pas.

— D'accord.

Il me sourit, mais son sourire n'atteint pas ses yeux. Malgré son attitude désinvolte, il y a quelque chose de plus dur et de calculateur dans son regard. Je me rends compte qu'il n'abandonnera pas. Pas avant que je ne lui obéisse.

Et vraiment, qu'est-ce que ça peut faire ? C'est idiot…

courir dans cette salle de classe en jouant un stupide jeu de chaises musicales. Je peux me contenter de m'asseoir là où j'étais hier et de l'ignorer. Je pivote, en balançant mes cheveux sur mon épaule, et m'avance vers la chaise vide. Je m'assieds dessus avant qu'il ne puisse l'atteindre. Je suis aussi immature que lui. J'aurais pu m'asseoir à ses côtés là où il se trouvait. Toutefois, si le seul pouvoir que je possède est de le faire venir à moi, je compte bien m'y employer.

Une seconde plus tard, il se glisse à mes côtés.

— Hé, mon sucre, reprend-il. Heureux que tu acceptes ma façon de penser.

Son sourire détendu est de retour. Mais je n'oublierai plus jamais qui il est en réalité.

— Qu'est-ce que tu me veux ?

Je murmure en me penchant et en tournant la tête vers lui pour que les regards indiscrets ne puissent déchiffrer mes paroles.

— Est-ce qu'un mec sexy ne peut pas simplement vouloir s'entretenir avec une jolie fille ?

Il prétend être indifférent à mon irritation.

— Pas lorsque leurs deux familles veulent s'entretuer.

— Tu as envie de me tuer ? me demande-t-il avec une fausse stupeur.

Je serre les dents.

— Tout de suite ?

Colt ricane. Il n'a peut-être pas l'air plus nuisible qu'un grand et amical golden retriever, cependant j'ai aperçu la détermination présente dans ses yeux. Je sais qu'il y a bien plus à savoir à son propos que ce qu'il laisse entrevoir à la face du monde.

S'il veut jouer à ce jeu, je vais en faire de même. Je n'en connais pas ses raisons, mais s'il ne désire pas que les gens sachent qu'il est plus qu'un type décontracté, qui suis-je pour faire tomber le masque ? Je sais tout sur le fait de se cacher derrière une façade, de devoir agir d'une certaine façon parce que c'est ce que les gens attendent et veulent de vous. Et je sais que s'il avait voulu en partager davantage avec moi, il l'aurait fait au lieu de se cacher derrière un flirt innocent.

Alors, je décide de laisser tomber. Lorsqu'il me donne un coup de coude pendant l'heure de cours, je baisse mon regard pour apercevoir une feuille de papier, son écriture paresseuse recouvrant plusieurs lignes.

Si nos familles veulent s'entretuer, nous pourrions être Roméo et Juliette.

Je ne peux m'empêcher de sourire. J'ai envie de lui en vouloir de m'avoir manipulée pour que je m'asseye avec lui, mais j'en suis incapable. Même si je ne connais pas ses raisons, et que je ne lui fais pas confiance, ça ne veut pas dire pour autant que tout le monde doit se mettre en colère ou être malheureux. Je peux garder mes réserves et obtenir encore un peu de plaisir à flirter avec un garçon mignon. Ce n'est pas comme si je pouvais conclure avec lui de toute façon.

Je n'ai pas foi en nos chances.

Je lui renvoie le morceau de papier. Il sourit et se penche pour griffonner sa réponse. J'essaie de ne pas admirer la largeur de ses épaules ni les muscles de son dos lorsqu'il se penche pour écrire.

Si tu ne veux pas mourir jeune, on réécrira la fin.

Je m'esclaffe et lui renvoie une réponse facile.

Tu ne peux pas réécrire la fin de Roméo et Juliette. C'est ce qui fait toute l'histoire.

Il se penche à nouveau sur le bureau et louche en direction du professeur pendant une minute, comme s'il réfléchissait. Puis il sourit pour lui-même, se redresse et commence à écrire. Je remarque que mon rythme cardiaque s'accélère légèrement, alors que l'anticipation s'accumule en moi pendant qu'il formule sa réponse. Je vois le sourire au coin de ses lèvres, et je me retrouve à sourire bêtement moi-même. Le plaisir de flirter avec lui est grisant et enivrant. Un dangereux frisson me traverse lorsque je réalise que mes frères ne pourront pas être au courant. Personne dans cette école ne va courir leur dire qu'un garçon flirte avec moi. Surtout pas un Darling.

Toutefois ses cousins pourraient l'apprendre. Et pourraient en aviser mes frères.

Cette simple pensée envoie tout d'un coup une décharge d'adrénaline à travers tout mon corps. Une partie de moi est terrifiée à l'idée qu'ils puissent en parler à Devlin. Tandis que l'autre est exaltée de faire quelque chose pour lui désobéir. Va-t-il encore entrer par ma fenêtre, me plaquer contre la porte ? Va-t-il faire plus que me menacer cette fois ?

Mon cœur bat à tout rompre dans ma poitrine, et je sens mon visage rougir lorsque l'image s'implante dans mon esprit.

Cœur stupide. Corps stupide. Imagination stupide.

Colt plie le papier en quatre avant de le glisser sous ma main. Ses doigts m'effleurent la peau et s'attardent jusqu'à ce que je lève les yeux et croise son regard. Il papillonne des paupières et écarte sa main.

Nous écrirons notre propre histoire. Nous pouvons l'appeler Homey-O et Drooliet. Ce serait tout à fait correct, n'est-ce pas ?

Je lève les yeux au ciel.

Laisse-moi deviner. Parce que vous avez tous décidé que je suis une chienne.

Non. Parce que tu baves un peu chaque fois que tu regardes mes bras.

Lorsque je ravale un éclat de rire, et que je lève les yeux,

Colt appuie son bras sur le bureau. Il le fléchit et caresse sensuellement le bulbe de son biceps.

Cette fois-ci, je ne peux contenir mon rire. Le professeur me lance un regard irrité.

— Pouvez-vous nous partager la cause de votre hilarité, Mademoiselle Dolce ?

— Je suis désolée.

Colt se prélasse sur sa chaise, un grand sourire plaqué sur le visage. Je froisse lentement le morceau de papier sur lequel nous avons écrit, en observant son visage lorsque je le fais. Une lueur de quelque chose passe à travers son regard alors même que son sourire reste fermement en place. Cette lueur disparaît si rapidement que je ne suis pas certaine de savoir si c'était de la colère, une insulte, ou de l'intérêt.

J'arrive à l'ignorer pour le restant du cours, mais ma curiosité a été piquée au vif. Je n'arrête pas de penser à lui. Je désire en savoir plus sur ce garçon qui sourit si facilement de façon solaire. Les jumeaux agissent de la même façon, flirtant et s'amusant, mais je sens qu'il y a quelque chose de plus profond au sujet de Colt. Quelque chose de bien plus sombre sous toute cette surface ensoleillée.

Je passe ainsi le reste du cours et de la journée. Lorsque j'arrive à la maison, je déclare à mes frères que nous devrions peut-être laisser les Darling tranquilles. Nous avons eu notre temps au sommet. S'ils en ont vraiment besoin, nous pourrions peut-être essayer de passer une trêve avec eux.

Royal se moque de ce que je propose. Ils ont détruit sa voiture. Il ne leur pardonnera jamais. Royal est mon roc. Il est loyal, protecteur et bon. Sauf que le pardon ne fait pas partie de son vocabulaire.

Pourtant, il me promet que s'il concocte une vengeance, je serai loin lorsqu'il la mettra à exécution. Quoi qu'ils fassent, je ne serai impliquée en aucune façon. Les Darling et mes frangins peuvent s'occuper de leurs affaires en me laissant en dehors. Mes frères sont étrangement tranquilles après ça, et je décide de ne pas m'en mêler. Je ne veux pas savoir ce qu'ils mijotent. L'ignorance, c'est la clé du bonheur et de tout le reste. Si je ne suis pas au courant, je ne peux pas être tenue responsable de quoi que ce soit.

Au lycée, la semaine suivante, je traîne avec Dixie, je lui fournis des conseils sur le maquillage, les garçons et la mode. Je m'installe sagement dans mes cours. Quelques aboiements modérés sont la seule indication que les gens se souviennent de mon premier jour ici. Personne n'aboie contre moi directement, et les Darling me laissent tranquille, à l'exception de Colt, qui se borne à s'asseoir avec moi. Devlin ne se pointe pas dans ma chambre, donc je suppose que Colt la ferme.

Chaque jour, nous quittons la maison ridiculement tôt pour arriver à l'école et nous garer à la première place avant que les Darling n'arrivent. À la maison j'étudie, ignore les bruits que fait un ballon de football à minuit, et garde un œil sur mon père pour m'assurer qu'il ne songe pas à divertir Madame Darling à nouveau.

Le premier week-end se passe tranquillement. Trop tranquillement. Je commence à être nerveuse à propos de ce que mijotent mes frères. Depuis l'incident de la boîte aux lettres, nous avons pris deux voitures pour nous rendre en cours, l'Evija de King et le Hummer de Duke. Le Range Rover est rangé au garage avec ses nouveaux pneus, mais son flan encore défoncé me rappelle chaque jour que les représailles se préparent.

Le vendredi matin suivant, même si nous arrivons tôt, la Bel Air est à nouveau garée à notre place. Mes frères ne disent pas un mot, ce qui me glace le sang. Je sais qu'il ne me faut pas imaginer qu'ils ont cessé de se battre. Mes frères ne s'arrêteront jamais. Une fois qu'ils ont quelque chose en tête, il est impossible de les convaincre du contraire. Même moi, je suis incapable de les persuader, et je sais pertinemment qu'ils seraient prêts à faire n'importe quoi pour moi.

Royal m'accompagne jusqu'à mon premier cours, toutefois je remarque qu'il n'arrête pas de jeter des coups d'œil en arrière comme s'il était distrait. Comme s'il attendait quelque chose.

— Qu'est-ce qui se passe ?

Je lui pose cette question parce que mon frère ne se montre pas nerveux habituellement.

— Rien, me répond-il. Mais tu devrais peut-être rester à la maison ce soir.

Je déglutis fortement et hoche la tête. Même si je souhaite aller au match et évaluer les compétences des adversaires de mes frères, s'ils ont prévu de se battre ce soir, je ne souhaite pas être présente. Rester à la maison est la meilleure façon pour moi de faire savoir aux Darling que même si je suis loyale envers ma famille, je ne suis pas d'accord avec leurs conneries. J'ai survécu déjà deux semaines dans ce lycée, mais chaque pas que j'ai fait a été fait en marchant sur des œufs.

La sonnerie retentit, et je désigne ma salle de classe d'un signe de tête, en étant reconnaissante de constater que Devlin n'est pas encore arrivé. Il semble assister à la première heure de cours seulement lorsqu'il en a l'envie, ce qui correspond à la moitié du temps. Je ne m'en plains pas. Je me glisse à ma place et inspire profondément. Je ne sais pas comment expliquer mes sentiments au sujet de Devlin. Lorsque je suis assise à côté de lui en cours, il m'est difficile de respirer. Mon corps me donne l'impression d'être chargé d'électricité statique lorsqu'il est proche de moi, ma peau me fait part de mon besoin de se rapprocher, et de m'appuyer contre la sienne. Pourtant, dès lors qu'il prend la parole, j'ai envie de le frapper dans les couilles. Je l'entends jouer au ballon la nuit, et je suis irrémédiablement attirée vers mon balcon, en espérant chaque nuit que je vais pouvoir capter un aperçu de lui comme je l'ai fait la première fois. Puis, il me sourit de ce sourire froid, dangereux et calculateur qui le rend aussi terrifiant et hypnotique qu'un serpent.

Je sors de mes pensées et tente de me concentrer. Tout ce que représente Devlin est l'opposé de la personne que je veux devenir ici. Rien de lui ne pourrait entrer dans ma vie, pas avec mes frères qui sont en guerre contre lui. Pourtant, il n'a pas changé de place ni ne m'a demandé de bouger depuis le premier jour où nous nous sommes assis ensemble. Parfois, je le surprends à m'observer, et pendant une seconde je parviens à apercevoir le vrai Devlin, à réaliser qu'il est juste un être humain comme le reste d'entre nous. Parfois, il me fait même rire avec son humour calme et inattendu. Juste avant de faire un commentaire grossier et autoritaire qui me montre à quel point c'est un vrai connard.

Après les cours, je me dirige vers mon casier, en espérant être chanceuse en découvrant que Colt ne se pointera pas à mon deuxième cours. Je remarque alors que quelques personnes chuchotent quand je m'arrête à mon casier, mais je suis incapable de dire si c'est pire que d'habitude. Je suis la chienne chérie des Darling, après tout. Et même si rien n'en est vraiment sorti, je reçois suffisamment de commentaires et d'aboiements pour savoir que personne n'a oublié. Toute cette histoire pend au-dessus de moi, me suivant comme un écho à travers les couloirs. Je ne peux pas ignorer ne serait-ce que l'espace d'un seul instant que j'ai été marquée.

Je commence à faire mon code lorsque je sens quelque chose de familier que je ne parviens pas à identifier, une odeur faite à moitié de vieille graisse, d'un quart de moisi, et d'un quart de quelque chose d'autre. Je ralentis alors que je tourne le verrou jusqu'au deuxième nombre, mais mon esprit s'agite en tous sens. Je pourrais me retourner et exiger de savoir qui a fait ça, même si je ne sais pas exactement de quoi il s'agit. Je peux à la place me dépêcher d'aller en cours sans ouvrir mon casier, or si je fais ça, tout le monde saura que je me suis enfui. Ou je peux tout simplement ouvrir mon casier et faire face à ce qui y a été placé. J'ai beaucoup fui, je me suis énormément cachée et j'ai trop fait semblant, pourtant je préfère agir ainsi sans ressentir de peur. Être une Dolce signifie que je ne dois jamais perdre la face, et si pour ce faire je dois les laisser se moquer de moi, je le ferai. Si je ne perds pas mon sang-froid, je pourrais garder ma dignité intacte même face à leurs railleries. D'autant plus que si je ne réagis pas, ils perdront vite de leur intérêt.

En prenant une grande inspiration, je m'arrête au dernier numéro, en sentant le verrou se coincer avant d'abdiquer. À la seconde où je tourne le loquet, la porte s'ouvre comme si elle était poussée sur ressort. Je sursaute involontairement en arrière, même si je pensais m'être préparé à tout ça. La porte s'ouvre, et une cascade de boulettes de nourriture pour chien déborde de mon casier. Elles s'éparpillent sur le sol, et dans le hall, enterrant mes orteils.

Quelques personnes aboient, mais la plupart d'entre elles ricanent. J'observe mon casier, mon cœur battant la chamade, mon esprit se perdant.

Ne réagis pas. Prends tes livres. Ferme ton casier. Et va en classe comme si de rien n'était. Quoi que tu fasses, ne verse pas une larme, quoiqu'il puisse se passer.

J'avance et récupère mon livre de Shakespeare, les mains tremblantes, les doigts engourdis. Davantage de nourriture pour chien tombe vers l'avant et sur mes livres. Je m'agrippe à la porte de mon casier, me forçant à retenir mes larmes. Je ne leur fournirai pas cette satisfaction.

Avant que je ne puisse fermer mon casier, une main saisit la porte par-derrière et la claque avec un énorme bruit métallique qui résonne dans tout le couloir. Devlin se tient derrière, sa paume à plat contre mon casier fermé, ses yeux qui brillent croisant les miens. Un écho nerveux se répand à travers le couloir, et j'y jette un coup d'œil à la recherche de mes frères, en pensant que quelqu'un les a vus arriver.

Toutefois, ils ne sont nulle part en vue. Ces gens n'ont pas peur de mes frères ni d'être témoins d'une bagarre. Ils craignent Devlin.

En voyant la fureur crépiter dans son regard glacial, il est facile de comprendre pourquoi il inspire autant de peur. Par contre, j'ignore pourquoi quelqu'un d'autre que moi devrait avoir peur.

— Qui a fait ça ? demande Devlin en se tournant pour faire face à la foule.

Un murmure la traverse, mais personne ne répond. J'avais supposé que c'était son œuvre, et si ce n'était pas la sienne, celle de l'un de ses cousins. Pourtant on dirait qu'il est sur le point de péter un câble. Je ne comprends pas. Il m'a désignée comme étant leur chienne chérie. Il a peint lui-même une croix sur mon front. Et maintenant il est énervé que quelqu'un me prenne pour cible ?

— Qu'est-ce qui se passe ici ?

La voix exaspérée d'un enseignant résonne dans le couloir, et une petite bonne femme en jupe crayon et blazer se fraie un chemin à travers la foule.

— Allez-vous-en, déclare Devlin sans même la regarder. Cette affaire concerne les Darling. Ça ne vous regarde pas.

On dirait qu'elle compte argumenter, toutefois elle pince les lèvres et lui jette un regard de désapprobation. Sans un mot de plus, elle se retourne et s'en va, me laissant dans un état de béatitude. Merde. Les Darling n'ont même pas à avoir peur des conséquences, parce que pour eux, il n'y en a aucune. Si j'avais encore le moindre doute quant au fait qu'ils dirigent ce lycée, ils se sont envolés désormais. Ainsi que toutes mes chances de m'échapper de la scène qui se déroule autour de moi.

Et même si je souhaite m'enfuir avec ce professeur, une partie insatiablement curieuse de moi meurt d'envie de savoir ce qui va suivre, même si je sais pertinemment que ça ne peut pas être quelque chose de bon. Je suis fascinée par la rage qui exulte de Devlin. Comme un chasseur de tempêtes, j'ai envie de le suivre, pour voir son pouvoir destructeur se mettre en œuvre quand bien même je sais que cette même tempête pourrait me détruire au passage.

Je sais pertinemment qu'il ne me laisserait pas m'en aller dans tous les cas. Et lorsque Colt se place de l'autre côté, la partie est terminée. Ils m'arrêteront si j'essaie de fuir.

— Et voilà notre chienne chérie, déclare Devlin à sa cour, sa main m'attrapant par la nuque.

Il m'attire à ses côtés, mais cette fois, il n'y a aucune violence dans sa poigne. C'est ferme et possessif, pas cruel.

— C'est ma chienne. Vous comprenez ?

— Force-la à manger, s'écrie un type, avant de la fermer lorsque Devlin tourne son regard dans sa direction.

— Qui a dit ça ?

Il pose cette question en resserrant son emprise. Le regard de Devlin balaie la foule, et après quelques secondes, le type qui a parlé laisse échapper un rire nerveux.

— Je pensais juste que ce serait drôle.

— Est-ce que c'est une blague pour toi ?

— Eh bien…

Avant qu'il ne puisse terminer, Devlin lui coupe la parole.

— Ce n'est pas une blague. C'est réel. Cette fille est une chienne. Notre chienne. Personne ne la nourrit, ne l'emmène faire des promenades ou ne la caresse sans notre permission.

— Désolé, réplique le gars en reculant d'un pas.

— Tu peux en manger, puisque tu trouves ça drôle, déclare Preston en se frayant un chemin à travers la foule.

De tous les Darling, c'est celui que je connais le moins, et pourtant, je sais qu'il est tout aussi effrayant. Ses menaces ressemblent à des blagues, mais à ses yeux, j'ai l'impression qu'il adorerait mettre en œuvre tout ce qu'il dit.

— Quoi ?

Le malheureux qui a répliqué les yeux grands ouverts lorsqu'il réalise que les trois cousins Darling sont présents. Preston parle lentement :

— Prends en une poignée et mange-la.

Le jeune homme regarde d'un côté, puis de l'autre, comme s'il cherchait quelqu'un à même de le sauver. Cependant, les professeurs ne vont évidemment pas interférer dans ce rituel. Après une seconde, il se penche et ramasse une poignée. Son visage rougit d'humiliation lorsqu'il la porte sa bouche, mais il ne s'arrête pas. Il met les boulettes dans sa bouche et commence à mâcher.

— Qui a voulu nourrir notre chien ? exige de savoir Devlin sans même regarder l'assistance.

Personne ne répond, toutefois un groupe de filles populaires rit nerveusement.

— Vous ?

Son regard se porte sur elles avec une méchanceté qui me glace le sang. Bien sûr, elles ont fait une blague de merde pour m'humilier, pourtant j'ai le sentiment qu'elles sont sur le point de subir quelque chose de bien pire qu'un casier remplit de nourriture pour chien en représailles.

— Ce n'était qu'une simple blague ! déclare finalement Lacey.

— Est-ce que je suis en train de rire ?

La voix de Devlin est basse, mais tonitruante. Ses doigts tremblent avec une fureur à peine contenue, et c'est à cet instant précis que je réalise à quel point il est dérangé. S'il avait l'air fou lorsqu'il me tenait par la gorge, en agissant de manière décontractée et calculatrice, à l'heure actuelle il a l'air… d'un psychopathe. Complètement fou à lier. J'ai soudainement peur pour Lacey. C'est vrai, c'est une salope, mais même ce genre de personnes méritent de garder leur dignité.

— Ce n'est pas si grave, déclaré-je avec empressement.

— Silence, ordonne Devlin en m'adressant un signe de main.

En observant Lacey et ses amies, il tend son autre main.

— Donnez-moi vos colliers de Doll.

C'est quoi ce bordel ?!

— Quoi ? Non, s'écrie Lacey, les yeux grands ouverts en portant ses doigts à sa gorge.

— Nous ne voulions pas le faire, déclare une autre fille qui semble au bord des larmes.

Elle me jette un coup d'œil paniqué, comme si je pouvais la sauver du destin qu'elle a choisi.

— Vous n'êtes pas dignes de l'héritage de Dolly, ajoute Devlin.

— C'était l'idée de Lacey, se plaint une autre.

— Peut-être, mais vous avez toutes acceptées de le faire, déclare Colt. Vous n'auriez pas dû vous en prendre à notre chienne.

Devlin leur jette à toutes un regard noir.

— Vous êtes faibles. Aucune d'entre vous ne mérite d'être une Darling Doll.

— Je suis désolée, gémit la jeune femme, les larmes aux yeux en sortant un collier de l'intérieur de sa chemise.

Une minuscule ballerine en cristal danse sur la chaîne argentée. Sa main tremble visiblement lorsqu'elle la laisse tomber dans la paume tendue de Devlin. Elle me lance un regard triste et haineux avant d'essuyer ses larmes.

— J'ai laissé le mien à la maison, avoue une autre fille, la voix tremblante.

— Va le chercher. Jusqu'à ce que ce soit chose faite, tes amies feront le *show*.

— Quoi ? s'enquiert Lacey en ayant l'air terrifiée. Je ne peux pas manger de la nourriture pour chien. Je suis une Darling Doll !

— Plus maintenant, réplique Devlin.

Une étincelle de triomphe sadique brille dans ses yeux alors qu'il referme sa main autour des trois pendentifs.

— Mais… je suis intolérante au gluten, proteste-t-elle.

— À genoux, répond lentement Devlin, un sourire cruel étirant ses lèvres. Vous mangerez toutes les trois comme des chiennes jusqu'à ce que votre amie revienne.

— Dépêche-toi, la supplie une des filles.

Et celle qui a laissé son collier à la maison se retourne et dévale le couloir en courant jusqu'à la sortie. La main de Preston se déplace paresseusement vers son entrejambe.

— J'ai autre chose que vous pourriez faire à genoux si vous préférez.

— Non, s'écrie Devlin. Elles vont nettoyer le bordel qu'elles ont mis.

Je me sens nauséeuse lorsque j'observe les trois jeunes femmes se mettre à genoux au milieu des boulettes pour chien. Je ne dois pas être la seule, puisque plus aucun rire ne résonne dans les couloirs. Le hall est plongé dans le silence alors que nous regardons Lacey placer une seule boulette entre ses lèvres tremblantes et commencer à mâcher.

— Ce n'est pas ainsi que mangent les chiennes, s'écrie

Preston en brandissant son portable pour filmer la scène. Lève ton cul en l'air et ramasse-les par terre avec ces jolies lèvres que tu aimes tant utiliser.

Pendant un moment, le regard de Lacey se pose sur moi, et elle m'observe avec une haine si intense que j'ai envie de disparaître. Avec un hoquet de stupeur, elle baisse sa bouche vers le sol et prend une boulette entre ses lèvres. Pendant qu'elle mâche, ses mastications résonnent à travers le silence, et une larme coule sur sa joue. Elle renifle et en ramasse une autre, en versant davantage de larmes. Les autres filles pleurent elles aussi, tout en mangeant silencieusement la nourriture pour chien qu'elles avaient placée dans mon casier pour me faire une vilaine farce.

Je ne peux m'empêcher d'être horrifiée de les voir ingérer de la nourriture pour chien à même le sol. Je n'aime pas les brutes, mais je n'aime pas ça non plus.

— Je pense que ça suffit, interviens-je. Vous avez prouvé votre point de vue.

Devlin pivote dans ma direction, et me plaque contre les casiers avec son corps. Mon souffle s'accélère à mesure que nos deux corps entrent en contact, un contact qui est dangereusement délicieux au milieu de cette situation bizarre, comme s'il agissait en quelque sorte comme un réconfort plutôt qu'une menace.

— Tu as complètement raté le but de tout ça, grogne-t-il. C'est moi qui décide quand ça suffit. C'est comme ça que ça se passe dans cette école. Ce n'est ni à toi ni à tes frères citadins, de prendre des décisions. Mais à moi.

Ses yeux embrasent les miens, et je hoche la tête, sortant instinctivement ma langue pour humidifier mes lèvres. Le mouvement attire son attention, et il jette un coup d'œil vers mes lèvres pendant un long moment, un moment qui fait s'éveiller les papillons dans mon ventre.

Non, non, non...

— Sois une bonne chienne et obéis à ton maître.

Il prononce ces paroles si doucement que seuls Colt et moi, qui nous tenons à ses côtés, pouvons les entendre.

— Maintenant, va en classe avant de t'attirer d'autres ennuis.

Douze

Les gars vont au match ce soir-là, mais papa me soudoie pour que je reste à la maison avec la promesse que l'on passera du temps ensemble. Lorsque mes frères s'en vont, il n'est toujours pas rentré. Une tempête se prépare à l'horizon, et la chaleur a finalement éclaté. Je m'assieds sur le balcon enveloppée dans ma robe de chambre, et observe la foudre frapper au loin.

Où est-il ?

Mon téléphone sonne, me faisant sursauter. Un frisson de peur me transperce alors que j'observe ma robe de chambre, je suis certaine que l'on va m'appeler pour me dire que mon père a eu un accident, ou pire, que mes frères ont fait quelque chose de stupide.

Au lieu de cela, je vois une demande d'appel en visio de ma mère.

— Ma chérie, me salue-t-elle lorsque j'accepte son appel. Ne fronce pas les sourcils comme ça. Je n'ai pas envie de payer pour faire disparaître des rides avant que tu aies au moins vingt ans.

— Salut, maman, dis-je en levant les yeux au ciel. Comment ça se passe à la maison ?

Elle m'adresse une grimace, et j'envisage de la harceler à mon tour au sujet de ses rides, cependant je décide de garder ma mesquinerie pour moi pour l'instant. Elle est là pour moi en cet instant alors que personne d'autre ne l'est, et son appel est une bonne distraction pour me détourner de mes pensées mélancoliques et de mes soucis sans fondement.

— Tu sais, je pensais que ce serait beaucoup plus excitant que ça ne l'est en réalité, avoue-t-elle. Il s'avère que la vie de célibataire n'est pas si glamour que ça. Ce n'est pas si différent de quand vous étiez présents, sauf que je n'ai plus personne à qui parler lorsque je m'ennuie.

— Je suis heureuse de savoir que nous avons pu te divertir pendant toutes ces années.

— Où est ton père ?

— Il travaille. Bien entendu.

Elle esquisse une moue.

— Tu sais, il aurait pu être un bon mari s'il n'avait pas déjà été marié à son travail. Aucune femme ne souhaite être la maîtresse dans son propre mariage.

— Tu peux en parler à ton thérapeute, maman.

Sans le travail de mon père, ma mère n'aurait jamais pu vivre la vie qu'elle aime tant à Manhattan. Elle commence à me raconter une longue histoire sur quelque chose de scandaleux qu'elle a découverte au sujet de son thérapeute. J'écoute à moitié, en lui étant reconnaissante pour cette distraction et ses interminables ragots. Je me fiche bien de qui se tape son thérapeute marié, toutefois je dois admettre que la familiarité de ses commérages est réconfortante.

Lorsqu'elle termine enfin son histoire, l'obscurité est tombée. Toujours aucun signe de mon père. La maison Darling a l'air tout aussi vide et sombre à côté, toute la famille assistant sans doute au match. Apparemment, le football est une affaire familiale dans le sud.

Cela me rappelle la confession antérieure de mon père.

— Savais-tu que papa avait grandi ici ?

Elle soupire et lève les yeux au ciel.

— Il n'a pas grandi ici. Il y est allé à l'école pendant quelques années au lycée, et il aime prétendre que sa place se trouve là-bas. Vous appartenez tous autant que moi à New York. Quand va-t-il se sortir cette stupide idée de la tête et revenir en arrière ?

— Tu veux qu'il rentre ?

Ma gorge se serre à cette idée.

— C'est lui qui m'a quittée. Vous m'avez tous quittée.

Je hoche la tête, en refusant d'en être dissuadée. Je sais qu'elle a raison.

— Alors, c'est pour cette raison qu'il souhaitait bâtir une succursale ici ? Parce qu'il est simplement venu au lycée dans cette ville.

Elle soupire une fois de plus.

— Je suppose que oui.

— N'a-t-il jamais parlé d'une famille appelée Darling ? Qu'il fréquentait à l'époque ?

— Oh, je ne sais pas. Il en parlait peut-être parfois, mais tout me semblait tellement ennuyeux.

— Tu en as entendu parler ? Leur fils a dit que papa avait déjà essayé de leur attirer des ennuis.

— Ton père est un homme d'affaires, me rappelle ma mère. Parfois, au cœur d'une entreprise, il faut savoir prendre des décisions difficiles.

— Donc, c'était pour les affaires. Ça n'avait rien de personnel.

Je dois admettre que je suis soulagée. J'avais peur qu'il s'agisse de quelque chose de bien plus scandaleux, comme une liaison. Même si je m'entends mieux avec mon père qu'avec ma mère, je serais dévastée pour elle s'il avait déconné de la sorte.

— Oui, déclare maman en reniflant. Quoi d'autre ? Avec ton père, il est toujours question d'affaires.

— Qu'a-t-il fait ?

La foudre éclate à l'horizon, et j'observe à nouveau l'allée, en me demandant où il se trouve en cet instant. Toutefois, je réalise que ma mère a raison. Le travail passe toujours en premier à ses yeux. Il a probablement oublié nos plans pour la soirée et est resté tard au bureau encore une fois.

— Qui sait. Je pense que ce Darling a dû prétendre que Dolce Drops était son idée. Ce qui est ridicule, bien sûr. Si c'était son idée, ça se serait appelé Darling Drops.

Une vieille rancune d'affaires dans ce cas. Rien de sensationnel du tout. En réalité, je ressens une sorte de déception. Je ne souhaite pas de drame entre nos familles, mais les Darling se sont bien débrouillés sans l'aide de notre père. Ce que je ne comprends pas, c'est pourquoi il souhaitait emménager juste à côté d'un homme qui l'a accusé d'avoir volé son brevet.

— Tout le monde ne peut pas gagner, Crystal, déclare ma mère en sirotant son martini et en vérifiant son image dans le coin de l'écran. Il y aura toujours des perdants. Il faut accepter cette réalité et ne pas se retrouver du côté des perdants. Il faut prendre soin de soi. Nous avons toujours essayé de vous l'apprendre.

— Vous avez fait de l'excellent travail.

Maman veille toujours au grain, c'est certain.

— Bien, conclut-elle. Les Dolce gagnent toujours. Ne l'oublie pas.

— Je ne le ferai pas.

Je jette un coup d'œil à la maison des Darling en disant

cela. Je me demande si c'est ce qu'ils disent à Devlin. S'ils lui prêchent en continuité d'être un gagnant, de paraître bon et fort, de ne jamais montrer les failles dans son armure. Je me demande s'il a aussi une devise familiale, s'il ressent cinq fois plus de pression que moi parce qu'il est enfant unique, ainsi que l'héritier de leur nom de famille et de leur fortune.

Je me demande s'il y a un moyen pour les Dolce et les Darling de gagner. Pour l'instant, ça n'en a pas l'air.

Treize

QUEL ÊTRE HUMAIN NORMALEMENT CONSTITUÉ DÉSIGNE une fille pour être traité comme une chienne durant toute l'année scolaire ? Des monstres, voilà qui. Des psychopathes. Des sociopathes. Si une partie de moi les comprend, ou désire les comprendre, est-ce que cela fait de moi une sociopathe également ?

Lundi, Royal sort le Range Rover du garage et se gare dans l'allée pendant que mes frères grimpent à bord. Il n'a pas conduit cette voiture depuis l'accident, et avec raison. On dirait une voiture qui a vécu la guerre.

— Qu'est-ce que tu fais ?

J'observe le véhicule bosselé et éraflé. L'un des phares est brisé, ainsi que la portière passager et une partie de celle à l'arrière.

— Je vous conduis jusqu'à l'école, répond-il. Duke, prends-la dans ta voiture.

— OK, réplique ce dernier. Je ne compte pas manquer le

regard de ces connards lorsqu'ils nous verront dans cette bagnole.

— Pourquoi ai-je l'impression que vous allez vous faire arrêter ?

— Parce que tu t'inquiètes trop, argumente Duke en m'entourant de son bras. Maintenant, allons-y, si nous arrivons après eux, tout va s'écrouler.

— Quoi qu'il arrive, je ne veux pas y assister.

Pourtant, je grimpe dans le véhicule en compagnie de Duke sans faire d'histoire. Peut-être qu'une partie de moi est toujours la salope curieuse que j'étais à New York. Ou peut-être que je souhaite simplement savoir ce que mes frères ont prévu. Ce n'est certainement pas parce que j'ai envie de voir les Darling, parce que je suis incapable de m'empêcher d'être attirée par eux, pour essayer de les comprendre. Ou en tout cas c'est ce que je me dis pour me donner bonne conscience.

Je grimpe dans le Hummer avec Duke et Baron, et nous suivons la voiture de mon frère comme une formation militaire. Cela envoie un message, c'est certain.

— Est-ce que c'est votre façon de dire à toute l'école « ne nous faites pas chier, sinon nous sortons l'artillerie lourde » ?

Baron ricane depuis la banquette arrière.

— Bien sûr.

— Ils vont tous tomber sur le cul, chantonne Duke, visiblement excité à l'idée de faire chuter les Darling.

Je me souviens alors des paroles de Devlin et mon estomac se retourne.

— Vous êtes certains que vous ne pouvez pas simplement vous contenter de dire que vous êtes quittes et passer à autre chose ? Je veux dire, ce serait vraiment si mal d'agrandir nos rangs ? Nous ne sommes pas obligés de rester en famille. Pensez-y. Vous seriez sept au lieu de quatre. Vous pourriez être deux fois plus puissants.

— Tu ne comprends vraiment pas comment ça fonctionne, pas vrai ?

Baron me sourit avec ses lunettes de soleil sur le nez. Une fossette naît sur sa joue, il ressemble toujours à mon adorable petit frère, peu importe le plan tordu qu'il mijote. J'ouvre la bouche pour leur faire part de ce que Devlin m'a dit, mais je change d'avis. Si j'apprends à mes frères qu'il m'a menacée, ils feront bien pire que ce qu'ils préparent pour se venger pour la voiture de Royal. Je ne vais très certainement pas me mêler de ça pour voir les choses empirer par ma faute. Je compte rester éloignée, regarder ce qu'il se passe en restant sur la touche, et laisser les garçons régler les choses par eux-mêmes. D'autant plus que ce n'est pas comme s'ils m'écoutaient.

On arrive très tôt, comme d'habitude. Au cours de la semaine précédente, mes frères ont joué à ce stupide jeu avec les Darling, à essayer d'arriver plus tôt que l'autre afin d'obtenir la première place de parking. Mais aujourd'hui, au lieu de se mettre en colère lorsque les Darling volent notre emplacement, Baron sourit en positionnant son portable sur le tableau de bord et en enclenchant le mode vidéo. Duke ralentit sur le parking et tourne en rond, de façon à ce que nous soyons juste derrière la Bel Air des Darling. Il s'arrête en plein milieu du chemin, ignorant une voiture qui arrive face à lui.

— Qu'est-ce que tu fais ?

Mon cœur bat la chamade, à tel point que j'ai du mal à entendre mes propres paroles.

— Peu importe ce que tu fais, tu dois arrêter, ajouté-je.

— Je ne fais que filmer, réplique Baron. Je suis certain que ça va avoir énormément de succès sur ma chaîne YouTube.

Je me penche en avant entre les sièges, l'angoisse tourbillonnant en moi comme une mer agitée. Royal serpente le long des places de parking, sans vraiment ralentir alors qu'il arrive près de son emplacement. En réalité, il semble même accélérer. Le phare brisé clignote, et j'ai envie de fermer les yeux, pourtant j'en suis incapable. Je suis en état de choc alors que le Range Rover fonce vers la Bel Air.

Devlin et Preston relèvent la tête depuis leur position habituelle, adossés contre la voiture, et Colt... Colt est toujours concentré sur son portable. Un cri m'échappe, et ma main s'envole, comme si je pouvais arrêter mon frère, comme si je pouvais attraper Colt et l'écarter du chemin.

Preston hurle quelque chose, s'éloigne de la voiture. La peur se lit sur son visage, effaçant son parfait masque d'indifférence. Devlin saisit Colt et l'attire à l'écart, plus vite qu'il ne devrait être capable de bouger avec son cousin qui trébuche et proteste avec confusion dans ses bras. Le Range Rover s'abat sur le cabriolet comme un boulet de démolition.

Des bruits de métal et de verre qui éclate se répercutent à travers tout le parking. La voiture des Darling quitte sa place de stationnement en dérapant, et tourne sur elle-même à 90° avant de rebondir sur le minuscule terrain herbeux qui sépare le parking du bâtiment, et de glisser dans le fossé, pour finir par s'arrêter contre un poteau.

Le silence retombe autour de nous. Tout le monde est trop stupéfait pour ne serait-ce qu'esquisser un mouvement. Seulement une douzaine de personnes se trouvent à l'extérieur, toutes immobiles alors qu'elles observent la merveilleuse voiture qui sert de carrosse aux rois de l'école se transformer en un tas de ferraille. Devlin se met en mouvement le premier. Il saute sur le Range Rover, qui se trouve désormais en travers de la place de stationnement convoitée. De la vapeur s'élève du capot, toute la partie avant est fracassée. Je hurle, en me précipitant vers la portière du Hummer et en quittant le véhicule. Je cours dans leur direction alors que Devlin s'agrippe côté passager. King sort à sa rencontre, et saisit le jeune Darling par l'avant de sa veste.

— On ne vous avait pas vus, grogne King en le secouant. Sur notre emplacement de parking.

Devlin balance son poing dans la mâchoire de King. Il est énervé au-delà des mots. Ses yeux sont complètement fous. Royal plonge à travers le siège et saute dans la mêlée, bousculant les deux combattants. Il se jette sur Devlin, qui ne semble pas se soucier de qui il est en train de frapper. Il atteint le visage de Royal dans un coup vicieux, lui fracassant le nez. Mon frère recule en titubant, mais Devlin est trop rapide. Il pivote sur lui-même, et ses poings s'abattent sans relâche sur mes frères. Le sang gicle sur le trottoir autour d'eux.

Je crie et fonce vers eux, aveuglée par ma peur.

Il va tuer mon frère.

Je n'ai aucune arrière-pensée au-delà du fait de vouloir protéger mon jumeau, j'agis uniquement par instinct. Parce que si je pouvais réfléchir une seconde, je sais pertinemment que je m'arrêterais sur place. Si j'étais capable de formuler une pensée cohérente, ce serait pour dire que Devlin est complètement fou. Il se bat avec une insouciance que Royal ne possède pas, avec un manque total d'auto-préservation, comme s'il ne se préoccupait pas le moins du monde du fait que l'un d'entre eux pourrait mourir dans ce combat, il est prêt à se battre jusqu'à la mort.

Avant que je les atteigne, Royal croise mon regard alors qu'il étrangle Devlin.

— Crystal, fous le camp !

Dans ce seul moment de distraction, Devlin le frappe. Son poing heurte la tête de mon frère si brusquement que je parviens à entendre le craquement de son os, semblable à une pastèque qui se brise sur le sol. Le corps de Royal s'effondre littéralement sur le trottoir.

Je hurle, en plongeant dans sa direction. Toutefois, l'étreinte puissante de Duke me tire en arrière, me soulevant de mes pieds. Je frappe et hurle, aveuglée par la panique.

Devlin saute sur ses pieds, et commence à frapper Royal sauvagement, complètement hors de contrôle et apparemment inconscient du fait que mon frère ne se débat plus.

— Arrête ! m'époumoné-je.

Personne ne m'écoute dans le chaos. Tout le monde se met à hurler. King s'attaque à Devlin, et ils s'écrasent sur le sol. Preston leur saute dessus, et enroule ses bras autour du cou de King par-derrière. Une seconde plus tard, les sirènes retentissent autour de nous, et une voiture de flics se gare à nos côtés. Deux policiers en sortent et courent dans notre direction pour mettre fin au combat. Devlin est toujours en train de s'en prendre à mes frères si sauvagement qu'il ne réalise même pas que les forces de l'ordre sont sur place. C'est seulement lorsqu'ils usent de leurs matraques pour s'en prendre aux combattants, qu'ils parviennent à les séparer.

Ils plaquent Devlin face contre terre et lui passent une paire de menottes. Preston et King se tiennent les mains au-dessus de la tête, en attendant d'être menottés à leur tour.

— Qui a appelé les putains de flics ? s'enquiert Duke, ses bras toujours autour de moi alors qu'un des policiers arrête mon frère aîné et deux des Darling.

Une ambulance arrive, et les ambulanciers se chargent immédiatement de Royal. Mon cœur s'arrête presque de battre. Je m'arrache à l'étreinte de Duke pour courir vers mon jumeau. Tous mes frères ont leurs vices, leurs comportements à risque qui les aident à se sentir vivants, qui les placent si près des limites qu'ils parviennent à regarder la mort en face. Mais Royal, mon Dieu. Pourquoi devait-il choisir le plus dangereux de tous ? Pourquoi aime-t-il tant se battre et risquer sa vie ?

Je tombe à genoux à ses côtés, et m'étouffe dans mes sanglots en ignorant les ambulanciers qui me pressent de reculer. Il faut qu'il aille bien.

— Réveille-toi, le supplié-je en m'agrippant à sa main comme si c'était la seule chose qui m'empêchait de me noyer.

Mes larmes noient mes joues.

— Je t'en supplie.

La main de Royal tremble un moment avant que ses paupières ne s'ouvrent. Ses yeux sombres se referment sur moi, et ses doigts pressent les miens.

— Crystal.

— Je suis là, déclaré-je, tandis qu'un rire hystérique se fraie un chemin à travers mes sanglots. Espèce d'idiot. Tu as été assommé. Tu m'as fait peur.

— Tout le monde va bien ?

Il me pose cette question en ayant du mal à s'asseoir. Les ambulanciers le repoussent au sol en insistant pour qu'il reste allongé pendant qu'ils préparent la civière.

— Très bien, lui dis-je en essuyant le visage. King et les Darling ont été arrêtés.

Royal n'a de cesse de répéter qu'il va bien, pourtant les secours désirent toujours le placer dans l'ambulance, pour vérifier s'il ne souffre pas d'une commotion cérébrale, et lui faire un bilan complet. Devlin, Preston et King sont assis sur le trottoir pendant que les policiers s'entretiennent avec quelques étudiants. Le directeur et d'autres membres de l'administration sont sortis, et nous exhortent tous à retourner en classe. D'autres policiers arrivent, ainsi qu'une dépanneuse pour transporter les voitures accidentées.

Je refuse de quitter mon frère. S'il doit aller à l'hôpital, j'irai avec lui. Je n'ai pas envie de faire de déclaration sur ce qui s'est passé. Baron à tout filmer, de toute façon.

J'accompagne Royal à l'hôpital, où on lui apprend qu'il a bel et bien une commotion. Papa arrive en étant furieux, mais après s'être entretenu avec mon frère, il acquiesce et déclare :

— Ne laisse plus personne te faire du mal, fils.

Notre père nous dépose à la maison cet après-midi-là, en me laissant avec des ordres stricts pour m'occuper de Royal, et part se charger de King : la maison semble calme sans lui. Elle est si grande, au moins trois ou quatre fois plus grande que celle que nous avions à Manhattan. Il y a des pièces ici dont je ne connais même pas les noms.

— Je n'arrive pas à croire que vous ayez fait cela, déclaré-je finalement à Royal. Vous auriez pu vous faire tuer.

— Il l'a bien mérité, répond mon jumeau en s'allongeant dans un fauteuil inclinable. Il a détruit ma voiture. J'ai détruit la sienne.

— Tu penses que vous êtes quittes, mais il ne sera pas d'accord avec ça, souligné-je. Qu'allez-vous faire ? Continuer jusqu'à ce que quelqu'un se fasse vraiment tuer ?

— Je ne vais pas laisser un connard me marcher dessus, réplique Royal.

Je m'assieds sur l'accoudoir de cuir douillet du fauteuil inclinable.

— Je sais. Ce n'est pas la manière d'agir d'un Dolce.

Je soupire.

— Qui a appelé les flics ?

— Je ne sais pas, lui avoué-je avec honnêteté. Je ne regardais pas vraiment dans la foule.

— Je suppose que cela ne nous portera pas préjudice, intervient Royal en haussant les épaules. Ils ont été arrêtés. Cela pourrait même nous faciliter les choses.

Je gémis et ferme les yeux. Ça ne finira donc jamais. Je m'en rends compte maintenant. Tant que quelqu'un ne sera pas vraiment mort, ils vont continuer à se battre. Mes frères ne reculeront jamais, et j'ai le sentiment que les Darling sont tout aussi têtus.

Mon téléphone reçoit une quantité astronomique de SMS, donc après que Royal m'a assuré qu'il va bien et m'a supplié d'arrêter de le surveiller, je monte et m'installe sur une chaise sur le balcon. La plupart des messages viennent de Dixie, qui panique et qui meurt d'envie de connaître les derniers ragots. Je l'appelle.

— Mon Dieu, est-ce que ça va ?

— Je vais bien. Royal va bien. Tout le monde va bien.

— Est-ce que tu as vu ce qui est arrivé à la voiture de Devlin ? Rien ne pourra aller bien à nouveau !

Je ricane.

— Ne penses-tu pas que c'est un peu trop dramatique ?

— Ce n'est pas une voiture que l'on peut simplement racheter. Même si l'assurance rembourse son prix, c'est une voiture irremplaçable.

— Je suis certaine que quelqu'un ici est à même de réparer de vieilles voitures, répliqué-je en sentant ma gorge se nouer.

Je gratte une croûte qui s'est formée sur mon genou ce matin-là.

— Ça ne va pas se passer comme ça, surenchérit Dixie. Il a construit cette voiture avec son père. Genre… à partir de zéro !

— Pas à partir de zéro. Je veux dire, peut-être qu'ils l'ont restaurée, mais elle avait déjà été construite.

— Ce que je dis simplement c'est qu'elle est irremplaçable. Devlin va partir en quête de sang.

— Qu'est-ce qui se passe avec sa famille ?

Je pose cette question en étudiant la maison où vivent la mère à talons roses de Devlin et son insaisissable paternel.

— Ses parents sont divorcés. D'après ce que je sais, c'était assez compliqué. Ses deux parents vont se remarier.

J'entends des pneus crisser sur le chemin de gravier, et jette un coup d'œil vers le bas pour apercevoir la voiture de Monsieur Darling s'arrêter devant le garage. Je ne peux pas dire si son fils se trouve dans le siège passager ou non. Devlin semblait assez amical avec la femme qui nous a apporté la tarte, allant même jusqu'à l'appeler sa « mère ». Mais désormais je me demande si l'homme de la maison n'est pas que son beau-père.

— Et nos voisins ce sont qui ?

— Son père, m'apprend-elle. Sa mère vit quelque part à l'extérieur de la ville. Je ne sais pas où. Ce n'est pas comme si on était invitées à leur soirée. Tu t'en doutes bien.

— Je suis à peu près certaine que tout ce que nous ne ferons jamais, toi et moi, c'est imaginer les choses. Étant donné que je suis une simple chienne pour eux.

— Oh, désolée. Pourtant, tu as raison. Tu ne seras jamais invitée à une de leurs fêtes maintenant.

— Déception.

— Je sais, réplique-t-elle. J'ai entendu dire qu'elles étaient, genre, terriblement épiques. Mais également effrayantes. Il paraît que l'année dernière, après le bal, des gens se défiaient pour faire des trucs, et une fille a osé sauter du balcon jusque dans la piscine. Elle s'est brisé la nuque et est morte sur le coup !

— Je suis certaine que ce n'est qu'une rumeur, interviens-je automatiquement.

Je pense à une fille morte qui flotte sur la surface de l'eau. Je pense à ses parents qui la trouvent. Je pense aux messages qu'ils ont vus sur son téléphone, aux commentaires sur les réseaux sociaux. Je ferme les yeux et essaie de respirer.

Pas de fille morte. Elle n'est pas morte.

— Non, c'est vrai, insiste Dixie. Il y a une fête en fin de semaine. Un anniversaire. Nous devrions aller voir sa tombe. Je sais dans quel cimetière elle est enterrée.

Je frissonne et enroule mes bras autour de moi. Je suis déjà allée à des soirées sous la surveillance de mes frères. Des choses s'y sont produites, mais plus du genre une fille tombe enceinte, ou les jumeaux draguent la même fille sans le lui dire. Nos fêtes étaient amusantes. Pas mortelles.

— Je n'irai pas à une de leur soirée d'après match, informé-je Dixie.

— Tu dois pourtant aller au match, me rétorque-t-elle comme si c'était un fait acquis.

— Tu y vas ?

Je suis surprise. Je ne pensais pas que Dixie était fan de football.

— Bien sûr, répond-elle, et je peux pratiquement la voir lever les yeux au ciel. Tout le monde en ville va soutenir notre équipe. Il n'y a rien d'autre à faire. La plupart des magasins vont même fermer. Ce sera une ville fantôme. C'est déjà assez mauvais pendant un match normal, mais quand le match retour se passe chez nous ?

— Je ne sais pas…

— Tu dois y aller. Tout le monde y va. Ce sera amusant. D'ailleurs, je sais que tes frères y seront. Je les ai vus la semaine dernière.

— Ah oui ?

— Bien sûr. J'assiste à tous les matchs. Tous les élèves le font.

— Pas tout le monde, murmuré-je.

De l'autre côté de la pelouse, entre nos maisons, j'entends

claquer la porte de la demeure Darling. Une minute plus tard, les sons familiers du ballon de football commencent à s'élever dans la nuit. Il est en avance ce soir. D'habitude, Devlin ne s'entraîne que très tard.

— Tes frères seront peut-être bientôt des joueurs. J'ai entendu dire que les Darling ne feront peut-être plus partie de l'équipe.

Je me redresse sur ma chaise.

— Quoi ?!

— Eh bien, je ne sais pas ce qu'il en est pour Preston et pour King. Mais il y a une vidéo qui montre clairement que Devlin a attaqué Royal, puis qu'il a continué à le frapper alors qu'il était évanoui sur le sol. C'est plutôt mauvais, Crystal.

J'ai la tête qui tourne alors que tout se met en place. Baron ne se contentait pas de filmer pour obtenir des vidéos pour garantir son succès sur sa chaîne YouTube. Il a tout organisé. Ils savaient tous exactement à quel point Devlin adorait sa voiture. Sa belle-mère nous l'a elle-même assurée l'autre jour. Ils savaient qu'il deviendrait fou lorsqu'ils s'en prendraient à cette dernière. Et connaissant Baron, il s'est assuré pour montrer exactement ce qui pouvait leur être bénéfique dans cette vidéo. C'est un magicien. Il ne l'admettra jamais, mais c'est un geek au fond de son cœur. Il peut continuer d'utiliser le football pour dissimuler cela afin de pouvoir encore baiser, mais mon frère est un génie de la technologie.

— Tu penses sincèrement que Devlin ne fera plus partie de l'équipe ?

Ma voix est à peine plus audible qu'un murmure. Je frissonne en imaginant son degré de colère, et je tremble vraiment à l'idée de ce qu'il pourrait faire pour riposter si on le privait de foot. Je ne dormirai plus la fenêtre ouverte, c'est certain.

— Je ne sais pas, répond Dixie. Ses parents peuvent probablement sauver sa peau. Ils peuvent tout faire dans cette ville. Mais cette fois, ça ne concerne pas seulement l'école. Les policiers étaient impliqués.

— Les policiers ne sont pas à leur solde ?

Je songe alors à l'influence que mon père avait à New York. Si mon paternel était capable de faire fermer les yeux à un policier de New York, les Darling peuvent très certainement demander à un simple flic de campagne d'en faire de même.

— Ça dépend du policier, m'apprend Dixie. L'agent Gunn était un de ceux qui les ont arrêtés, et c'est très certainement un bon policier, mais il est aussi ami avec Monsieur Darling.

Elle s'arrête et ricane.

— Il est très mignon également. Je te le montrerai au match de vendredi !

Je me sens mal rien qu'à l'idée de penser au match. Bien entendu, je souhaite que mes frères aient une chance avec l'entraîneur, afin qu'ils puissent être en mesure de faire ce qu'ils font le mieux. Cependant je ne veux pas penser à ce que Devlin pourrait faire pour se venger. Ils n'ont pas simplement détruit une voiture. Ils ont détruit un véhicule inestimable sur lequel il avait travaillé avec son père. Ils l'ont filmé, et se sont arrangés pour rendre les preuves particulièrement mauvaises, et c'est peut-être de leur faute s'il a été viré de l'équipe pour le reste de sa dernière année…

S'il aime le football autant que mes frères, les choses vont se corser.

Quatorze

JE SAIS que j'ai fait ce qu'il fallait. Dixie n'est plus la chienne des Darling. Elle n'a plus à porter de bandeau en forme d'oreilles de chien, et plus personne ne lui aboie dessus. Si quelqu'un doit faire quelque chose, ce sera à mon égard. Et je suis capable de le gérer. Tout ce que j'ai fait, c'est soustraire la victime à ses bourreaux. Alors pourquoi suis-je incapable de me débarrasser de la petite voix qui murmure dans mon esprit que quelqu'un de bien, quelqu'un de meilleur, ne ruinerait personne, même si cette personne méritait d'être ruinée, pour obtenir ce qu'il désire ?

— Je ne suis pas au courant, Dixie, dis-je en arrivant devant un cimetière qui se trouve dans une partie de la ville que je ne connais pas du tout.

Les maisons ici sont carrées, toutes faites de briques avec des fenêtres étroites équipées d'unités de climatisation. Il est évident qu'elles étaient déjà moches lorsqu'elles ont été construites, et cela doit remonter à des décennies, à en juger par l'état dans lequel elles sont désormais. Il y a une bonne raison pour laquelle je ne suis jamais venue de ce côté de la ville. Les gens de mon côté aiment prétendre que ce genre d'endroit n'existe pas.

— Faites vite, déclare Royal, en coupant le moteur de sa toute nouvelle Range Rover.

— Tu sais, tu n'aurais pas besoin de faire la navette si tu arrivais à convaincre papa de me laisser conduire.

— Tu pourras conduire lorsque tu auras obtenu ton permis, réplique mon frère avec un sourire suffisant.

— Ce qui n'arrivera jamais si vous ne me laissez pas m'entraîner !

— Tu penses que j'ai envie de te laisser t'entraîner sur mon nouveau bébé ?

Il fait semblant d'être sous le choc.

— Contrairement à toi, je ne me foncerai pas dans une voiture garée. Je suis donc déjà meilleure conductrice que toi.

— Pas de permis, pas de conduite. Va voir ta fille morte. J'ai d'autres choses à foutre.

Je lève les yeux au ciel à l'intention de Dixie, qui sort de la voiture et me conduit à travers une petite étendue d'herbe et un portail en fer usé. Nous entrons dans le cimetière, qui s'étend assez loin. Les pierres tombales sont petites pour la plupart, avec des fleurs en plastique fanées sur beaucoup d'entre elles. Une ancienne église délabrée se trouve juste à côté.

— C'est déprimant, murmuré-je.

Trois personnes s'approchent sur le chemin, deux hommes et une petite femme, éclairées par le soleil couchant. Nous sommes probablement les derniers à être venus aujourd'hui, car je n'aperçois personne d'autre.

— C'est un cimetière. Je crois que c'est le but.

Un frisson me traverse de part en part, tandis que je m'accroche au bouquet que nous avons acheté sur le chemin. Cela aurait pu être le résultat final l'année dernière. C'était presque le cas. Quelques minutes de plus dans ce bassin, et cela se serait terminé différemment. Si ma mère était rentrée cinq minutes plus tard, si elle avait croisé en chemins deux autres feux rouges, si elle avait nourri le chien en entrant dans la maison, si elle avait rangé les provisions avant de me chercher... J'essaie d'imaginer comment je me sentirais si je devais aller me recueillir sur la tombe de cette fille, et un autre frisson me traverse, me faisant m'agripper davantage aux fleurs.

Les trois personnes entrent dans l'ombre de l'église, révélant ainsi bien plus que leurs silhouettes, et je m'immobilise. L'un d'entre eux est Devlin Darling.

Mon cœur bat à tout rompre dans ma poitrine tandis que le monde oscille sous mes pieds. Il n'était pas en cours aujourd'hui, donc je ne l'ai pas vu depuis l'accident. À côté de lui, une petite blonde s'accroche au bras d'un grand et beau garçon aux yeux bleus perçants et aux cheveux blonds balayés par le vent. Les yeux de la jeune femme sont rougis et bouffis, comme si elle venait tout juste de pleurer. Le gars à son bras paraît maussade, tout comme Devlin. Et lorsque les yeux de ce dernier se posent sur nous, ils deviennent implacables.

— Dixie Powell ? s'exclame celui que je ne connais pas.

Son expression arbore désormais un grand sourire amical. Il s'écarte de la blonde et enveloppe mon amie dans ses bras. Elle est sur le point de s'évanouir, et je jure qu'elle se gorge de fierté d'avoir été reconnue.

— J'ai dit à Linds que Willow Heights avait dû te débaucher, s'écrie-t-il en s'écartant et en jetant un regard moqueur à Devlin. Bâtards.

— Qu'est-ce que tu fais ici ?

Devlin se renfrogne en observant Dixie comme s'il ne supportait pas de me regarder. Une poignée de minuscules pétales blancs parsème l'épaule de sa veste bleu marine, et ses cheveux sont ébouriffés par le vent. Je détourne mon regard et observe le couple à côté de lui. Je ne les reconnais pas.

— Aujourd'hui, c'est l'anniversaire de sa mort, pas vrai ?

Dixie vient à nouveau se poster à mes côtés. La colère m'envahit, toutefois je décide de garder le silence et d'ignorer Devlin tout autant qu'il m'ignore.

— Tu ne la connaissais même pas, déclare Devlin en m'arrachant les fleurs des mains. Aucune de vous deux. Rentrez chez vous.

Dixie se ratatine sur elle-même, et retrouve l'attitude pleurnicharde qu'elle avait lorsque je l'ai rencontrée pour la première fois.

— Est-ce que ce cimetière t'appartient ?

Je tends la main pour récupérer mes fleurs. Il les place hors de ma portée.

— Dis-moi son nom, réplique-t-il.

— Je ne la connais pas. Je suis ici pour soutenir mon amie. C'est tout. Maintenant, puisque tu n'es pas propriétaire de ce cimetière, je te suggère de t'écarter de notre chemin, parce que cela ne te regarde pas.

Devlin m'observe avec incrédulité.

— Ça ne me regarde pas ? Elle est morte chez moi, Crystal. Et les gens comme toi viennent ici en paradant, en versant de fausses larmes et en faisant semblant d'en avoir quelque chose à foutre alors que vous ne prenez même pas la peine d'apprendre son nom. Elle s'appelait Destiny. Et ce n'est pas une putain d'attraction !

Il laisse tomber les fleurs sur le sol et marche dessus alors qu'il nous dépasse et s'écarte. La blonde se remet à pleurer, en s'accrochant au bras du gentil garçon. Il hausse les épaules à notre intention et ramasse les fleurs, avant de nous les tendre. Elles sont détruites et très sales, mais je les saisis tout de même. Dixie semble figée sur place, et blanche comme un linge.

— Désolé, murmure le blond, avant d'enrouler son bras autour de sa copine et de l'écarter au loin, suivant ainsi Devlin.

— Ça va ?

Dixie hoche la tête et déglutit.

— Merci. Je n'arrive pas à croire que tu as fait ça pour moi. Tu es une très bonne amie, Crystal.

— C'est une des règles de l'amitié, lui rappelé-je en haussant les épaules.

— Première règle, ajoute-t-elle avec un faible sourire. Vous soutenir les unes les autres.

— Tu as envie de partir ?

Je lui pose cette question en agrippant son bras. Je savais que c'était une mauvaise idée, même si je dois dire que je ne m'attendais pas à ce que la famille Darling soit présente, et encore moins Devlin.

Sauf s'il fait partie de la famille de la défunte.

Merde.

— Non. Nous lui avons apporté des fleurs. Et ce n'est pas comme si nous étions là pour quelqu'un d'autre.

Les mots de Devlin m'atteignent de plein fouet, parce qu'ils sont vrais. Dixie n'est pas allée à Willow Heights l'année dernière, donc elle ne connaissait pas Destiny mieux que moi. Nous sommes simplement venues ici à cause des ragots.

Est-ce que tu as entendu...

Ça pourrait être vrai ?

Une fille est vraiment morte à une des soirées des Darling ?

Il s'avère que ce n'était pas un mensonge. Maintenant que je sais que c'est réel, qu'une personne réelle, une gamine de notre âge, se retrouve sous terre à cause de stupides complots, la dernière chose que je souhaite faire est de rester au-dessus de sa tombe.

— Allez, reprend Dixie, en saisissant les fleurs en lambeaux de mes bras et en s'avançant vers l'arrière du cimetière, ses cheveux roux volant au vent.

Le fait de la défendre semble avoir allumé un feu en elle, puisqu'elle semble désormais impatiente de défier elle aussi Devlin Darling : je la suis à contrecœur, même si je n'ai réellement pas envie d'y aller. Elle n'est jamais venue ici, toutefois il ne faut pas être un génie pour trouver la tombe de Destiny. Il y a tellement de fleurs blanches sur cette dernière que l'on dirait qu'un linceul funéraire recouvre l'herbe devant sa pierre tombale. Je déglutis fortement et fais un pas dans sa direction, mes genoux menaçant de me lâcher. Tout ce à quoi je peux penser c'est à la jeune femme qui se trouve là-dessous, une fille qui voulait simplement sauter dans une piscine, et non pas mourir en se montrant courageuse... Et tout ça simplement pour obtenir des applaudissements, des tapes dans le dos et des cris d'admiration. Elle ne s'est pas enfoncée dans les profondeurs, et n'a pas inhalé de chlore. Sa mère ne l'a pas trouvée flottante à la surface, face contre terre, ses cheveux étalés autour de sa tête.

Qui a appelé ses parents ? Qui le leur a annoncé ? Qui l'a sortie de l'eau ? Qui a réalisé qu'elle ne nageait pas, qu'elle ne remontait pas à la surface ?

Je me mets à genoux à côté du lit de fleurs blanches qui la recouvre comme une couette. Je l'imagine, couchée là-dessous, six pieds sous terre, baignée de chagrin. Je m'imagine à sa place, j'imagine combien j'aurais l'impression d'être retenue et piégée, sans pouvoir plus jamais me relever.

— Je ne pense pas que tu devrais être mon amie.

Je m'étouffe sur un sanglot en observant les pétales blancs autour de mes genoux.

— Quoi ? Est-ce que ça va, Crystal ? Qu'est-ce qu'il y a ?

— Devlin va faire de ma vie un enfer. Tu as vu à quel point il me déteste. Je ne peux pas t'impliquer là-dedans.

— Pour autant que je sache, il déteste tout le monde. D'ailleurs, j'étais déjà sa chienne chérie. Il ne peut pas me faire pire que ça.

— Tu te souviens quand je t'ai demandé d'être mon amie ? Je t'ai dit que j'avais déjà goûté à la popularité, et que je n'étais pas une très bonne personne.

— Oui…

— Je ne suis pas quelqu'un de bien. Je ne suis pas une bonne personne.

— Mais tu as dit que tu voulais recommencer à zéro, me rappelle Dixie. Je veux dire, oui, tes frères ont fait de très mauvaises choses, mais tu n'as rien fait de mal depuis votre arrivée ici. Je pense que chaque personne mérite une seconde chance, même s'ils ont déjà fait quelque chose de mal.

— Et si ce qu'ils ont fait était impardonnable ?

Je pose cette question face à moi, là où la jeune femme est enterrée.

— J'étais pire que Devlin. Je ne me suis pas simplement contenté de traiter quelqu'un comme un chien. Je… j'ai failli faire ça à une personne.

— Quoi ?

Dixie me pose la question en s'abaissant sur le sol à mes côtés.

— Le pire, c'est que je ne sais même pas pourquoi, murmuré-je. Je ne connaissais même pas cette fille.

— Qui était-elle ? s'enquiert Dixie. Quelqu'un de New York ?

— Oui, elle allait dans notre lycée. Elle était juste… elle était une de ces filles qui font tellement d'efforts pour devenir quelqu'un, que c'en est trop, tu sais ? Elle s'insérait dans des conversations qu'elle entendait et qui ne l'impliquaient pas. Elle était si désespérée à l'idée de faire partie d'un groupe. Et pour une quelconque raison, mon amie a décidé qu'elle la détestait. Elle ne pouvait pas la supporter.

— Et tu as suivi le mouvement parce que ta meilleure amie la détestait.

— Oui, admets-je.

La honte me brûle les joues.

— Ce n'était pas le cas au début. Je lui ai dit de la laisser tranquille, pourtant elle n'a pas arrêté de commenter ses messages en ligne et de se moquer d'elle au lycée lorsqu'elle ne savait pas quoi faire. Et la jeune femme, elle n'a rien fait. Elle n'a même pas essayé de se défendre. C'était exaspérant au possible. Ça me donnait envie de la secouer et de lui dire d'avoir un peu de respect pour elle-même.

— Comme moi, réplique doucement Dixie.

— Non, ajouté-je rapidement. Pas comme toi.

Finalement, elle a peut-être raison. C'est peut-être ce qui m'a attiré vers elle au début. Je n'ai jamais connu cette fille, je n'ai jamais su ce qui se passait sous son crâne, ni pourquoi elle était comme ça, et peut-être que d'une manière subconsciente, j'ai eu envie de comprendre.

— Veronica était ma co-capitaine dans l'équipe de pom-pom girls. Elle avait un an de plus que moi. Même lorsque je pensais que les choses allaient bien, j'avais toujours l'impression de marcher sur du verre pilé. Je n'étais qu'en première année, et je savais pertinemment que si j'avais obtenu la place de co-capitaine, c'était parce qu'elle avait glissé un mot en ma faveur. Elle savait à quel point je travaillais dur, et combien de nuits je restais debout à pratiquer nos mouvements jusqu'à très tard dans la nuit.

— Alors on dirait que tu avais mérité ta place, me rassure Dixie, son visage moucheté de taches de rousseur brillant si sincèrement que j'avais envie de l'embrasser. Tu l'as méritée.

— Oui. Mais ce n'était pas seulement ça. Il s'agit de savoir qui tu connais, qui tu impressionnes, et qui est de ton côté. J'étais populaire, Dixie, mais j'étais terriblement malheureuse. Je suivais une thérapie et je prenais des médicaments, pourtant je n'arrêtais pas d'avoir l'impression que le sol allait s'ouvrir sous mes pieds à tout moment. À la moindre erreur, j'avais l'impression que tout ce que j'avais construit s'effondrerait.

— À cause de ton amie ?

Je ricane doucement et inspire profondément avant de lui avouer quelque chose que je n'ai jamais dit à personne.

— Tu sais, ce rouge à lèvres que je porte toujours ? Je l'ai appelé ma signature personnelle.

— Il te va très bien, m'assure Dixie.

— Ce qui est drôle, c'est que je ne l'aime pas beaucoup. Je veux dire, il est bien, mais ce n'est pas mieux que n'importe quelle autre couleur. Toutefois, je le portais un jour, et Veronica a dit qu'elle aimait ça. Après, j'ai eu l'impression que si je portais une autre couleur, elle pourrait me dire que ça ne me mettait pas en valeur, ou que j'avais mauvaise mine. J'ai donc porté religieusement ce rouge à lèvres tous les jours pendant les deux années qui ont suivi. Et le fait est qu'elle n'aurait probablement rien dit. Ce n'était même pas sa faute.

C'était la mienne. C'était comme une superstition, comme lorsqu'un gars porte le même maillot à chaque match parce qu'il est convaincu que s'il porte autre chose, son équipe perdra. J'avais tellement peur à chaque seconde de chaque jour, même si j'avais ce que toutes les filles désiraient.

— Pourquoi n'as-tu pas tout simplement arrêté ? s'enquiert Dixie, comme si c'était aussi simple.

Et peut-être qu'en réalité c'est le cas.

— Je suppose que j'aurais pu. Mais pas à ce moment-là. Pas avant cette fille. Veronica s'en prenait à elle, et je restais là sans rien faire à me sentir malade. Je me souviens même d'avoir pensé qu'elle était pathétique. Pourquoi Veronica ne la laissait pas tranquille ? Elle n'arrêtait pas de revenir à la charge, comme un chien qui a envie d'être frappé simplement pour obtenir de l'attention. Je n'arrêtais pas de me dire, pourquoi devrais-je la défendre si elle n'a pas envie de le faire elle-même ?

Je marque un petit temps d'arrêt et ferme les yeux.

— Je me souviens du premier jour où je lui ai dit quelque chose, un simple petit commentaire acerbe, mais je me suis sentie mal après coup. Contrairement à ce à quoi je m'attendais, ça ne m'a pas aidée à me sentir bien ni puissante. Ça m'a fait me sentir encore plus petite. Et le truc le plus vicieux, c'est que ça ne m'a pas arrêtée. C'était comme si une partie de moi aimait ça. J'ai commencé à devenir plus méchante parce que je voulais juste qu'elle craque et qu'elle me repousse. Mais elle ne l'a jamais fait.

— Est-ce qu'elle est morte ?

Dixie m'observe avec les yeux écarquillés.

— Non. Mais elle a essayé de mettre fin à ses jours. C'est là que tout a changé. L'école s'est impliquée, et a découvert toutes les choses horribles que nous lui avions dites en ligne. C'était surtout Veronica, mais je l'ai fait moi aussi. Et pas seulement lorsque nous étions ensemble, et qu'elle me disait de le faire. C'était comme si j'apercevais sa faiblesse, qui faisait écho à la mienne, et je détestais ça. Je voulais simplement l'éliminer. La faire taire. Et ce qui est triste, c'est que je n'avais pas la moindre raison de le faire. Elle n'a volé le petit ami de personne, ne méritait même pas que l'on s'acharne sur elle. C'est la partie qui me fait vraiment chier. Il n'y avait aucune raison derrière toute cette merde.

— Ce n'était peut-être pas une bonne raison, déclare Dixie en prenant ma main dans la sienne. Mais elle te rappelait probablement qui tu es au fond de toi. À quel point tu désirais impressionner ton amie et à quel point tu te sentais incapable de lui tenir tête. Tu souhaitais donc que quelqu'un d'autre le fasse à ta place.

Je hoche la tête en attendant que la douleur dans ma gorge se résorbe.

— Je ne veux pas t'avoir à mes côtés, reprends-je. Si Devlin souhaite se venger, et qu'il nous a aperçues ensemble aujourd'hui…

— Tu ne lui as rien fait, souligne-t-elle. Ton frère a détruit sa voiture. Pas toi. Il n'y a pas la moindre raison pour qu'il te déteste.

— A-t-il seulement besoin d'une raison ? Avait-il une raison de faire de toi sa chienne ?

Les joues de Dixie rougissent.

— D'autres personnes s'en prenaient à moi en premier. Puis il s'est pointé et m'a réclamée comme appartenant au clan Darling. Personne d'autre n'osait me dire quoi que ce soit à partir de ce moment-là. Je ne dis pas que ce que tu as fait n'était pas courageux et tout, mais…

Elle secoue la tête.

— Tu aimais qu'il s'en prenne à toi ?

Elle hausse les épaules, son visage rougissant davantage.

— Ce n'est pas ça, s'écrie-t-elle rapidement. Mais c'est comme… je sais de quoi j'ai l'air, Crystal.

Elle plonge son regard dans le mien.

— Tu es sexy. Tu as de très belles courbes. De nombreux hommes aiment ça.

— Je suis grosse, rétorque-t-elle. Et je sais que je suis censée m'en soucier, mais je n'ai pas envie de changer. Je suis en accord avec mon apparence.

— Ce qui est une très bonne chose.

— Oui, mais les gars comme les Darling ? Ils veulent des nanas qui te ressemblent.

— Ils m'ont également étiquetée comme étant une chienne, souligné-je. Je ne pense pas que notre apparence importe réellement. Ils choisissent des gens au hasard pour terroriser les autres et les maintenir dans le rang.

Dixie hausse les épaules.

— Ils ne donneraient jamais l'heure à une fille comme moi. Cependant, lorsque j'étais leur chienne…

Je me frotte le front.

— Dixie. C'est tordu. On ne devrait pas avoir à choisir entre être traitée comme une chienne et être invisible.

— Peut-être pas. Mais si j'ai envie d'être visible aux yeux des garçons comme eux ?

Elle ferme les paupières et pousse un gémissement.

— Et c'est le cas. Je suis désolée, je sais que c'est aussi pathétique que cette fille qui voulait attirer l'attention de ton amie. Mais mon Dieu. Crystal. Ce sont les Darling.

— Je pense que la manière dont ils agissent est dangereuse. Et je vais les arrêter. Il n'y aura plus jamais de chienne des Darling.

Dixie m'observe comme si j'étais folle.

— Tu ne peux pas faire ça.

— Peut-être pas. Mais je vais essayer.

— Comment ?

Dixie me laisse l'aider à se redresser avant de s'essuyer sur sa jupe.

— Je ne sais pas encore. Mais j'ai été comme ça. Si quel-qu'un comprend la manière d'agir d'une brute, c'est bien moi.

Quinze

Il n'y a qu'une seule façon de triompher face aux brutes si l'on n'a pas envie de les rejoindre. Mes frères ont effacé toute possibilité de se joindre à eux, et je n'aurai probablement pas pu changer leur façon de faire dans tous les cas. J'ai commis l'erreur de rejoindre une brute auparavant. Ce qui ne laisse plus qu'une seule option aux Darling. Les combattre.

La question est... comment ?

Le lendemain, le couperet tombe. Le lycée entier est parcouru de ragots dès lors que nous entrons. Les gens nous jettent des regards mauvais, et alors que nous marchons dans le hall, un chœur d'aboiements profonds et furieux nous poursuit. Je me force à avancer sur des jambes tremblantes, et garde mon regard fixé droit devant moi. Mes frères ne savent pas que tous les étudiants agissent ainsi simplement à mon égard. Ils n'ont jamais été témoins d'un tel comportement. Lorsque nous arrivons à mon casier, Royal me presse la nuque.

— Ça va ?

— Très bien.

Je fais ma combinaison. Duke sourit et envoie des baisers à la foule, apparemment inconscient de la haine qui accompagne les aboiements. Pour lui, l'attention c'est de l'attention. Il est en train de s'en abreuver.

— Une fois qu'ils nous auront vu jouer, ils chanteront une autre mélodie, s'exclame Baron en s'appuyant sur le casier à côté du mien.

— Ils ramperont sur le sol pour avoir une chance de nous sucer la queue, ajoute Duke. Et je leur rappellerai exactement combien ils doivent compenser.

Royal m'accompagne en cours, où même Colt ne souhaite pas s'asseoir à mes côtés. Cependant, je comprends sa haine. Preston est suspendu au prochain match qui se joue à domicile. Devlin est suspendu indéfiniment. Je sais que c'est une bonne chose, que c'est ce que mes frères désiraient. Toutefois, je ne peux m'empêcher de penser à aux ressentis des Darling. Tout comme Dixie m'a rappelé que je méritais ma place dans l'équipe de pom-pom girls de ma précédente école, je sais que Delvin ne tient pas sa position pour acquise. Je l'entends jouer au ballon presque tous les soirs. Il a travaillé dur pour obtenir ce poste pendant je ne sais combien de temps. Et voilà que mes frères sont arrivés, prêts à tout pour lui voler sa place.

Il n'a rien fait pour mériter ça.

Je me demande ce qu'il restera de lui lorsque ma famille en aura fini avec lui. Il a perdu sa belle voiture. Il a perdu sa place dans l'équipe. D'après Dixie, il ne sort jamais, mais d'après le nombre de jours où Dolly et Preston quittent les cours ensemble, je suis presque certaine qu'il ne possède plus un aussi grand fan-club qu'auparavant.

Cette nuit-là, lorsque je ne parviens pas à trouver le sommeil, je me poste sur mon balcon en écoutant le silence dans la cour des Darling. Une seule lumière brille à l'étage, et j'observe la douce lueur à l'intérieur, prête à voir apparaître Devlin. Toutefois, rien ne bouge dans la maison. Il a menacé de me briser, mais je crains que mes frères ne l'aient brisé en premier. Il a abandonné ses entraînements de minuit, et au lycée, il m'évite complètement.

Une pensée se fraie un chemin dans mon esprit, et refuse de me quitter. Et si je n'étais pas la seule brute dans ma famille ? Un vent frais agite le magnolia dans le jardin, et je referme davantage ma robe de chambre autour de moi. Je ne peux chasser cette pensée persistante, même lorsque je retourne à l'intérieur et verrouille la porte, ferme les rideaux, et rentre dans mon lit, avant de poser ma tête sur mon oreiller. Ce que mes frères font, ce n'est pas la même chose que moi. Ils ont vu quelque chose qu'ils désiraient, et ils ont tout fait pour l'obtenir. C'est ce que les gens sont censés faire.

Les gens ne sont pas censés abattre une autre personne sans la moindre raison. C'est ce que moi j'ai fait. C'est totalement différent du comportement de mes frères. Ils sont ambitieux, déterminés et persévérants. J'étais petite, faible et méchante. Voilà la différence. Mes frères sont forts, et possèdent une puissance sur laquelle je peux compter. Je suis faible. J'ai aperçu cette même faiblesse chez une autre personne, et j'ai ressenti le besoin de la détruire. Mes frères quant à eux se fichent pertinemment de savoir qui sont les Darling. S'ils n'existaient pas, ils désireraient toujours la même chose.

Je me retourne et presse l'oreiller sur mes oreilles, comme si je pouvais masquer le silence de Devlin qui ne s'entraîne pas. C'est idiot. Mes frères ne sont pas mauvais. Ils n'acceptent tout simplement pas un « non » pour réponse. Ils savent ce qu'ils veulent, et ils s'en emparent. Ils ne se soucient tout simplement pas de qui ils doivent écraser pour l'obtenir.

* * *

Vendredi arrive enfin, et avec un peu d'appréhension, j'accepte de rejoindre mes frères au match de la rentrée. Nous nous entassons tous dans le Range Rover et allons récupérer Dixie. Elle vit dans un lotissement ordinaire, dans une nouvelle maison qui pourrait être située dans une banlieue de n'importe quelle ville, n'importe où. Elle se précipite au-dehors et claque la porte, avant de perdre ses mots lorsqu'elle nous voit mes frères et moi. Ses joues rougissent, et ses yeux s'écarquillent de peur, comme si elle craignait qu'on ne lui joue un horrible tour et qu'on s'empresse de ricaner en s'en allant.

— Jette ce gros cul sur mes genoux, s'exclame Duke en se tapotant la cuisse et en souriant.

— Ne lui parle pas comme ça, m'écrié-je en enfonçant mon coude dans ses côtes.

— Ce n'est pas une insulte, argumente-t-il, en prenant la main de Dixie et en l'aidant à s'installer sur ses genoux. Si elle n'était pas ton amie, j'aurais déjà tenté d'enfouir ma queue dans ce délicieux fessier.

— La ferme, déclare King.

— Merci. Je ne pense pas que mon amie a besoin d'entendre parler de tes perversions, surtout pas lorsqu'elle est assise sur tes genoux.

— Tu ne peux pas savoir, à moins d'essayer, s'écrie Duke en pressant les hanches de Dixie. N'ai-je pas raison ?

Elle laisse échapper une sorte de cri, et rougit encore davantage en présence de mes frères. Lorsque nous arrivons au match, le parking est bondé. On pourrait penser qu'il s'agit d'un jeu patriotique vu la manière dont les gens ont paré leurs voitures de noir et d'or. Les vitres arborent le slogan « Allez les Knights ! », ainsi que divers numéros.

Alors que nous descendons de la voiture, un groupe de fans s'avance dans le parking en portant un énorme drapeau noir avec un insigne de chevalier en or sur le dessus. Ils portent tous des maillots de notre équipe et de la peinture sur le visage. Je surprends mes frères en train d'échanger un regard. King sourit, et je parviens à sentir l'excitation qui les anime alors que nous nous dirigeons vers les portes. Pas seulement l'excitation à l'idée d'assister à un match de football, mais celle au vu de ce nouveau et très bienvenu changement par rapport à notre ancien lycée. Bien sûr, là-bas, les gens assistaient également aux matchs. Des parents de joueurs, d'autres étudiants et quelques anciens élèves… Ici, c'est tellement plus que ça.

Après cette semaine difficile de cours, c'est agréable de voir mes frères habités à nouveau par une énergie positive. En croisant le regard sombre de Royal, je réalise que je me suis montrée un peu trop dur avec eux l'autre soir. Royal est peut-être aussi taré que nous tous, mais il a un bon fond, il est fort et protecteur, et je sais qu'il ferait n'importe quoi pour moi.

Je lui offre une étreinte rapide avant de m'avancer pour marcher à côté de Dixie.

— On dirait que toute la ville est présente, remarqué-je en observant la foule automatiquement, sans même réaliser que je cherche Devlin avant que la petite vague d'espoir en moins ne se meure lorsque je ne le trouve pas.

— Oui. Nous jouons contre le lycée de Faulkner.

— Ah. Nos rivaux de l'école publique.

— Nous les affrontons une fois par saison, m'explique Dixie. Et peut-être une autre fois dans les étapes éliminatoires. Quiconque gagnera ce soir aura le droit de se vanter durant toute l'année scolaire. Je suis certaine que les Darling se sont rendus sur place pour leur faire des farces cette semaine. Ils se souvenaient à peine de notre existence.

— Tu dis ça comme si c'était une mauvaise chose. Je pense que mes frères les ont tenus occupés.

Elle hausse les épaules en levant les yeux vers les tribunes.

— Faulkner a gagné l'an passé. Alors, c'est notre meilleure chance de nous venger. Toute la ville attend ce match chaque saison.

J'essaie de comparer avec un jeu aussi grand à New York. À part le Super Bowl, il n'y a rien qui pourrait exciter toute une ville autour d'un simple match de football. Et l'Apocalypse elle-même ne pourrait pas faire fermer les magasins.

— Peut-être que tu reverras le beau gosse du cimetière, annoncé-je en lui donnant un coup de coude.

— Qui ?

Je lève les yeux au ciel.

— Ne fais pas semblant de ne pas savoir.

— C'est juste un gars avec qui je suis allée à l'école primaire, répond-elle, ses joues rougissant. Je ne le connais même plus.

— Il semblait te connaître, la taquiné-je.

— Il était avec sa petite amie, me fait-elle remarquer. Qui, j'ajouterai, est une cousine des Darling.

— Et elle va au lycée Faulkner ?

Je pose cette question en mettant mes mains sur mon cœur en prétendant être scandalisée.

— Je pense que ça a tout à voir avec son petit ami. Ils vivent très certainement dans un bon quartier de la ville.

— Donc, je suppose que tu ne devrais pas essayer de te rapprocher lui. Sinon les Darling te mettront une raclée.

En parlant de ça, je regarde autour de moi, en m'assurant

que tous mes frères sont dans ma ligne de mire. J'attends toujours leur châtiment. Je sais qu'il ne faut pas que j'imagine que Devlin en restera là. S'il ressemble un tant soit peu à mes frères, il n'en aura jamais assez. Il est rancunier, et il ne s'arrêtera pas tant qu'il ne sera pas satisfait.

— Allons chercher du pop-corn, déclare mon père.

Il baisse la voix et me fait un clin d'œil.

— Après tout, il faut soutenir l'économie locale. Il est bon de faire savoir aux gens que l'on se soucie d'eux.

Je ne sais pas à quel point il tient à être vu, mais je ne dis rien. Je sais que les apparences sont primordiales pour une famille comme la nôtre. S'il s'agit d'un événement communautaire, on peut être certain que notre père sera présent, en agissant comme la star de son propre spectacle familial, en étant entouré de sa belle progéniture.

Je me sens soudainement déloyale au vu de mes pensées. Mon père aime le football. Peut-être qu'il est vraiment excité à propos du match, et enthousiaste sur la possibilité d'évaluer la concurrence que mes frères pourraient rencontrer. Si quelqu'un est plus excité à l'idée qu'ils entrent dans l'équipe qu'ils ne le sont eux-mêmes, c'est bien lui. Il veut peut-être se faire passer pour la star du clan, mais il désire également que nous brillions tous dans les autres domaines. Peu importe ce qui compte le plus pour notre lycée, nous devrions être au centre de toute l'attention.

— Allons nous asseoir, déclare Royal en me prenant par le coude et en me dirigeant vers les tribunes.

Je jette un coup d'œil par-dessus mon épaule, toutefois King se place à mes côtés, sa présence me rassure. Les Darling ne feront rien ici, pas devant toute la ville. D'ailleurs, je remarque le policier qui les a arrêtés, il est en train de discuter avec des gens du coin. Devlin n'est probablement même pas ici. Il doit être chez lui, en train de préparer son horrible vengeance avec Preston.

Les gradins sont remplis de gens de tous âges, des mères avec des bébés aux arrière-grands-parents. La moitié d'entre eux discute tandis que l'autre moitié acclame même si les joueurs ne sont pas encore sur le terrain. Les pom-pom girls commencent à chanter et tout le monde reprend l'hymne avec elles. Je repère Lacey, ma guide du premier jour, dans l'équipe. Ce n'est pas une grande surprise. Toute personne digne d'être une Darling Doll, et de s'asseoir avec les cousins Darling au déjeuner, se doit d'être populaire.

King me bouscule.

— Observe les pom-pom girls pendant que nous sommes ici.

— Je n'aime pas vraiment les filles, mais merci.

Il me jette un coup d'œil agacé.

— Tu as très bien compris ce que je veux dire.

— Je ne crois pas être vraiment intéressée pour rejoindre l'équipe.

— Fais-le savoir à papa, répond-il, en me guidant le long d'une rangée de gradins métalliques vers un espace juste assez grand pour que nous demandions à un couple s'il peut descendre d'un étage pour nous faire de la place pour nous sept.

La nuit est fraîche, et la femme a une couverture en polaire noir drapée sur ses genoux avec l'emblème de notre lycée. Ces gens prennent le football très au sérieux. La moitié des gradins sont remplis de personnes qui agitent des pompons noirs et dorés. J'observe autour de moi avec admiration, je ne suis pas certaine de savoir si je suis plus intimidée ou impressionnée par cette vision. Si je me faisais une place dans l'équipe des cheerleaders, j'aurais le regard de toute la ville braquée sur moi. Littéralement. En face, les gradins de l'équipe adverse sont tout aussi fous. Un coup d'œil vers la foule me fait comprendre que les couleurs de Faulkner sont le bleu marine et le blanc.

Sur le terrain de leur côté, une pomp-pom girl rousse crie sur son équipe. Je la vois uniquement de dos, mais je peux comprendre d'ici qu'elle est énervée. Heureusement qu'elle n'est pas la capitaine d'équipe que je vais devoir impressionner. Non pas que j'ai envie de rejoindre une quelconque équipe. Je demanderai à mon thérapeute de me faire une lettre, si mon père ne parvient pas à être raisonné à ce sujet.

— Les sélections pour entrer dans l'équipe ont eu lieu l'an dernier, m'apprend Dixie.

Elle détourne le regard. Pendant une seconde, je pense qu'elle est nerveuse à cause de la présence de mes frères, mais ensuite je réalise que ce n'est pas ça.

— Tu as essayé ?

— C'est stupide, murmure-t-elle. Comme si je pouvais ressembler à l'une d'entre elles.

— Arrête ça. Il y a toutes sortes de pom-pom girls.

— Vraiment ?

Dixie me pose la question en désignant les filles d'un geste du menton. Je les observe, en notant à quel point le côté de Willow Heights est homogène. Il y a une seule jeune femme métisse, mais sinon, la plus grande diversité de notre équipe est représentée par une jeune fille avec un bob. Sinon, elles sont toutes blanches, minces, avec une longue queue de cheval. Les deux garçons de l'équipe ressemblent à des carrossiers en formation.

— Quelle connerie, murmuré-je. Tu devrais pouvoir faire partie de l'équipe si tu es douée.

— Est-ce que toi tu l'es ? Je veux dire, tu étais capitaine dans ton ancien lycée.

— Oui, dis-je en haussant les épaules. Je m'en sors pas trop mal.

— Elle est vraiment douée, intervient Royal en me pressant le bras.

C'est vrai. J'étais douée. J'ai travaillé dur pour ça, cependant cela ne me fait plus envie. Je mentirais si je disais qu'il n'y a pas une partie de moi qui rêve d'être là-bas, et que mes doigts ne me brûlent pas à l'idée de tenir un pompon, que je n'analyse pas chaque pas de leur chorégraphie.

Toutefois, après tout ce qui s'est passé l'an dernier, je n'ai pas envie de me forcer à sourire. Je ne veux plus être au sommet de la pyramide, ni même à celui de l'échelle sociale. J'ai envie de disparaître. Je suis restée dans l'équipe parce que j'avais une note de mon psychiatre, mais je savais que je changerais d'avis rapidement.

Maintenant, cependant… c'est une nouvelle école. Une grande partie de moi pense que ce serait une erreur de tenter de rejoindre l'équipe, tout comme mes frères s'apprêtent à le faire pour le football. Si je gagne ma place, je prends celle de quelqu'un d'autre. Quelqu'un qui a mérité cette place, quelqu'un qui a pu tout aussi bien rester debout toute la nuit à s'entraîner comme je l'ai moi-même fait. D'un autre côté, je sais que je suis meilleure que la moitié de ces filles. Et si ce sont vraiment les salopes que je pense, je sais pertinemment qu'elles ont été capables d'écarter Dixie parce qu'elle est un peu plus enrobée comparée à elles. Et j'ai envie de faire quelque chose à ce sujet.

— À quel point es-tu douée ?

Je me tourne vers mon amie.

— Quoi ?

— À quel point es-tu douée ? Peut-être que nous pouvons les faire changer d'avis.

— De quoi est-ce que tu parles ?

Son regard s'écarquille.

— Tu ne peux tout simplement pas… je veux dire, je suis plutôt bonne, je suppose. Mais je n'ai pas pratiqué depuis des mois. J'ai arrêté après avoir été refusée de l'équipe.

— Alors recommence. Je le ferai moi aussi. Nous allons montrer à ces connasses de quoi nous sommes capables.

Seize

Il y a quelque chose à propos du football qu'aucun autre sport ne peut égaler. Dans les lumières, l'air frais du soir, les ventilateurs dans les gradins. Dans l'herbe verte et les lignes blanches, l'odeur du pop-corn et les crépitements des haut-parleurs. Appartenir à tout ça, rester sur la touche et les encourager, c'était magique. Mais c'est bien plus que de la magie. C'est du pouvoir. C'est le pouvoir qui s'écoule à travers les crampons et qui se propage dans les couloirs du lycée.

Ce soir, mes frères s'empareront du pouvoir.

— Qu'est-ce que tu fais ? me demande Dixie en me jetant un coup d'œil par-dessus son épaule.

— Rien, lui dis-je en fourrant mon téléphone dans ma poche sans publier mon article.

Je m'assure que mes frères discutent et ne me posent pas la même question.

— Tu écris toujours sur ton portable, commente Dixie.

Lorsque je ne réponds pas, elle appuie son coude contre le mien.

— Allez. Tu dois me le dire. Il n'y a pas de secrets entre nous. Les règles de l'amitié, tu te souviens ?

— Ce n'est rien d'important, lui assuré-je dans un murmure. Je tiens simplement un blog.

— Vraiment ?

Elle se penche dans ma direction comme si je partageais avec elle des ragots :

— Est-ce que tu as beaucoup de lecteurs ?

— Hum, non. Il est privé. Personne ne peut le lire à part moi. C'est juste… une façon de m'exprimer. Comme un journal intime que mes frères ne pourraient pas trouver.

— Alors, ils ne sont pas au courant ?

— Non. Et j'ai bien l'intention que ça reste ainsi, alors n'en parle pas, d'accord ?

Elle mime le geste de verrouiller ses lèvres, en me souriant avec confiance, ce qui me comprime le cœur. C'est comme si elle n'avait jamais eu de vrais amis auparavant, et jamais partagé de secret avec quelqu'un. J'ai envie de la serrer dans mes bras et de la secouer en même temps. Elle est si incroyablement transparente. Mon père et les jumeaux se pointent une minute plus tard, les bras chargés de pop-corn, de sodas, et de sucreries. Apparemment, notre père était sérieux au sujet de soutenir l'économie locale. On dirait qu'il a acheté tout le stand. Dès qu'il s'assied, il commence à scanner la foule du regard. Je suis irritée lorsque je réalise ce qu'il fait. Il cherche quelqu'un d'important dans la foule pour s'assurer d'être vu. Comme la semaine dernière, quand il m'a posé un lapin pour notre soirée père-fille parce qu'un urbaniste désirait discuter autour d'un verre.

Bien sûr, une minute plus tard, il me tend mon soda et lance :

— Je vais juste dire bonjour à quelqu'un. Je reviens tout de suite.

— Je pensais que nous devions nous comporter comme une famille !

Je l'ai à peine vu depuis que nous avons emménagé ici. Ce n'est pas différent de notre vie à Manhattan, pourtant il m'a promis que les choses changeraient ici. Qu'il aurait plus de temps pour nous.

— C'est ce que nous faisons, réplique-t-il. Ça ne prendra qu'une minute. C'est important.

Et nous, on ne l'est pas ?

Je pince les lèvres pour éviter de lui poser cette question et me contente de hocher la tête.

— Il va revenir, me rassure Dixie, en me tapotant le genou et en me souriant.

Ça me fait presque craquer. Je ne suis peut-être pas suffisamment forte, cependant je ne veux pas de sa pitié. La pitié me rend vulnérable, et je ne désire pas l'être. Pas en public.

Mon père est déjà à mi-chemin dans l'allée, n'ayant apparemment pas besoin de mon accord pour nous laisser tomber. Royal grogne après lui, puis glisse un bras autour de mes épaules.

— Qu'est-ce que tu en penses ?

— Qu'il va aller s'asseoir avec les directeurs ? hasardé-je en tentant de sourire.

Il fronce davantage les sourcils et me presse contre lui.

— Je suis désolé.

— Tu ne parlais pas de lui, pas vrai ?

— Non.

— C'est… intense, avoué-je lorsque le groupe arrive, et que tout le monde dans les gradins se met à chanter.

C'est plus qu'un jeu de lycée. Seul le petit stade avec les

bancs de lumière aux extrémités, l'herbe sur le terrain, et l'atmosphère familiale en fait un jeu de lycéens.

Les pom-pom girls cèdent le terrain à une rangée de six majorettes. J'aperçois Dolly parmi elles, qui ne porte pas la moindre touche de rose. Elle est magnifique dans son justaucorps noir ajusté avec des paillettes dorées scintillantes comme des étoiles. Ses courbes me font honte. Je n'ai jamais été malheureuse de mon bonnet C, mais Dolly arbore fièrement un bonnet F. Ses hanches sont larges et rondes, néanmoins elle n'est pas bâtie comme une Kardashian. Son ventre est légèrement bombé, et ses cuisses ne sont pas très espacées. Elle est grande, et bien proportionnée de partout.

— Je crois que je viens d'apercevoir ma première nana, plaisante Duke, qui observe évidemment la même personne que moi.

C'est difficile de ne pas la regarder. Toutes les majorettes portent la même tenue, mais personne ne la porte comme Dolly. Ses cheveux blonds retombent à la perfection, et elle exhibe un rouge à lèvres intense et de faux cils si noirs qu'ils ne paraissent pas réels. Et sur ses cils reposent des paillettes d'or qui captent la lumière lorsqu'elle bouge. Royal me donne un coup de coude, et je suis son mouvement de tête pour découvrir que notre père nous fait signe pour qu'on le rejoigne. Il est installé à côté d'un homme grand et mince avec des cheveux poivre et sel et un nez pointu. À ses côtés se trouve une blonde d'âge indéterminé qui pourrait tout aussi bien être sa fille ou sa femme.

Super. Il est temps d'afficher un faux sourire et de me comporter comme une bonne fille Dolce.

— Désolée, murmuré-je à Dixie. Tu n'as pas à venir avec nous.

Elle jette un coup d'œil entre notre père et nous.

— Merde, répond-elle en écarquillant les yeux. C'est ma tante.

— Celle qui vient d'épouser le maire ?

— Celle qui m'a traitée de personne négligée, me confirme-t-elle.

— Je vais simplement aller dire bonjour.

L'anxiété augmente en moi lorsque le sentiment d'être tirée dans deux directions me gagne, comme c'était le cas avec Veronica. J'ai envie d'être une bonne amie, mais je veux également être une bonne fille. Je désire que mon père soit heureux, et fier de moi, pourtant je n'ai pas envie de violer les règles de l'amitié... et pas seulement celles de la liste ringarde que Dixie dresse, en lui disant quelque chose que les adultes ne voudraient pas qu'elle sache.

— Ça va aller, m'assure Dixie. Nous serons tous plus heureux si nous faisons semblant de ne pas nous voir. D'habitude, je m'assieds là-bas avec les autres étudiants de première année, de toute façon. Viens t'asseoir avec nous lorsque tu auras terminé.

Sur ces paroles, Dixie va se mêler à des gens qui sont apparemment ses amis mêmes si elle ne s'assied jamais avec eux au déjeuner. Peut-être que c'est quelque chose qui se passe uniquement durant les matchs de football. Ça rassemble tout le monde, toute la ville applaudit pour un même but. À ce match, tout le monde porte du noir, de l'or, et semble être ami. Dans un lycée si petit, il est inévitable que les gens tombent dans des groupes où ils parviennent à s'adapter. Même les parias sont généralement intégrés à un groupe. Et Dixie est bien trop maligne pour être considérée comme une paria. Je suis heureuse pour elle si elle parvient à se faire d'autres amis, même si cela réveille mon insécurité. Règles de l'amitié mises à part, Dixie n'est plus la chienne chérie des Darling. C'est moi. Si elle veut me traiter de manière toxique et rester loin de moi, je ne pourrais l'en blâmer. Elle a plus que rempli ses obligations envers moi.

Ma poitrine se serre alors que nous rassemblons nos affaires. Je m'imagine me mêler à la foule, dire bonjour à des gens de l'école au hasard, ne me soucier de rien, si ce n'est le résultat du match. Toutefois, je sais d'ores et déjà que je ne peux pas échapper à qui je suis. À qui nous sommes. À la direction que mon père veut emprunter, et que nous devons suivre. Lorsque notre père nous dit de sauter, nous sautons. Lorsqu'il dit que nous allons être la première famille de cette ville, nous faisons en sorte que ça arrive pour lui.

Alors que nous arrivons à ses côtés, papa adresse aux jumeaux un regard sévère, un avertissement silencieux pour les informer de se comporter au mieux. Mes frangins ne sont pas exactement des citoyens modèles.

Notre père nous présente ses nouveaux amis qui sont le maire et Madame Beckett.

— C'est merveilleux de voir enfin de nouveaux visages à Willow Heights.

Le maire saisit ma main un peu trop longtemps, et son regard se pose un peu trop sur ma poitrine à mon goût. Beurk. Je m'écarte, et m'assure que mon visage ne trahit pas le dégoût que je ressens. J'ai eu affaire à de nombreuses reprises à des associés d'affaires toxiques de mon père. Je suis censée agir comme un petit ange, en étant trop innocente pour même remarquer lorsqu'ils contemplent mon corps et m'effleurent « accidentellement » les fesses lorsque je passe devant eux. Au moins, ils sont tous suffisamment intelligents pour ne pas faire de réels mouvements dans ma direction. Si papa ne les faisait pas tuer pour cela, mes frères s'en chargeraient.

— Le maire et vous vous asseyez dans la foule pour regarder les matchs de football ? demandé-je à Madame Beckett alors que nous prenons place. Je m'interroge parce que ça n'est jamais arrivé dans notre lycée privé de New York.

Je m'attends au moins à recevoir un rire en retour, mais Madame Beckett se contente de hausser légèrement les sourcils et d'écarter une peluche invisible de son tailleur noir.

— Mon mari pense qu'il est important de ressembler aux gens normaux.

— Et il a absolument raison, intervient mon père. Vous devez savoir ce qui se passe dans votre ville si vous désirez que les gens vous fassent suffisamment confiance pour venir vous parler de questions importantes.

Il est trop occupé à lécher le cul du maire pour remarquer qu'il vient d'énerver sa femme, qui désire apparemment être assise près du commentateur. Ou plus probablement, être à la maison à savourer un cocktail en se contentant de regarder le match à la télévision.

— Est-ce que vous assistez à tous les matchs ? Ou seulement à ceux qui représentent votre ville ?

— À la plupart d'entre eux, répond-elle, en jetant un regard courroucé en direction de son mari, qui est trop occupé à discuter avec mon père au sujet des nouvelles entreprises qui arrivent en ville et de la façon dont elles aident l'économie locale.

— Vous asseyez-vous toujours de notre côté ?

Je lui adresse mon meilleur sourire conspirateur.

— Où devez-vous vous asseoir avec les fans de Faulkner une année sur deux ?

— Eh bien, nous sommes ici en tant que représentants de la ville, mais ma fille est présente également dans les gradins.

— Ah oui ?

Je me redresse en posant cette question. C'est certainement une information pertinente si je dois convaincre l'équipe de pom-pom girls de me laisser - ainsi que sa belle nièce - les rejoindre à la mi-saison. Je me demande pourquoi Dixie ne m'en a jamais parlé.

— Laquelle est-ce ?

— Dolly Beckett.

— Oh !

Je tâche de rapidement masquer ma surprise.

— J'aurais dû le savoir. Elle vous ressemble.

Les majorettes n'applaudissent pas. Sa mère devrait le savoir. Madame Beckett soupire.

— C'est ma belle-fille.

— Oh ! Je suis désolée.

Je suis bien trop troublée pour en dire plus. Apparemment, je ne suis pas douée pour faire la conversation en Arkansas non plus.

— Bien sûr, ajoute King pour me sauver la mise. J'aurais juré qu'elle était votre sœur.

Je remercie la présence de mes frères. J'enfonce un popcorn dans ma bouche avant de dire une autre connerie. Je suis heureuse de laisser King flirter et charmer Madame Beckett pendant que j'observe les supportrices faire une prestation rapide avant d'aller s'asseoir sur les bancs. Les gradins commencent à trembler alors que tout le monde bat des pieds à l'unisson, de plus en plus vite, et fait grimper l'excitation dans les airs à mesure que l'annonce du début de match arrive. Le présentateur avance sur le terrain et annonce :

— Faisons du bruit pour les Faulkner High Wampus Cats !

L'autre côté du public devient fou, jette du pop-corn dans les airs, piétine les gradins, et hurle.

— Qu'est-ce qu'un chat Wampus ? s'enquiert Duke.

— C'est un chat sauvage à six pattes, déclare Baron. N'as-tu jamais lu Harry Potter ?

— Non, réplique mon frère. Est-ce que tu as déjà baisé ?

— Le match de ce soir s'annonce légendaire, poursuit le commentateur. Accueillons nos rivaux de notre ville natale, Devlin Darling et les Knights !

Je me fige sur mon siège, alors que le choc m'habite. Ils ne l'ont sûrement pas laissé déjà revenir dans l'équipe. Il y a une vidéo qui circule de lui agressant mon frère alors qu'il est clairement évanoui sur le sol.

— On vient juste de m'informer que les joueurs vedettes des Knights, Devlin et Preston Darling, ne joueront pas au match de ce soir, reprend le présentateur après une courte pause. Cela va mettre un frein à leur équipe, mais je suis certain que ce sera tout de même un sacré match ! Montrons notre soutien à Willow Heights !

Notre côté des gradins se met à les acclamer et à secouer leurs jolis pompons, cependant nous ne sommes pas aussi bruyants ou sauvages que les fans du lycée public. De leur côté, je pense qu'ils seraient à même de se révolter s'ils perdaient. Ou peut-être parce qu'ils ont juste annoncé leur école comme étant une équipe régulière, et qu'ils ont présenté la nôtre comme un groupe étant dirigé par une célèbre rockstar du ballon ovale.

Dès les premières secondes, le jeu ne semble pas prometteur. Faulkner gagne le tirage au sort, et leurs défenseurs font une série de passes intelligentes, poussant les autres joueurs loin des buts. Notre quarterback, le remplaçant de Devlin, effectue des passes sérieusement douteuses, ce qui mène à une troisième et longue interception. Je regarde King, et malgré la piètre performance de Willow Heights, il sourit énormément. Bien sûr que oui. Devlin peut continuer à diriger l'école, mais pendant qu'il est suspendu, notre équipe pourrait très certainement bénéficier d'un quarterback très intelligent comme mon frère.

Faulkner marque un autre essai avant que nous inversions

la tendance. Tout ceci me semble mauvais jusqu'à ce que Colt chope une interception et coure tout le long du chemin pour marquer un touchdown. Si je m'attendais à ce que ce dernier soit lent et paresseux sur le terrain comme il l'est en classe, je me suis trompée. Il est rapide, vraiment très rapide. Encore une fois, j'ai l'impression que la personne qu'il affiche en classe est une illusion, et qu'il est bien plus que ce qu'il montre au monde.

Nous sommes en retard de deux essais à la mi-temps, et je me lève pour me dégourdir les jambes, ainsi que pour éviter le bavardage avec le maire véreux et sa femme grincheuse. Je commence à avoir peur qu'ils nous blâment pour le résultat du match. Après tout, mes frères ont fait suspendre les Darling. Tout le monde se promène, parle avec des voix excitées du touchdown de Colt. Le bourdonnement de la foule, les lumières, et la fraîcheur d'une nuit d'octobre me submerge, faisant naître un petit frisson familier dans mon corps alors que je me retrouve seule.

Devant moi se trouve Dolly Beckett. Génial. Maintenant je peux l'observer et essayer de comprendre ce qui se passe entre elle et Devlin. Sait-elle qu'il s'entraîne à minuit ? Ou que depuis une semaine, depuis qu'on a détruit sa voiture et qu'on la fait virer de l'équipe, il ne le fait plus ? Est-ce qu'elle s'en soucie ?

Après tout, elle aime sortir de cours et aller retrouver Preston presque tous les jours. Et pourquoi est-ce que je me préoccupe du fait qu'elle puisse penser à Devlin ou à Preston ?

Je repousse cette pensée au loin. Je ne m'en soucie guère.

— Je pense qu'il l'a fait exprès, déclare Dolly à son amie, une autre majorette. Je veux dire, parfois il me donne l'impression qu'il veut être blessé.

— Il ne se serait pas fait suspendre exprès, la réprimande

son amie. Nous avons besoin de lui. L'équipe s'effondre sans lui.

Dolly soupire.

— Je dis ça simplement. Tu as vu la façon dont il se comporte. C'est comme s'il ne se souciait même pas de sa propre sécurité.

Je tends l'oreille. Ce sont des informations que mes frères voudront avoir. Donc, Devlin se comporte imprudemment sur le terrain. Quelqu'un comme Royal ne ferait jamais ce genre d'erreur, et n'agirait très certainement pas de manière négligente.

— Penses-tu qu'il m'a remarquée avant le match ? s'enquiert Dolly.

Je lève les yeux au ciel, en pensant qu'aucun homme hétéro n'aurait pu ne pas la remarquer. Mais alors quelqu'un derrière moi répète ces paroles d'une voix haut perchée et moqueuse, et je me sens immédiatement coupable pour mes propres pensées. Le visage de Dolly rougit, pourtant elle choisit de l'ignorer et continue à fixer son amie qui lui adresse un sourire de pitié.

Je me tourne vers Lacey et quelques filles de l'équipe de pom-pom girls qui réajustent leurs queues de cheval en ricanant. Elles me regardent droit dans les yeux et continuent à parler :

— Elles savent qu'elles ne doivent pas s'adresser directement à la royauté. Ce ne sont que des majorettes.

Une envie absurde de défendre Dolly grimpe en moi, et même si je sais ce que ça fait d'aller contre la hiérarchie ici, je suis incapable de m'en empêcher. Après tout, elle n'est plus une Doll, ce qui signifie qu'elle n'est plus sous protection.

— Ne devriez-vous pas être de retour sur le terrain pour

amuser les fans avec plus de vos acclamations loin d'être originales ?

Je pose cette question à la légère. La bouche de Lacey s'ouvre avec incrédulité.

— Reste en dehors de ça, déclare une autre pom-pom girl que je reconnais comme Carmen de mon cours d'espagnol. Ça ne te regarde pas, petite salope de la ville.

Je lui adresse un sourire en coin et fronce les sourcils.

— Est-ce le mieux que tu puisses faire ? Même tes insultes ne servent à rien. Oh, et juste pour que vous le sachiez, je suis une garce de la grande ville !

Lacey pose son bras sur celui de Carmen.

— Ne fais pas attention à elle. Elle est simplement en colère parce qu'elle ne sera jamais une Darling Doll. C'est juste la petite chienne de Devlin.

— Et pourtant c'est toi qui t'es mise à genoux et qui as mangé de la nourriture pour chien lorsqu'il te l'a ordonné, répliqué-je. Rappelle-moi encore une fois quelle est la différence entre une chienne et une Doll ?

— Elle ne peut pas être sérieuse ! s'exclame Lacey.

Je hausse les épaules en réajustant ma queue de cheval élégante.

— Je sais seulement que ce n'est pas moi qui mangeais de la nourriture pour chien ce jour-là.

Je me détourne, et remarque que Dolly et son amie sont en train de chuchoter. Si elle veut s'enfuir pour aller le raconter à Preston, très bien. Peu importe. Je ne compte pas garder ma bouche fermée et agir comme l'animal de compagnie obéissant de quiconque, peu importe la façon dont ils m'appellent.

Je sais maintenant qu'être la chienne des Darling n'est pas si mal. Bien sûr, j'ai été qualifiée de perdante, mais à part l'incident humiliant, c'est plutôt facile à vivre. Ils n'ont même pas toléré l'incident de la nourriture pour chien, donc je ne peux pas compter ça comme étant une conséquence du fait d'avoir était étiquetée ainsi. Je peux supporter bien pire que quelques ricanements et remarques sarcastiques. Je mérite bien pire.

Lorsque je retourne à nos sièges, Baron tapote celui à côté de lui.

— Papa a convaincu le maire d'aller voir l'entraîneur avec nous, m'annonce-t-il. Nous allons tous aller lui parler, afin de lui montrer ce que nous pouvons apporter à l'équipe.

— Ce soir ?

Je suis une fois encore surprise et impressionnée par la façon dont notre père manipule aussi habilement les gens.

— Oui, réplique Duke avec un large sourire. Juste après le match. S'ils n'arrêtent pas d'agir comme des imbéciles durant tout le reste du jeu, ça ne devrait pas être difficile de défendre notre place.

— Félicitations, m'exclamé-je, en enroulant un bras autour de chacun des jumeaux.

Mes frères sont doués. S'ils font un essai, leur place dans l'équipe est assurée. Et avec le maire à nos côtés, comment le coach pourrait-il refuser ?

Je répète à mes frères ce que j'ai appris de Dolly au sujet de Devlin étant bien trop téméraire en jeu, et un étrange sentiment naît en moi alors qu'ils commencent à en discuter. Je ne dois aucune loyauté à Devlin ni à Dolly, pourtant pour une quelconque raison, j'ai l'impression de les trahir.

À quoi sert l'espionnage si je ne parviens pas à utiliser les informations que j'obtiens sans me sentir coupable ?

Dix-Sept

CE SOIR, mes frères terminent ce qu'ils ont commencé. Ce soir, ils vont renverser les rois. Ce soir, c'est à eux de monter sur le trône. Quelles que soient les conséquences, nous les affronterons au fur et à mesure. Mais ce soir, nous triomphons.

Après le match, nous commençons à descendre sur le terrain. Je précise à ma famille que je les retrouverai devant le vestiaire, et je cours jusqu'aux toilettes. Ils seront avec le coach pendant un moment, donc j'ai beaucoup de temps devant moi. Une ligne s'est formée devant les toilettes, alors je sors et m'appuie contre le mur sous un lampadaire afin de finir mon article de blog et d'écrire à Dixie. Les Knights ont perdu alors tout le monde à Willow Heights est de mauvaise humeur, quant à moi je ne peux m'empêcher de sourire de l'intérieur. Ça aurait été plus dur pour mes frères de convaincre le coach de leur laisser une chance après une victoire contre notre plus grand rival.

Toutefois, avec cette défaite, le coach examinera attentivement toutes les actions que l'équipe a mal faites... et toutes celles que mes frères peuvent mieux réaliser. J'envoie un SMS à Dixie avant qu'une ombre tombe sur moi. Je me redresse pour apercevoir Devlin Darling me dominer de toute sa hauteur. Avant que je ne puisse bouger, il m'arrache mon portable des mains.

— Hé, protesté-je.

Devlin me sourit en tenant mon téléphone hors de ma portée. Mais son regard n'a rien d'amusé. Il est rempli d'une haine pure.

— C'est quoi le problème de ta famille ?

— À l'heure actuelle ? C'est toi notre problème.

— Tu as bien raison, dit-il, la mâchoire crispée.

— Rends-moi mon portable.

— Ce n'est pas toi qui donnes les ordres ici. Dis-moi, petite chienne. À quoi est-ce qu'ils jouent ?

Je croise les bras devant ma poitrine, et regarde autour de moi. Il y a encore des dizaines de personnes qui déambulent, une mère avec une poussette qui a de la difficulté à franchir la porte des toilettes, plusieurs enfants sans surveillance qui tournent en rond et beaucoup d'étudiants qui discutent. Je ne suis pas assez stupide pour rester seule, et ça me réconforte de voir tous les témoins qui sont présents si jamais Devlin essaie de tenter quelque chose. Son regard meurtrier pousse mon instinct à fuir.

Pourtant, mon Dieu... une bouffée de son parfum typiquement masculin donne à mon corps des idées complètement différentes.

— Tu as dû le comprendre maintenant, répliqué-je en dressant le menton et en refusant de baisser les yeux. Ils veulent prendre ta place. Et ma famille obtient toujours ce qu'elle veut.

— Ah oui ?

Son sourire revient alors que son regard étudie mon corps. Je n'ai jamais été contemplée avec une telle luxure désinhibée, et à ma plus grande horreur, mes mamelons durcissent face à cette attention. En espérant qu'il ne s'en aperçoive pas, je me force à maintenir une position défensive et à ne pas me recouvrir la poitrine.

— Ne le prends pas personnellement. Nous sommes nés pour gouverner. C'est dans nos gènes.

— C'est très personnel, réplique Devlin.

Sa voix est suave alors qu'il s'approche de moi, et pose son bras au-dessus de ma tête, m'enfermant ainsi contre le mur. Il est si proche que je me noie dans son parfum enivrant. C'est tout ce que je suis capable de faire pour ne pas fermer les yeux et inspirer profondément. Il ne devrait même pas être ici. Même s'il a été suspendu du match, il se trouvait sur le banc avec l'équipe. Pourquoi n'est-il pas dans le vestiaire ? Lui en veulent-ils pour avoir perdu le contrôle et pour s'être fait suspendre ? Je sais que le lycée embrasse le sol sur lequel il marche, mais à quel point ses coéquipiers l'apprécient, n'est-ce pas simplement de la peur ? Si mes frères prennent sa place dans l'équipe, resteront-ils loyaux envers les Darling et leur rendront-ils la vie difficile, ou accepteront-ils un changement dans le statu quo et basculeront-ils leur loyauté dès qu'ils verront à quel point mes frères sont doués ?

Je pose mes mains sur le torse de Devlin et le repousse. Il ne bouge pas. Je pourrais tout aussi bien tenter de faire bouger le mur de briques derrière moi.

— Mes frères seront ici dans une seconde. Ils te tueront s'il te voit aussi près de moi.

— Je ne suis pas stupide. Tes frères ne te chercheront pas avant très longtemps, ma douce. Et pendant qu'ils sont occupés à bousiller ma vie, je vais me charger de bousiller la leur.

Le cœur battant, je me glisse sous son bras et tente de m'enfuir. Mais avant d'avoir pu faire trois pas, sa main se serre autour de mon cou. Je hurle de douleur, et quelques personnes jettent des regards curieux dans notre direction. Devlin m'éloigne du terrain et m'entraîne vers le parking.

— Laisse-moi partir, hurlé-je, en espérant attirer suffisamment l'attention pour que quelqu'un intervienne.

Je tente de me libérer, mais les longs doigts de mon ravisseur serrent ma gorge, me faisant haleter de douleur.

— Sois une bonne chienne et ferme-la, grogne-t-il derrière moi.

Je me détourne de lui et me précipite vers l'avant, toutefois au moment où nous atteignons le parking, Preston apparaît de nulle part. Je le percute avant de pouvoir m'en empêcher, et ses bras m'emprisonnent comme le ferait une camisole de force. Je hurle et je le frappe, tentant de lui mettre des coups de pied dans les tibias. Il grogne et me pousse en arrière dans les bras tendus de Devlin.

Je crie encore, mais personne ne bouge pour m'aider. Un couple presse l'allure, tirant leur enfant de l'autre côté comme si nous pourrions lui faire du mal. Une autre femme secoue la tête comme si on n'était qu'une bande d'adolescents turbulents qui font trop de bruit. Les élèves que je reconnais du lycée traînent derrière nous, et nous observent avec excitation comme s'ils avaient hâte de voir ce qui va se passer ensuite. Personne n'a l'air surpris. Il s'agit d'un comportement régulier, prémédité, ou les deux.

— Sois une bonne chienne et arrête de jacasser, m'ordonne Preston, en se penchant vers mon visage avec une lueur malveillante dans le regard. Ou quelqu'un va finir par être blessé.

La main de Devlin me recouvre la bouche tandis qu'il me fait avancer vers un petit cabriolet rouge. Il ouvre la portière arrière, et me pousse vers le siège. Une panique aveugle s'empare de moi, et je saute pour m'échapper en courant. Il me rattrape par la chemise. J'entends un bruit de déchirure et je perçois l'air frais de la nuit contre ma peau nue, pourtant je ne regarde pas vers le bas. Des rires s'élèvent alors lorsque je fournis à la foule le spectacle pour lequel ils se sont amassés.

Devlin s'empare de mon bras et me pousse à nouveau dans la voiture, la colère irradiant dans ses yeux bleus.

— Mauvaise chienne, grogne-t-il. Tout ce que je demande, c'est de l'obéissance.

Je me détourne pour ramper sur le siège, cependant il m'attrape par les jambes et me tire vers l'arrière. Je m'élance, et ressens une satisfaction toute personnelle lorsque mon pied lui frappe le visage… fortement.

— Une mauvaise chienne mérite une punition ! menace Preston au-dessus de moi.

Je réalise alors qu'il a fait le tour de la voiture et se tient devant l'autre portière. Je n'ai plus la moindre échappatoire.

Quelle que soit la lueur de triomphe que j'ai ressentie en frappant le roi de la famille Darling, elle s'en va lorsque j'entends sa boucle de ceinture s'ouvrir. Je hurle à nouveau, un frisson de terreur se répandant dans ma colonne vertébrale comme le ferait un pic à glace.

— Regarde ce que tu as fait, déclare une voix familière.

Colt.

Je suis ébranlée par une sensation de trahison lorsque Devlin parvient à ouvrir sa ceinture. La panique me déserte, avant qu'une énorme sensation de douleur ne s'abatte sur mes fesses. J'entends la ceinture siffler dans les airs avant qu'elle ne s'abatte à nouveau sur moi. Une vive douleur me traverse, accompagnée par quelque chose de bien plus humiliant. Son poing agrippe dans le dos de ma chemise, m'immobilisant tandis que le cuir de sa ceinture mord encore et encore ma peau.

La voix moqueuse de Preston envahit mon esprit. Au moins deux douzaines de personnes se sont rassemblées autour de la voiture, riant et acclamant Devlin qui me frappe avec sa ceinture. Tout aussi soudainement que cela a commencé, Devlin s'écarte. Je me redresse précipitamment sur le siège, et me retourne pour faire face à mon agresseur. Il revient vers la voiture, la respiration haletante. Ses yeux sont écarquillés et sauvages, et cela me fait presque plus peur que la rage que j'y ai aperçue plus tôt.

— Mes frères vont te tuer.

Ma voix tremble. Je n'arrive toujours pas à comprendre ce qu'il vient de se passer. Je me force à me redresser jusqu'à ce que mon dos soit pressé contre la portière de la décapotable. La fraîcheur sur mes joues m'indique que je suis en train de pleurer, mais je ne parviens pas à sentir mes larmes. Je ne sens plus rien.

— Non, ils ne le feront pas, réplique Colt en se tenant aux côtés de son cousin. Parce que tu vas leur envoyer un texto pour leur dire que tu vas bien.

Il m'adresse son sourire langoureux, en brandissant un téléphone. Le mien.

— Bonne chance pour trouver mon mot de passe, répliqué-je.

J'emmerde Colt et son attitude de faux-cul. Il agissait comme si nous étions amis, cependant je vois maintenant quel point je me suis montrée stupide en le croyant. Tout cela faisait partie de leur plan depuis le début. M'attirer dans la complaisance, me laisser penser que cette histoire de chienne des Darling n'était pas une grosse affaire, puis attaquer. Quelle que soit la blague d'initiation qu'ils ont prévue, j'en ai assez.

— Nous n'avons pas besoin de deviner ton mot de passe, ronronne Preston derrière moi, avant d'enrouler son bras autour de mon cou.

Il me serre légèrement avant de plaquer une petite lame contre ma peau.

— Nous allons à une fête pour y exposer notre nouvel animal de compagnie, et tu vas te comporter correctement. N'est-ce pas, ma douce ? m'annonce Devlin.

Il me chevauche les hanches, me force à dresser le menton et me sourit pendant que son cousin tient sa lame à quelques centimètres de ma joue.

— Une fête ?

Je laisse échapper un rire empli d'incrédulité.

— Vous pressez un couteau contre ma gorge. Vous venez de me frapper avec une ceinture.

— Je parie que tu as aimé ça, murmure Preston à mon oreille.

Son souffle est chaud contre ma peau, et un intense sentiment de fraîcheur s'empare de moi lorsque le pouce de Devlin se met à retracer ma clavicule dénudée. Qu'est-ce qui ne va pas chez moi ? Ce type plaque un couteau contre ma gorge. Toutefois, il a raison. Une petite partie de moi, une partie vicieuse et malade, était ravie face à mon impuissance et même à la douleur punitive que m'a infligée Devlin. Une partie de moi pense que je le méritais. Que je mérite bien pire.

— Maintenant, tu vas nous donner le mot de passe de ton téléphone, ou il va graver les mots « vilaine chienne » sur ton front.

Le pouce de mon ravisseur glisse lentement sur ma lèvre inférieure, et son regard est presque tendre alors qu'il me menace. Le souffle de Preston caresse mon cou, ses lèvres effleurent le lobe de mon oreille alors qu'il laisse échapper un rire silencieux. Je suis piégée entre deux garçons purement psychotiques. Les yeux de Devlin brillent de malice alors qu'il m'observe, attendant ma réponse, mon obéissance.

— Tu es un putain de malade, déclaré-je, la voix tremblante.

— Je t'avais prévenue, petite-fille, réplique-t-il en se penchant vers moi jusqu'à ce que son nez frôle le mien. Je suis plus dangereux que tu ne peux l'imaginer. Assez dangereux pour n'en avoir rien à foutre de ce qu'ils pourraient me faire. Essaie de m'arrêter, mon cœur. Je serai libéré dans une heure, comme la dernière fois. Et tu porteras mes mots gravés sur toi pour le restant de tes jours. Toutes les chirurgies plastiques du monde ne pourront réparer ce que j'aurais fait à ton visage.

— D'accord, murmuré-je, en serrant le poignet de Preston pour tenter de m'éloigner de sa lame. Ne fais pas ça. Ne me marque pas.

— Oh, c'est trop tard pour ça, murmure Devlin. Tu ne le verras peut-être pas, mais je t'ai déjà marquée, Dolce. Tu es à moi maintenant. Et je vais m'amuser avec toi ce soir.

Je commence à bouger, prête à le repousser et à me battre contre lui comme un beau diable, mais Preston appuie le plat de sa lame contre ma joue, me faisant sentir l'acier froid comme une promesse. Je m'immobilise.

— Vas-tu te comporter comme une bonne chienne ? Ou vas-tu me forcer à te découper ?

— Ne fais pas ça, supplié-je.

— Alors, donne-nous le mot de passe, s'empresse d'ajouter Colt, son visage souriant apparaissant devant le mien, alors qu'il penche la tête de côté, comme un drôle de clown.

Je murmure les numéros, et ils les tapotent sur mon téléphone avant de reculer, hors de ma vue.

— Bonne chienne, s'écrie Devlin en affichant un sourire triomphant.

Il se penche, ses yeux détaillant mes lèvres. Nos bouches sont si proches que je parviens à sentir sa chaleur contre la mienne, comme lors d'un baiser. Je peux le sentir, et ce qui est tordu c'est que j'en ai presque envie. Je veux… non, j'en ai besoin… un peu de réconfort, un peu de répit par rapport à ce qui s'est passé. Je le désire presque au point d'oublier ce qu'il m'a infligé. Mes paupières se ferment, et je sens le souffle mentholé de Devlin caresser ma peau avant qu'il ne laisse échapper un petit rire moqueur.

— Celle-ci doit suivre une formation, annonce-t-il en se redressant avant de se glisser sur le siège avant. Tu sais quoi faire d'elle.

Avant que je ne puisse protester, Preston m'attire à lui, et Colt ouvre le coffre.

— Vous vous moquez de moi ?

Je suffoque, et enfonce mes talons dans le trottoir. Je me tortille et lui serre la main, pourtant je n'arrive qu'à déchirer ma chemise sur le devant. Je me débats bien trop durement pour me soucier que mon soutien-gorge est exposé à la foule entière. Je ne suis pas de taille contre ces deux joueurs de football. Je suis incapable de me libérer. Bien trop rapidement, je me retrouve coincée dans le coffre et enfermée.

J'essaie de respirer, de ne pas paniquer. Je ne suis pas enterrée vivante. Je suis dans une putain de voiture. Toutefois, la pensée de Destiny, la fille qui est morte à l'une des soirées des Darling, s'implante dans mon esprit. Peut-être était-il en train de faire son deuil sur sa tombe. Peut-être regrette-t-il autant sa mort que je regrette les choses que j'ai faites à cette fille à Manhattan. La seule différence c'est que j'essaie de me racheter. J'ai envie d'être meilleure. Devlin quant à lui ne semble pas en avoir tiré de leçon. Il continue d'intimider. Il n'a pas cessé de faire la fête. Il vient de me fourrer dans un coffre, tout comme il a plongé cette jeune femme précocement dans la tombe, même involontairement.

Je suis en train de devenir folle, en pensant que je suis sur le point de mourir. Quand bien même je sais qu'ils ne m'emmènent pas quelque part pour me tuer et jeter mon corps au loin. Ils m'emmènent à une fête. Je n'y prendrai pas de risques inutiles. Je ne sauterai pas d'un balcon. Je ferme les yeux, en prétendant être à l'arrière de la voiture, et que tout va bien. Que je suis simplement en train d'aller quelque part pour m'amuser.

Si j'arrête de me débattre, ils vont peut-être s'ennuyer. Ils ne me tueront pas. Je sais que ce n'est pas ce qui est prévu. Ils désirent simplement m'humilier comme je l'ai fait pour cette jeune fille l'an dernier. Si elle est parvenue à supporter mes intimidations pendant des mois, je suis capable de le faire durant une seule soirée. Ça ne me tuera pas. Ils s'amuseront, puis ils me laisseront partir. Je dois jouer le jeu. Une chose est sûre. Si j'ai eu le moindre scrupule à l'idée de faire tomber ces psychopathes, je n'en ai plus désormais.

Les lignes sont tracées pour moi aussi. Mes frères et les Darling ont déjà dessiné ces lignes, et quand bien même je pensais que d'une façon ou d'une autre, si je frôlais la limite, je n'avais pas à m'engager... j'ai pensé que peut-être tout n'était pas noir ou blanc, que peut-être mes frères n'étaient pas des anges, mais que les Darling n'étaient pas non plus des démons. J'ai essayé de choisir d'agir pour le bien, cependant j'ai été une imbécile. Je fais partie de cette querelle familiale, que je le désire ou non. Ça a toujours été le cas. J'en fais partie parce que le sang Dolce coule dans mes veines, et que je ne peux changer ça. Mon seul choix est de me battre pour ma famille ou d'abandonner.

Je n'ai pas défendu la victime de Veronica l'année

dernière. Je l'ai même fait devenir la mienne, parce que j'étais incapable de me défendre moi-même. Cette fois, je le ferai. Pour ma famille, et pour moi-même, je me relèverai.

La voiture s'immobilise sur du gravier, et mon cœur tambourine contre ma poitrine. Une seconde plus tard, les portières de la voiture claquent, faisant basculer le véhicule. Je me rappelle que je ne vais pas mourir. Leurs pas résonnent sur le sol, et le coffre s'ouvre. Preston se tient juste au-dessus de moi, son couteau déjà dans sa main. Je sais quand riposter et quand jouer le jeu. Je ne compte pas me jeter sur sa lame pour prouver à quel point je suis une dure à cuire.

— On dirait que la balade lui a fait du bien, commente Devlin en tendant la main.

J'ai envie de le gifler, de le frapper au visage. Pourtant, je bats en retraite et je le laisse m'aider à sortir du coffre.

— Prête à être une chienne obéissante ?

Colt me sourit comme si tout ceci n'était qu'une blague hilarante. Je hoche la tête, quand bien même je sais qu'ils n'en ont rien à faire de mon accord. Devlin a d'ores et déjà glissé quelque chose autour de mon cou. Je lève la main pour m'en saisir, mais il m'en empêche. Une seconde plus tard, il glisse une laisse dans l'anneau sur le devant du collier-de-chien en cuir qu'il me fait porter. Preston ricane. Je croise les bras sur ma poitrine en refermant ma chemise dans le processus.

— Je ne vais pas aller à une soirée dans cet état.

— Je pense que si, m'assure Devlin.

— Comporte-toi comme une bonne chienne, et il sera un bon maître, me prévient Colt, toujours souriant comme si nous nous amusions ici.

— Tu t'en es pris à la mauvaise famille, ajoute Devlin. Que ça te serve de leçon. Après, tu pourras rentrer chez toi et tout raconter à tes frères.

Ce qui me frappe alors, c'est qu'ils n'ont pas agi de façon impulsive sur le parking. Ils n'étaient pas dans un accès de rage parce que mes frères ont pu s'entretenir avec le coach pour tenter de les remplacer. C'était prémédité. Calculé. Ils auraient pu m'emmener dans un endroit privé, m'agresser et me tuer. Pourtant, ils ont opté pour une humiliation publique. Comme ils me l'ont dit, c'est personnel. Ils envoient ainsi un message à ma famille.

Les Darling sont intouchables.

Ils peuvent s'en tirer avec un meurtre, pourtant ils ont choisi de nous épargner… cette fois.

— Allez, petite chienne, me presse Preston, en se tapotant la cuisse comme si j'étais un véritable canidé.

Il s'avance et saisit les lambeaux de ma chemise, les arrachant dans un mouvement violent.

— Qu'est-ce que c'est que ce bordel ? Donne-moi ta chemise.

— Oui, bien sûr, ricane Colt. Et manquer cette vision ? Merde, ma douce. Tu as une sublime poitrine !

Je constate que le regard de Devlin tombe sur mes seins, et que sa pomme d'Adam tressaute lorsqu'il déglutit. Les lumières de la maison illuminent le galbe de ma poitrine et ma peau d'olive brille, mettant en lumière la couleur rose de mon soutien-gorge en soie.

Au bout d'une seconde, Devlin s'arrache à sa contemplation et se retourne, donnant un coup sec sur ma laisse. Preston et Colt me suivent, en se tenant prêts à me rattraper si je tente de fuir. Mon cœur bat si rapidement que je crains de m'évanouir à chaque pas que je fais, pourtant je force mes jambes à continuer à avancer. La maison est moderne et n'est pas située dans un quartier chic. Contrairement à la nôtre. Je parviens à entendre la musique qui s'en élève, et je constate qu'il n'y a pas de voisins proximité pour appeler les forces de l'ordre pour tapage nocturne.

Personne ne pourra m'entendre si je me mets à hurler.

Il n'y a que des champs derrière la maison, et au loin, des arbres. J'inspire profondément en me forçant à penser que je vais survivre à cette nuit. Ça ne me tuera pas. Je supporterai tout ce qu'ils me feront subir. Je supporterai l'humiliation. La douleur. La honte.

Alors que nous arrivons sur le porche, l'adrénaline me transperce de part en part, et j'ai l'impression que je vais m'évanouir. Je n'ai jamais retiré volontairement mon haut pour un mec, et maintenant la moitié du lycée est sur le point de me voir sans. À chaque coup de laisse, je sens les pointes du collier-de-chien en cuir, identique à celui que Dixie portait le jour où je l'ai remplacée, s'enfoncer dans ma peau. À l'heure actuelle, je me trouve en plein cœur d'une fête avec une bande de sociopathes qui m'exposent seins nus et en laisse.

Ça ressemble à la pire décision que je n'aie jamais prise de toute ma vie.

Dix-Huit

DEVLIN OUVRE la porte sans frapper, et je grince des dents en le suivant comme une chienne obéissante, ce qui est à la fois humiliant et risible. Brusquement, je ne désire rien de plus que lui dire qui j'étais, qui je suis. Ce que j'ai fait. Je ne suis pas une chienne obéissante. Je ne suis ni mignonne, ni gentille, ni quelqu'un de bien. Je suis une fille brisée qui a besoin d'assistance psychologique, mais j'en ai été incapable jusqu'à maintenant, et ça ne parvient pas à sortir aussi facilement que je ne l'aimerais en cet instant. Je n'arrête pas de me rappeler que je fais tout ça pour ma famille. Je ne vais pas ramper, et je ne ferai pas de scène comme ce à quoi s'attendent les Darling. Je garderai ma dignité intacte même dans les circonstances les plus indignes.

Et pendant que j'y suis, je découvrais quelque chose pour détruire les Darling, et je mettrai fin au règne de ces enculés. Si je me bats, je ne ferais qu'empirer les choses, et les forcerai à me blesser comme ils m'ont menacée de le faire. Je n'ai pas le moindre doute quant au fait que Preston tiendra parole… et qu'il appréciera chaque seconde de mes tourments. Ce qui me fera bien plus de mal que cette simple fête.

— Hé, aboie Devlin par-dessus la musique.

Les gens se taisent, et se tournent vers moi. Lacey et quelques-unes de ses amies contiennent des rires étouffés et m'observent comme si j'étais une maladie infectieuse au lieu d'une fille sexy qui porte un jean et un soutien-gorge à trois cents dollars. Je les emmerde. Si je dois porter ce collier de merde, je me pavanerai avec. Lorsque Devlin me fait passer devant elles, je garde la tête haute et me promène comme si j'étais la reine de cette putain de soirée.

Quand nous nous éloignons, je perçois leurs rires, leurs cris de dérision et de mépris. Toutefois, je ne les déteste pas pour ça. J'étais comme ces filles. Je sais à quel point leur vie est triste. La peur, et la paranoïa constante sur le fait de savoir qui est un ami, et qui vous poignardera dans le dos à la seconde où vous ne vous y attendrez pas... Je sais l'impuissance qui vous pousse à vouloir détruire quelqu'un d'autre jusqu'à l'os pour vous sentir à nouveau puissant. Pour avoir l'impression d'avoir le contrôle.

Le pire ce ne sont pas les railleries. Le pire, c'est lorsque Devlin entre dans la cuisine. Un fût a été mis en place, et il m'attire vers lui en me tendant une tasse. Pendant que quelqu'un l'a rempli, deux types boutonneux se moquent de moi. L'un d'eux s'avance vers moi, et ses doigts humides courent sur ma peau nue. Je m'attaque à lui si brusquement que j'espère lui casser un os.

— Touche-moi encore et tu crèveras, le menacé-je.

Devlin tire sur ma laisse, me donnant l'impression d'avoir reçu un coup de fouet. Je pense qu'il est sur le point de se dresser face à moi, mais au lieu de ça, il domine le jeune homme comme s'il allait lui botter le cul.

— Personne ne caresse la chienne des Darling sans avoir demandé l'autorisation, grogne-t-il.

Le gamin s'enfuit, cependant l'autre type finit de remplir sa tasse et s'empresse de prendre sa place.

— Elle est tellement plus sexy que la précédente. Puis-je la caresser ?

— Oui, répond Devlin en hochant la tête.

La main du gars se dirige droit vers mes seins, et y exerce une pression avant que je ne l'écarte avec toute la fureur qui me caractérise.

— Merde, dit-il en secouant les doigts. Elle est mauvaise.

Colt et Preston éclatent de rire, Devlin sourit à peine.

— Elle n'est pas encore formée.

Je m'attends à ce que Devlin picole comme King, en gardant l'esprit libre et en maintenant l'illusion avec un verre dans sa main, sans pour autant se mettre hors de contrôle. Au lieu de cela, il boit sa bière et en prend une autre, puis une autre, en les avalant comme s'il avait le désir de s'abrutir ce soir. Cependant, je ne peux pas le laisser agir ainsi. Pas lorsqu'il a pour but de me faire défiler dans toute la maison pour pouvoir laisser les gars me toucher et rire alors que je m'écarte d'eux. Il finit par m'entraîner jusqu'à une terrasse où les gens jouent au billard et prennent des photos le long d'un bar en bois extérieur. La musique et la lumière s'échappent jusque dans la cour. Nous avons perdu les deux autres Darling, mais j'aperçois Preston soutenir une fille qui chancelle tellement qu'elle peut à peine rester sur ses pieds alors qu'ils plongent dans l'obscurité. Brusquement, la peur s'empare de moi. J'ai enduré cette nuit en me forçant à croire que je pourrais passer à travers tout ça. Et maintenant ?

Devlin est complètement torché, Preston est clairement un sociopathe, et Colt… je ne sais pas où il est, ni de quoi il est capable.

C'est à ce moment précis que je vois deux adultes se prélasser sur des fauteuils à côté du bar, chacun avec un verre à la main. Ils portent des tenues assorties et observent la foule avec un air de vif intérêt. Mon cœur vacille, et je croise mes bras devant mon corps, en essayant de me couvrir pour la première fois depuis que toute cette histoire a commencé. Peut-être qu'ils peuvent m'aider, mettre un terme à toute cette folie.

— Mon chéri, laisse échapper la femme lorsque Devlin me conduit jusqu'au bar. Qu'avons-nous ici ?

— Ma nouvelle chienne. Ne t'inquiète pas, elle est sous contrôle.

La femme rejette sa tête en arrière et sa poitrine se balance en rythme avec ses ricanements.

— Les choses que tu arrives à inventer, déclare l'homme en hochant la tête avec un sourire indulgent.

C'est tout ce qu'ils vont dire ? J'ai dû délirer en pensant qu'ils allaient m'aider. Après tout, ils laissent une centaine de mineurs boire à l'intérieur de leur maison.

Le couple semble avoir l'âge de mes parents, mais toute similitude s'arrête là. Ma mère est peut-être un peu luxuriante, néanmoins elle n'apparaîtrait jamais en public dans une robe de chambre, et elle ne porte que du maquillage pour rehausser sa beauté naturelle. Cette femme a le visage peinturluré et les cheveux décolorés coiffés avec ce qui ressemble à une laque datant des années quatre-vingt. L'homme semble avoir à peu près le même âge, et arbore des cheveux blonds et le corps affaissé que les hommes obtiennent lorsqu'ils ont abusé du sport et qu'ils ont arrêté de travailler brusquement.

Devlin s'appuie contre le bar, et l'homme reprend la parole :

— Tu ferais mieux de la garder avec une laisse plus courte celle-là. C'est une race différente de celle que tu avais le mois dernier.

— Il ne fait que les enchaîner. Tout comme son père.

Mon esprit s'accroche à cette révélation. Donc cette maison n'est pas celle d'une personne quelconque. Son commentaire donne l'impression qu'elle connaît bien son père... peut-être même intimement. S'agit-il de frères et sœurs ? Je réalise alors que ce doit être de la maison de Colt ou de Preston. Mais alors quoi ? D'accord, son père est un philanthrope. La moitié des gens que nos parents connaissent trompent leur conjoint. Ce n'est pas vraiment une arme qui m'aidera à les faire tomber.

— Tu sais ce que je dis toujours, Dev, déclare l'homme en agitant paresseusement son verre. Ne jamais faire confiance à une belle femme. C'est ce que ta mère m'a appris.

Il glisse un bras autour de la femme et embrasse sa tempe, et cette dernière couine pour protester en ricanant.

Sa mère.

Eh bien, je n'avais pas vraiment l'intention de rencontrer les parents de quelqu'un dans cette tenue, mais c'est toujours agréable de faire une bonne première impression. Ils doivent capter ma surprise même à travers leurs flirts, parce qu'ils ricanent et tendent leurs verres dans ma direction.

— Quoi, Devlin ne t'a pas parlé de notre petit échange de femmes ?

Devlin se tourne dans sa direction, la fureur irradiant dans ses yeux, ce qui me fait à nouveau grincer des dents. Sobre, et en colère, c'est déjà un monstre, je n'ai pas envie de savoir ce dont il est capable lorsqu'il est ivre et énervé.

— C'est une chienne, déclare-t-il. Je ne lui parle pas de notre famille pourrie.

— Chéri, intervient sa mère, mais il l'ignore, et enroule la laisse autour de sa main pour m'éloigner d'eux.

Elle ne fait aucun mouvement pour se lever, et le suivre, même s'il s'arrête à quelques mètres, à l'autre bout du bar. Il me tient si près de lui que je parviens à sentir le whisky dans son haleine.

— Oh, maintenant tu vas raccourcir ma laisse ? grogné-je. Et qu'est-ce qui va se passer d'après toi ? Des types au hasard pourraient vouloir me peloter ? Attends, tu les as déjà laissés faire toute la nuit !

— Bien sûr que je les ai laissé faire, réplique-t-il en souriant, et en appuyant son coude contre le bar. Ça ne me dérange pas de partager à l'occasion tant qu'ils se souviennent à qui tu appartiens à la fin de la nuit.

Je lève les yeux au ciel devant sa réponse des plus clichés.

— Ce sont des conneries. Tu t'en fous de qui pose la main sur moi. Tu m'as laissé me dépatouiller toute seule avec ces connards. Mais maintenant, tu deviens possessif parce que ta mère a largué ton père infidèle pour ce type.

Devlin se tourne vers le bar, et j'ai envie de crier de frustration de ne plus apercevoir son visage, de n'être pas capable de voir sa réaction. Toutefois, je prends conscience que j'ai du toucher quelque chose de sensible pour qu'il ressente le besoin de me le dissimuler. Une seconde plus tard, il se retourne et pose un verre dans ma main.

— Bois.

— Pas question.

Il claque le verre sur le bar, ses yeux ivres plongeant dans les miens.

— Mauvaise réponse.

Quelqu'un remplit son verre, il le récupère et attend.

— J'ai joué à ton petit jeu tordu toute la nuit. Je laisse tes amis sordides me tripoter et me peloter. Je me promène en laisse comme une bonne petite chienne. Je ne me soûlerai pas avec toi.

— Tu le feras, réplique-t-il, avec son sourire tordu. Crois-moi, tu le feras.

— Tu ne peux pas me forcer à boire.

Sa main se soulève et m'agrippe la mâchoire, ses doigts s'enfoncent dans mes joues. Ça fait un mal de chien. Je hurle, et frappe sa main sans réfléchir, en une réponse instinctive à la douleur. Les yeux de mon agresseur sont aveuglés par la fureur alors qu'il me rejette la tête en arrière et enfonce son verre dans ma bouche.

La douceur familière du whisky envahit ma langue et mon nez. J'en ai déjà bu. Pas beaucoup, et je n'aime pas ça, mais j'ai subtilisé de temps à autre des boissons dans l'armoire de mes parents, pour en boire avec Veronica. Toutefois, il n'y a pas moyen que je perde le contrôle et que je fasse l'imbécile à une fête où je me suis déjà promenée seins nus et en laisse.

Devlin desserre son emprise, et je crache un jet de whisky directement sur son visage. Il trébuche en arrière, et cligne des yeux face au liquide brûlant.

— Espèce de salope, s'écrie-t-il en secouant si fermement la laisse que je trébuche vers l'avant.

Il me pousse vers le bas, mes mains et mes genoux atteignent le sol. Il me fait rouler par terre, et saute sur moi, ses cuisses puissantes immobilisant alors qu'il s'assied sur mon ventre.

— Laisse-moi partir, espèce de psychopathe !

Avant même de pouvoir y penser, je le gifle au visage aussi fortement que possible, ma pomme me brûlant après coup. La main de Devlin s'abat sur ma joue en réponse, faisant basculer ma tête sur le côté. Je suis trop stupéfaite pour faire autre chose que me battre aveuglément, sans la moindre stratégie, ce qui ne fait que m'épuiser. Mon corps ne fait pas le poids contre le sien. Devlin fait passer mes bras au-dessus de ma tête avant de dresser le menton et de hurler :

— Preston !

Lorsqu'il n'obtient pas de réponse, Devlin observe le petit groupe qui s'est rassemblé pour contempler notre bagarre.

— Que quelqu'un me donne un couteau, ordonne-t-il. Cette salope ne sait pas quand s'arrêter.

— Non, sangloté-je en me trémoussant toujours sous son corps. Ne fais pas ça.

— Tu as été prévenue, grogne-t-il. Tu devais te comporter correctement, sous peine d'être marquée de manière permanente pour savoir à qui tu appartiens. Vois ça comme un tatouage de chien que tu ne pourras jamais enlever.

— S'il te plaît, ne fais pas ça.

Je tente de m'échapper alors que quelqu'un lui tend une arme. J'attrape son poignet, mais il force ma main à plier vers le bas jusqu'à ce que le bout de sa lame touche mon front. Mon corps tremble de toutes parts, la peur s'insinue en moi à chacun des battements de mon cœur.

— S'il te plaît, je t'en supplie. Je ferais ce que tu veux. Je ferai tout ce que tu veux. Je serai obéissante. Je boirai tous les verres que tu me donneras.

Devlin se penche vers moi, il me caresse doucement la joue du bout des doigts, et glisse mes cheveux derrière mon oreille.

— Bonne chienne, murmure-t-il, en me tapotant le crâne comme si j'étais vraiment un putain de clebs.

Il jette le couteau en arrière et me relève sur mes pieds, avant d'enrouler un bras autour de ma taille. Ses doigts sont frais contre ma peau nue, et j'essaie d'ignorer la chaleur qui se répand en moi là où il me touche. Mon Dieu, comment puis-je encore être attirée par ce garçon ? Comment puis-je le haïr et le désirer en même temps ?

Il me tend un verre et je m'accroche à lui. Je suis tentée de le lui jeter au visage et d'essayer de m'enfuir à nouveau, mais je sais admettre une défaite. En rassemblant ma dernière once de dignité, je l'avale sans sourciller.

— Voilà une fille qui sait comment boire du whisky, ronronne Devlin, son souffle me caressant l'oreille. J'aime ça.

Un sentiment de chaleur me traverse, et je m'empresse de me dire que je ne céderai pas à ce que mon corps désire peu importe à quel point je suis soûle. Cependant, je suis terrifiée à l'idée que si je ne garde pas assez de souvenirs, je puisse oublier à quel point je le déteste. Il semble rapidement s'ennuyer. Je ne me débats plus contre lui, alors je ne semble plus amusante à ses yeux. Évidemment, il aime relever des défis. L'envie d'avoir un nouvel animal de compagnie s'est dissipée maintenant qu'il m'a montré à tout le monde et a obtenu mon obéissance pleine et entière.

Plus j'apprends à le connaître, plus c'est dur de le détester, même lorsqu'il tangue autour de la fête avec son bras drapé sur mes épaules, en étant tellement ivre que je ne sais pas si c'est moi qui le soutiens ou si j'agis comme son chien. Je n'ai reçu aucune information qui pourrait nous aider à faire tomber les Darling, mais j'en ai appris beaucoup plus sur leur roi. Sa mère est une cinglée, et peu importe à quel point il agit mal, elle ne lui dira jamais rien. Personne d'autre ne le fera. Il a plus de pouvoir qu'il ne sait pas quoi en faire.

Enfin, il aperçoit Colt et lui fait un geste du bras.

— Sortons d'ici. Cette fête est nulle.

Je tiens à souligner qu'il s'agit de son avis, mais je me tais parce que moi aussi j'ai envie de partir d'ici. Devlin est complètement bourré, et je ne sais pas ce qui pourrait arriver de pire. Comme son but semble être de me faire honte en public, je ne risque rien s'il n'y a plus personne. Lorsque nous atteignons la voiture, Devlin essaie de prendre le volant, et la panique s'empare de moi. Je lui attrape le bras.

— Laisse-moi conduire.

Devlin m'observe comme s'il avait oublié que je me trouvais au bout de sa laisse.

— Ma douce Crystal, murmure-t-il comme une insulte en se rapprochant de moi.

Il laisse tomber la laisse et prends mon visage entre ses grandes mains, ses yeux luttant pour se concentrer sur les miens, son haleine est si imbibée d'alcool qu'elle pourrait me rendre ivre. Au moins, je suis capable de me blâmer pour le sentiment qui me fait perdre la tête lorsque ses hanches se plaquent aux miennes contre la voiture élégante, et font naître une onde de plaisir à travers mon traître de corps.

Ses doigts glissent à l'arrière de mon cou, son regard étudie mon visage jusqu'à se poser sur mes lèvres. Mon cœur s'arrête.

Il va m'embrasser.

Un tintement retentit alors, et je sens le collier se détacher de mon cou. Il sourit.

— Je suis peut-être ivre, mais il faudrait que je sois mort dans un fossé pour laisser une chienne conduire ma voiture.

— Très bien, abdiqué-je en le bousculant. Tue-toi. Je m'en fous.

Il ne bouge même pas. Il sourit plus intensément, en balançant ses hanches contre les miennes, et en cambrant le cou pour pouvoir observer mon visage.

— On va baiser, tu le sais ?

— Lâche-moi, l'imploré-je, troublée par ce contact physique et la façon dont mon corps réagit sans que je ne lui aie donné la permission de le faire.

Les doigts de Devlin caressent ma joue avant de se glisser dans mes cheveux, tirant ainsi doucement ma tête vers l'arrière.

— Viens avec moi, dit-il.

Ses paroles impulsives mais sincères pour une fois, me

font comprendre pourquoi les filles le désirent autant. Il est torturé, brisé, passionné. La rage que j'ai vue briller plus tôt dans son regard a été tempérée par l'alcool, et désormais il m'observe avec une faim vorace, comme s'il avait terriblement besoin de moi, qu'il pourrait en mourir si je refusais. Son pouce effleure ma lèvre inférieure, et un frisson me parcourt, me murmurant mes propres besoins.

— Dis oui, murmure-t-il, sa voix résonnant de manière aussi douce que la soie.

Pendant une terrible seconde, j'ai tout oublié. Devlin m'a fait quelque chose, il m'a attirée dans l'air magnétique autour de lui, m'a fait oublier qui il est et qui je suis, et pire encore… ce qu'il m'a fait ce soir. Puis mon cerveau reprend le contrôle sur mon corps.

— Non.

Je pousse à nouveau contre son torse, et Devlin prend son temps pour s'écarter, en s'assurant bien que je sois consciente qu'il peut me maintenir en place s'il le désire. Qu'il me laisse m'éloigner par bonté de cœur.

Colt nous observe, comme s'il attendait de voir si nous avions fini. Lorsqu'aucun de nous deux ne parle, il se place derrière son cousin.

— Laisse-moi conduire, propose-t-il en posant sa main sur son épaule.

Soulagée, je me dirige vers la portière arrière, mais Devlin m'attrape par le poignet.

— Qu'est-ce que tu fais, chérie ?

Je le regarde fixement.

— Je rentre à la maison.

— Peut-être la prochaine fois.

— Tu te fous de moi ? Comment suis-je censée rentrer ?!

— Tu peux courir, répond-il, avec un sourire cruel. Les chiennes ont besoin de faire de l'exercice.

— Je ne sais même pas où nous sommes. Au cas où tu aurais oublié, tu m'as amenée ici dans le coffre de ta putain de voiture.

— Ce n'est pas notre problème, réplique Colt en me faisant un clin d'œil.

— Les chiennes retrouvent toujours le chemin de leur maison, conclut Devlin avant de grimper dans sa voiture.

Colt en fait de même, et ils s'enfuient dans la nuit avant de disparaître.

Dix-Neuf

CE N'EST que lorsque les garçons sont partis que je me rappelle que Colt a encore mon téléphone.

Putain de connard.

Je rentre à l'intérieur. Tout le monde m'a déjà vue, donc ce n'est pas comme si j'avais quelque chose à cacher. Mais d'une certaine façon, je me sens vulnérable en me promenant toute seule. Lorsque j'étais en compagnie de Devlin, j'étais un accessoire, une bizarrerie, un monstre de foire. La fille en laisse.

J'étais une chienne, la sienne. Maintenant, je n'ai plus aucune protection. Aucune excuse pour être ici en soutien-gorge. Peut-être qu'une partie de moi à apprécier l'humilia-tion, ou du moins à réaliser que je le méritais. C'est différent. Au lieu d'avoir l'impression d'être exhibée, j'ai juste l'impression d'être une perdante.

Je monte les escaliers, à la recherche d'une chambre. Je me fiche de ce que je vais enfiler, j'ai simplement envie de me couvrir. Un vieux T-shirt taché ferait même l'affaire en cet instant. Peu importe, tant que je peux mettre un haut. Des types me regardent alors que je grimpe les escaliers, mais je leur lance des regards si noirs qu'ils ne disent rien. Je suis presque en haut lorsqu'un garçon me sourit. Après une seconde, je le reconnais comme le type que Preston a forcé à manger de la nourriture pour chien.

— Hé, chienne, m'apostrophe-t-il. Je préfère les chattes, mais je reste disposé à baiser une salope à l'occasion.

— Va te faire foutre !

Je le dépasse, pourtant au moment où je tente de m'écarter, je sens ses doigts s'agripper à mon soutien-gorge. Lorsque j'essaie de me retourner, il le dégrafe de son autre main. Je pose mes mains sur ma poitrine et continue sur ma lancée, mon visage rougissant en l'entendant ricaner bêtement derrière moi.

Après avoir raccroché mon soutien-gorge et pris une seconde pour me recomposer, je tente la porte de la première chambre devant laquelle je passe. Les premières sont verrouillées. Au troisième essai, la poignée tourne. J'ouvre et je tombe sur Preston qui baise une fille par-derrière pendant que celle-ci s'active sur une autre nana. Preston tient un portable dans sa main, et il me faut une seconde pour comprendre qu'il est en train de filmer la scène.

— Rejoins-nous, Manhattan, s'écrie-t-il avec un sourire. Je pourrai ainsi ajouter New York à ma liste.

Je referme la porte et me précipite vers une autre qui est ouverte. Je trouve une salle de bains à l'intérieur. Il n'y a pas le moindre vêtement. J'envisage de porter une serviette, mais à ce stade, ça pourrait attirer plus l'attention que mon soutien-gorge. Je fouille dans les armoires et les tiroirs, et au moment où je suis sur le point d'abandonner, je repère un paquet d'épingles à cheveux. Comme n'importe quelle adolescente normale, je sais m'en servir. J'en glisse quelques-unes dans mes poches, et je retourne dans le couloir. Après avoir écouté à la première porte, je glisse l'épingle dans la serrure, jusqu'à sentir le mécanisme céder. J'entre dans la chambre.

La pièce est plongée dans l'obscurité, mais une fois que mes yeux parviennent à s'ajuster, je réalise qu'elle est vide. En quelques secondes, j'enfile un T-shirt surdimensionné. Je ne me suis jamais sentie aussi en sécurité et réconfortée. Je ne porterai peut-être jamais rien d'autre. Le soulagement semble m'affaiblir, et je verrouille la porte derrière moi, avant de m'asseoir sur le bord du lit. Je suis tentée de m'endormir. Je suis un peu pompette, et après l'épreuve émotionnelle extrême de ce soir, je suis prête à m'effondrer.

Cependant, je ne sais pas à qui appartient cette chambre. Je ne sais pas quand le propriétaire rentrera et ce qu'il me pourrait me faire en me trouvant ici. Je ne veux même pas y penser, alors je me force à sortir sur le balcon. Un frisson me traverse lorsque j'aperçois une ombre affaissée sur une chaise. Je balaie rapidement mentalement la liste de tous les types que je connais et qui sont dangereux avant que je réalise qu'il ne s'agit pas d'un homme. Mais de Dolly.

— Oh, salut.

Les yeux de Dolly s'écarquillent, ses faux cils projettent des ombres sur ses joues.

— Est-ce que tu es là avec Devlin ?

— Non.

Elle soupire et s'affaisse à nouveau sur sa chaise.

— Au moins, je ne serai pas coincée ici à devoir vous écouter baiser toute la nuit.

— Quoi ?!

— C'est sa chambre, déclare-t-elle comme si je devais être au courant. J'espérais qu'il viendrait seul et que nous pourrions parler. Mais j'ai entendu quelqu'un entrer, et je me suis dit, merde. Et s'il entrait avec une fille, et que je ne pouvais pas leur faire part de ma présence sans avoir l'air d'être une psychopathe… et que je me retrouvais à devoir l'écouter la baiser ?

— Oh.

— Je connais Devlin. Il ne fait rien de rapide et de doux. J'aurais été coincée ici toute la nuit à écouter hurler son nom comme si tu étais l'actrice principale d'un film porno. C'est mon pire cauchemar.

— Je suppose que c'est une bonne chose que ça ne se soit pas produit.

— Tu sais où il est ?

— Il est parti, annoncé-je en croisant les bras devant ma poitrine. Je suis juste venue ici à la recherche de vêtements.

— Oh oui, réplique-t-elle en jetant un coup d'œil à mon T-shirt. Il l'adore celui-là.

— C'est le sien ?

— Bien sûr que oui.

Je lève les yeux au ciel.

— Évidemment, il fallait que j'aie la malchance de choisir sa chambre.

— Il t'a laissée ici ?

— Oui. Il m'a dit de courir jusque chez moi. Je suis littéralement une chienne à ses yeux.

— C'est vrai, tu es la chienne des Darling ! Je ne me souviens plus de ton prénom.

— Crystal.

— Ah oui. Eh bien, crois-le ou non, mais j'échangerais volontairement ma place avec toi si c'était possible.

Je soupire.

— D'accord. La gamine du maire rêve d'être menée en laisse et en soutien-gorge dans une fête où tout le monde aboie sur elle à son passage.

— Oui. C'est tordu, pas vrai ?

— Désolée.

Je me sens mal d'avoir supposé quoi que ce soit à son sujet. Pour elle, peut-être qu'on dirait que je possède tout. Quatre frères protecteurs, une famille riche, ainsi que la seule chose qu'elle désire vraiment : l'attention inconditionnelle de Devlin Darling.

— Tout va bien, ajoute Dolly avec tristesse. Tout le monde le pense.

— Si je pouvais échanger ma place avec toi, je le ferais, lui assuré-je.

Elle ricane.

— Non, tu ne le ferais pas.

— En réalité, ce n'est pas vraiment une option, alors il ne sert à rien d'en discuter. Je suis certaine que tu as tes raisons de vouloir Devlin, mais crois-moi, ce n'est pas mon cas.

— Elles disent toutes ça, réplique-t-elle avec un soupir.

— Qui ? Les chiennes ?

— Oui. L'un des Darling leur offre habituellement une baise de pitié comme une sorte de prix de consolation pour tout ce qu'elles ont dû traverser. Et le fait est qu'elles finissent toujours par souhaiter être à nouveau leur chienne pour y avoir droit une fois de plus.

— Attends, tu étais l'une d'entre elles ?

— Oh, ma puce. Béni soit ton cœur naïf.

— Est-ce que ça veut dire non ?

— Mon Dieu, non. J'étais la Darling Doll originelle. C'est pourquoi les gens les appellent ainsi. En mon honneur.

Elle se redresse en disant cela, comme si elle était fière que les groupies des garçons Darling portent son nom.

— Je suppose que personne ne peut passer du statut de chienne à Doll et vice versa.

— Bien sûr que non. Bien que toutes les chiennes continuent de rêver un jour que cela devienne possible.

— Et quelle est exactement la différence entre l'une de

ces chiennes, qui court après les Darling en voulant retrouver leur position de victime, et les Doll qui font de même et souhaitent essentiellement la même chose ?

— Pour les Darling ? Il n'y a probablement pas beaucoup de différences. Je ne sais pas. Une chienne peut le rester durant toute une année ou tout un semestre. Une Doll a de la chance de le rester un mois ou deux. Je parie que tu connaîtras Devlin mieux que la plupart des gens lorsqu'il en aura fini avec toi.

— Et pourtant, je resterai une minable aux yeux du reste du lycée. Une minable pathétique et sans valeur dont il s'est lassé et qu'il a jetée au loin. Pendant que toute une légion de groupies porte ton nom.

— Je suppose que c'est une question de point de vue, concède-t-elle. Une Doll qu'ils ont fréquentée obtient de la valeur par la suite. Si elle est assez bien pour un Darling, à peu près n'importe quel mec la désirera. Une chienne est brisée lorsqu'ils en auront fini avec elle. Elle est à jamais ruinée aux yeux des autres hommes.

Vingt

Un coup porté à ma fenêtre me réveille. Je m'assieds en me frottant les yeux, mon esprit est encore alourdi par le sommeil et en pleine confusion. Il ne fait même pas encore entièrement jour à l'extérieur. Je songe à me recoucher lorsque le bruit recommence.

Et si ça réveille mes frères ?

Merde.

Je sors du lit comme je peux et me dirige vers la fenêtre. À l'extérieur, j'aperçois une silhouette sombre devant le ciel rougeoyant de l'aube.

— Va-t'en, sifflé-je, mais bien sûr, il ne m'entend pas.

J'ouvre la fenêtre de quelques centimètres à peine.

— Tu as peur que l'aube entre à travers ta fenêtre ?

— Chut. Va-t'en.

— Laisse-moi entrer, demande-t-il. J'ai simplement envie de parler.

— Tu as renoncé à cette chance lorsque tu m'as abandonné au milieu de nulle part. Tu es aussi mauvais que les autres. Pire. Eux, ils n'ont jamais prétendu être mes amis.

— Je suis désolé, répond-il en m'adressant son regard de chien battu. Laisse-moi entrer, s'il te plaît, pour Vérone.

Je sens que ma détermination s'effrite.

— Tu sais que c'est la ville où ils vivaient en Italie, pas vrai ? Ce n'est pas une personne.

— Peu importe. Laisse-moi entrer, Juliette, ou je resterai ici jusqu'à ce qu'il fasse jour.

— Je peux également appeler les flics pour harcèlement.

Son regard s'assombrit.

— Es-tu celle qui a appelé les forces de l'ordre pendant la bagarre ?

— Quoi ? Non ! Je suis peut-être une garce, mais je ne suis très certainement pas une balance.

— Je ne pensais pas que tu l'étais.

Il enfonce sa main dans l'espace ouvert entre la fenêtre et moi.

— Qu'est-ce que tu veux ?

— Je t'ai ramené ton portable.

J'ouvre la fenêtre plus grand, et Colt me rend mon téléphone. Je le lui arrache des mains et croise mes bras devant ma poitrine. C'est quand son cousin se tient dans ma chambre que je réalise que je suis toujours vêtue du T-shirt de Devlin.

— Je me suis dit que Devlin serait celui qui viendrait faire irruption dans ma chambre pour me torturer davantage.

— Il dort, réplique Colt en contemplant mes jambes nues.

Je m'avance vers mon lit, en tripotant mes oreillers et en m'y asseyant pour remonter les couvertures jusqu'à ma taille. C'est bizarre de discuter dans le noir, alors j'allume ma lampe de chevet. Colt jette un coup d'œil circulaire dans ma chambre.

— Ça fait beaucoup d'oreillers pour une seule personne.

— Qu'est-ce que tu fais encore ici ? attaqué-je.

— Je suis sincèrement désolé pour hier soir.

— Oh, dis-je, trop surprise pour avoir un retour de force.

— Je veux vraiment qu'on soit amis, m'avoue-t-il en s'asseyant sur le bord de mon lit. Je te trouve géniale. Et tu n'as très certainement rien à voir avec une chienne.

Je ricane.

— Est-ce que tu dis ça à toutes les filles le matin après avoir tenu un couteau contre leur gorge en menaçant de les défigurer de manière permanente ?

— Tu sais, nous sommes vraiment comme Roméo et Juliette, réplique-t-il, en s'emparant d'un de mes oreillers et en s'installant au pied de mon lit avec. Nous pourrions trahir nos familles pour vivre la plus grande histoire d'amour jamais connue.

— Tu crois ? Je pensais plus que c'était comme si ta famille avait agressé la mienne à plusieurs reprises.

— Tu sais très bien que ce n'est pas ce qui s'est passé.

C'est à son tour de croiser les bras sur son torse. Je remarque qu'il porte le même pantalon et le même polo qu'hier soir. Bien sûr. Il a ramené son cousin chez lui et a dû rester là-bas.

— Tu as raison, admets-je.

— Si Devlin ne m'avait pas tiré de là, ils m'auraient défiguré de façon permanente. Ou ils m'auraient tué. Ton frère ne comptait pas ralentir.

J'observe la forme de mes jambes sous les couvertures parce que je suis incapable de parler. Je n'ai même pas voulu admettre cette vérité pour moi-même. Je refuse de regarder la vidéo que tout le monde au lycée a déjà visionnée une douzaine de fois, celle où Devlin frappe mon frère inconscient sur le sol. Celle qui le fait passer pour un monstre, mais ce n'est pas la raison pour laquelle je ne l'ai pas regardée. Je n'ai pas fait parce que je sais ce qui s'est passé hors caméra, et les parties habilement coupées par le metteur en scène. Et ce sont ces parties qui font passer mes frères pour des monstres.

— Qu'allons-nous faire ?

Sa main se déplace sur le dessus de la couverture jusqu'à ce qu'elle trouve mon pied. Ses doigts se ferment autour de ma cheville et me serrent doucement.

— Nous devons faire quelque chose. Avant que ça n'aille trop loin.

Je hoche la tête en déglutissant. Quelque chose de léger et enivrant s'épanouit en plein cœur de ma poitrine : *l'espoir*.

— D'accord. Faisons une trêve.

Vingt Et Un

CERTAINES PERSONNES OBTIENNENT le respect en le méritant, en étant les meilleures dans un domaine ou en faisant toujours ce qui est juste. D'autres l'exigent avec peur et intimidation. Certaines personnes amassent leur richesse en partant de rien et en faisant ce qui doit être fait pour quelque chose qui leur rapporterait à elle-même. D'autres se reposent sur leur nom de famille, sur une fortune gagnée par la sueur de leurs grands-pères. Ils peuvent me traiter de chienne, mais je ne m'inclinerai pas devant les enfoirés de ce monde qui n'ont pas mérité ma soumission.

— Tu te sens mieux ? me demande Royal quand j'arrive dans la cuisine.

Mes frères sont affalés sur les tabourets le long du bar, une assiette de fruits au centre.

— Très bien, dis-je en sautillant sur un tabouret et en m'emparant d'un verre de jus d'orange qu'ils ont préparé pour moi.

— Devine quoi ? intervient Duke, un grand sourire plaqué sur le visage.

— Attends, l'interrompt Royal en levant sa main. Comment est-ce que tu es rentrée à la maison ?

Je hausse les épaules et enfonce un raisin dans ma bouche.

— Dolly m'a ramenée.

— Tu as dit que l'amie de Dixie te raccompagnait à la maison, me sermonne-t-il en m'observant attentivement.

Je les maudis lui et ses instincts gémellaires, Dieu merci, nous ne possédons pas de lien télépathique, contrairement à Duke et Baron, j'en suis sûre.

— Je sais. L'amie de Dixie, c'est Dolly.

J'essaie de donner le change même si mon cœur bat à tout rompre. Je déteste mentir à mes frères, surtout à lui. Pourtant, parfois, c'est un mal nécessaire.

— Dolly Beckett, commente King. La fille du maire ?

— Oui, dis-je en levant les yeux au ciel. C'est quoi cette inquisition ? Je vous ai dit qu'elle me ramenait à la maison, et c'est ce qu'elle a fait. Fin de l'histoire.

— Pourquoi n'as-tu simplement pas dit que c'était Dolly qui te ramenait à la maison ? insiste Duke. En passant, tu peux lui faire savoir qu'elle peut me conduire à la maison n'importe quand !

— C'est la raison pour laquelle je n'ai pas prononcé son nom, soupiré-je.

— Tu ne peux pas être amie avec elle, ajoute Duke.

— Ce n'est pas le cas.

— Bien. Parce que je ne pourrais pas respecter ma part de l'entente si elle est ton amie. Je suis désolé, sœurette, mais ce cul ne fait que mendier un pénis Dolce.

— Beurk !

Je remplis mon assiette avec ce qu'il reste du petit-déjeuner de mes frères.

— Tu devrais probablement demander l'autorisation à papa si tu comptes baiser la fille du maire. Je ne pense pas que cela conviendrait dans leur entente perverse.

— Le maire peut bien me bouffer le cul, s'écrie Duke. Je n'ai pas peur de lui. Il est le maire de quoi ? Trente mille personnes ? Oh mon dieu, je tremble de peur.

— Ce clown n'a aucun pouvoir, reconnaît King. Ce n'est pas comme s'il était maire de New York.

— Il nous a déjà aidés lorsque nous avions besoin de lui, tempère Baron en souriant.

— Attendez. Vraiment ? C'est ce que vous alliez me dire ?

— Oui, confirme Duke en levant sa main.

Je frappe ma paume contre la sienne avant de sauter du tabouret pour tous les serrer dans mes bras.

— Nous avons obtenu un essai, m'apprend King en souriant et en me soulevant du sol avant de me faire tournoyer dans les airs.

— C'est incroyable.

Je sais à quel point ça compte pour mes frères. Je suis très nerveuse vis-à-vis de ce que je m'apprête à faire, mais peut-être qu'ils le prendront mieux maintenant qu'ils sont de si bonne humeur.

— J'ai aussi de bonnes nouvelles, déclaré-je en me rasseyant. Les Darling sont prêts à mettre tout ça derrière nous et à faire la paix.

— Je savais que nous finirions par les briser, s'esclaffe Duke.

— Qui t'a dit ça ? s'enquiert Royal en croisant mon regard.

Je rougis en m'efforçant de me contenir.

— Colt.

— Quand ?

— Ce matin.

— Tu lui as donné ton numéro de téléphone ?

Le regard de Royal s'assombrit davantage.

— Oui.

Je résiste à l'envie d'ajouter quoi que ce soit d'autre, de leur dire que nous avons établi un projet ensemble, ou de tenter de l'excuser.

— Pourquoi aurais-tu fait ça ?

Royal s'agrippe au bar en me posant cette question. J'aurais dû savoir qu'il serait le plus difficile à convaincre, celui qui ne me laisserait pas m'en tirer aussi facilement. Il ne l'a jamais fait.

— Parce que je l'aime bien. Et il m'aime bien. Il m'a invitée à la fête de ce soir, et j'ai accepté.

— J'espère que c'est une blague ! s'écrie King.

— Non. En fait, c'est là-bas que je suis vraiment allé hier soir. Je suis allé chercher une robe.

La veine à la tempe de Royal bat si fort que je parviens à l'apercevoir. Duke a l'air sur le point d'exploser, et Baron semble terriblement confus.

— Tu n'iras pas au bal avec un Darling, me sermonne King, son regard flamboyant de colère.

— Je sais que vous les détestez, concédé-je en levant les deux mains. Et si vous me dites que je ne peux pas, alors je ne ferai pas. Mais avant que vous ne décidiez à ma place, je veux que vous m'écoutiez. D'accord ?

Royal abat son poing sur le comptoir.

— Merde. Non.

— Allez.

Je lève les yeux au ciel.

— J'ai dit que je n'irais pas si tu ne le voulais pas, même si c'est ce que je souhaite vraiment.

— Tu batifoles avec lui ? me questionne King.

— Non. Je ne ferai pas ça. Nous ne nous sommes jamais embrassés.

— Tu ferais mieux de ne jamais le faire, m'informe Duke.

— Donnez-moi une putain de chance, m'énervé-je. Vous avez tous les quatre baisé plus de filles qu'il n'y en a dans toute cette ville, et je n'ai même pas le droit de penser à embrasser un garçon ? Je n'ai pas le droit d'avoir de coup de cœur, ni d'acheter une jolie robe pour aller danser comme toutes les autres filles de ce pays ? Ce sont des conneries, et vous le savez. Putain !

— Tu as déjà assisté à une soirée, déclare Royal.

— Avec un de vos amis de merde qui ne voulait même pas danser avec moi parce qu'il avait peur que vous lui bottiez le cul s'il m'effleurait la hanche. Vous êtes mes frères, et je vous aime, mais je n'ai plus cinq ans. J'ai seize ans et mon corps ne vous appartient pas.

— Tu as déjà baisé avec lui c'est ça ? s'enquiert Duke.

Je résiste à l'envie de lui balancer mon jus d'orange au visage.

— Non, mais même si c'était le cas, ce ne serait pas vos affaires. Je suis assez âgée pour sortir avec quelqu'un et Colt est très gentil. Si vous lui accordiez une chance, vous le sauriez.

— Tu l'apprécies vraiment, n'est-ce pas ?

Royal me demande cela en m'observant comme si j'étais une étrangère.

— Il est drôle, et il me rend heureuse.

Je dresse le menton en refusant de reculer, même si le regard que me lance mon jumeau m'écrase l'âme.

— En outre, il va tempérer ses cousins pour qu'ils ne se

vengent pas de vous pour avoir détruit la voiture de Devlin, qui, soit dit en passant, ne peut pas être remplacée chez un concessionnaire comme le Range Rover. Cette farce stupide n'a plus rien de drôle. Vous auriez pu tuer Colt.

— J'aurais bien aimé, grogne Royal.

— Et en retour, je lui ai dit que vous alliez abandonner les accusations portées contre lui.

— Comme si on allait faire ça ! réplique Royal en touchant son visage meurtri.

— Si vous le faites, il ne portera pas plainte contre toi pour tentative de meurtre, insisté-je en plongeant mon regard dans le sien.

— Impossible, ajoute King. Il le fera s'il veut continuer à te parler.

— Ça ne sert à rien.

Je croise les bras.

— Si vous comportez tous comme des connards dans le but de le blesser, je ne pourrais pas le voir. Je ne compte pas le mettre en danger.

— Putain !

Royal se frotte les tempes.

— Tu aimes vraiment ce type.

Je soupire.

— Écoutez, il ne s'agit pas seulement de savoir si j'aime quelqu'un. Vous allez tous faire partie de la même équipe. Et je suis certaine que vous savez mieux que quiconque qu'être dans une équipe hostile qui ne veut pas de vous ne fonctionnera pas. Ils ne joueront pas avec vous si vous êtes responsables de la suspension de leur membre vedette.

— Ils nous verront jouer, réplique Duke.

Je secoue la tête.

— Peu importe si vous êtes doués ou non. Ils saboteront vos chances. Toute l'équipe va vous boycotter. Les gens du sud sont différents. Un nom de famille ici, c'est comme du sang. Et ils y sont loyaux.

— Elle a peut-être raison, concède King discrètement.

Mes autres frères l'observent fixement.

— Tu veux vraiment abandonner ? lui demande Duke.

— Je n'abandonne pas. Mais même si Devlin quittait l'équipe pour de bon, les deux autres seraient toujours là. Et ils sont doués.

Je connais suffisamment mes frères pour savoir qu'il y a une autre raison pour laquelle King a cédé. Il sait que j'ai raison au sujet de leurs bagarres. Elles sont devenues dangereuses, et s'il y a une chose plus forte que la fierté de King, c'est son côté protecteur. Il ne l'admettra pas parce qu'il ne veut blesser aucun ego, mais il ne souhaite pas non plus que nos frères soient blessés.

— Je suppose que si nous souhaitons vraiment arrêter, autant le faire lorsque nous avons un coup d'avance, ajoute Duke.

— On aura alors l'impression qu'ils ont cédé, fait remarquer Baron. Nous avons détruit la voiture de Devlin et l'avons fait suspendre, et maintenant nous devenons tous des amis ? On dira que ce sont eux qui ont abandonné en premier.

Royal se contente de me regarder. Je lui souris et saute mon tabouret.

— Eh bien, je n'ai pas trouvé de robe, ce qui signifie que je vais aller faire du shopping avec Dixie aujourd'hui. Je ferais mieux d'y aller.

— Pourquoi ne pas me joindre à vous ? propose Royal.

— Tu veux aller faire du shopping ? l'interrogé-je en posant une main sur ma hanche.

— Comment comptes-tu y aller si je ne viens pas ?

— Ça ne serait pas un problème si j'avais mon permis.

— Je ne peux pas te faire confiance à ce sujet pour l'instant.

Une intense douleur me gagne en entendant ses paroles, bien plus que sa méfiance qui est justifiée. C'est vrai que je veux aller au bal avec Colt, et qu'il me fait rire. C'est aussi vrai que je vais demander à Dixie d'aller faire du shopping à la dernière minute, et de m'échapper pour pouvoir rencontrer Colt pour un rendez-vous secret comme Royal le pense évidemment. Toutefois, il y a encore d'autres mensonges qui ternissent la vérité, et d'autres stratagèmes cachés derrière mes paroles. De mon côté, ça s'est étonnamment bien passé, mais je ne sais pas si Colt sera capable de convaincre sa famille.

Je monte dans ma chambre pour prendre une douche et envoyer un message à Dixie.

UnsweetDolce : Hé, girl ! J'ai besoin d'invoquer la faveur d'urgence d'une amie.

DixieDog : OMG que s'est-il passé ? Tu vas bien ?

UnsweetDolce : Oui. Mais j'ai besoin d'une robe pour ce soir.

DixieDog : Pas moyen ! Tu vas au bal ? Avec qui ?

UnsweetDolce : Colt. Ne panique pas.

DixieDog : Je suis totalement paniquée !

UnsweetDolce : Tu vas m'aider à trouver une robe ? Sinon, pas de problème. Mon frère vient avec moi de toute façon.

DixieDog : Ton frère ne peut pas t'aider.

UnsweetDolce : Est-ce que c'est un oui ? Merci beaucoup ! Désolée de te prévenir à la dernière minute.

DixieDog : Tu rigoles ! Tu me sauves d'un énième repas aux country Club. Je devrais te remercier !

Une heure plus tard nous nous arrêtons devant chez Dixie. Elle sort en courant et saute sur le siège arrière.

— Je n'arrive pas à croire que Colt Darling t'a demandé d'aller au bal avec lui, lance-t-elle. Raconte-moi tous les détails.

Je jette un coup d'œil à Royal, qui grince des dents, mais garde le silence.

— Il n'y a pas grand-chose à dire. Nous discutions, et il m'a simplement demandé avec qui j'y allais. Je lui ai répondu que je ne comptais pas y aller, et il m'a proposé de l'accompagner.

— C'est fou, s'écrie Dixie. Tu es terriblement chanceuse !

— Tu n'y vas pas ?

La voiture démarre et se dirige vers le minuscule centre commercial de cette petite ville. Dixie soupire.

— Je ne suis qu'une étudiante de première année. Je n'ai pas le droit d'y aller seule. Ils n'autorisent pas les étudiants de première année à moins qu'ils ne viennent accompagnés par un étudiant de seconde année.

— Royal est en deuxième année, souligné-je.

— Oh... non, ça va, réplique Dixie, qui rougit jusqu'à la racine de ses cheveux. Vraiment, ça va. J'irai l'année prochaine.

— Je t'y emmènerai, déclare Royal, en brisant finalement son silence.

— Ce n'est pas nécessaire, marmonne Dixie.

— D'accord, ajoute Royal en haussant les épaules. Si tu ne veux pas y aller, je ne t'y emmènerai pas.

— Je veux dire, j'en ai envie, s'empresse-t-elle d'ajouter en rougissant davantage. Mais tu as probablement quelqu'un à qui tu préférerais proposer.

— Vous pouvez tout simplement y aller en tant qu'amis si cela facilite les choses. Comme Colt et moi.

J'attire l'attention de Royal, et apercevoir son soulagement me fait comprendre que j'ai agi de la bonne manière. Je veux qu'il trouve un accord avec les Darling, sans pour autant le contrarier. Si ça le rend heureux, je me comporterai en amie avec Colt. Je ne suis même pas sûre de l'aimer autrement que comme ça. Parfois, il est génial, et à d'autres moments… pas tant que ça.

— D'accord, accepte Dixie. Mais tu n'avais pas d'autres personnes en vue ?

Je lève les yeux ciel et me tourne vers mon amie.

— Quand un garçon mignon t'invite à sortir et que tu as envie d'accepter, la réponse qu'on donne habituellement est un oui.

— Oui, murmure-t-elle.

— Super. Maintenant, allons-nous chercher des robes.

Vingt-Deux

VOILÀ à quoi ressemble une réconciliation. Malgré les réticences de mes frères, je me sens bien. Faire tomber les Darling ne m'a jamais semblé tout à fait juste. Mais se joindre à eux au sommet, partager leur trône, et m'assurer que j'utilise ce pouvoir pour protéger les gens... ça me semble juste. Avoir son mot à dire, et pas seulement faire ce que ma famille désire, me semble correct. Pour la première fois depuis une éternité, je serai capable de faire quelque chose pour moi, et pas seulement au nom de ma famille.

Et c'est le genre de pouvoir que je désire.

— Cette limousine est dégueulasse, déclaré-je en ricanant en grimpant à côté de Dixie et Dolly, qui, par miracle a accepté d'être la cavalière de Duke.

Je pensais peut-être qu'elle était avec Preston désormais, mais de toute évidence elle a meilleur goût que je ne le pensais. Je me sens presque mal pour elle. La pauvre fille n'a pas la moindre idée de ce qui est sur le point d'arriver. Mes frères peuvent se montrer loyaux pour moi, mais cette caractéristique ne s'étend pas à leur vie amoureuse.

Baron a demandé discrètement à une pom-pom girl d'y aller avec lui le mois dernier, et maintenant nous sommes tous réunis. Une fois que toutes les filles sont présentes, Duke et Baron s'installent à côté de leur cavalière. Royal observe fixement Colt, qui s'approche de moi avant que mon frère ne grimpe à son tour.

— Je t'embrasserais si ton frère n'était pas là, m'avoue Colt avec un sourire.

— Nous y allons en tant qu'amis, lui rappelé-je.

J'ai fait cette concession pour apaiser Royal, qui était terriblement énervé à propos de tout ça, mais je ne souhaite pas non plus que Colt se fasse de fausses idées. Nous avons inventé le truc des amants maudits pour que nos familles abandonnent leurs querelles, mais c'est difficile de savoir lorsqu'il plaisante ou lorsqu'il est sérieux. Je ne veux pas y réfléchir alors même que je ne suis pas certaine de ce que je ressens pour lui. Mon cœur ne tressaute pas lorsque quelqu'un mentionne son nom, et son odeur ne me donne pas le vertige peu importe à quel point je l'inhale profondément. Toutefois il est amusant lorsqu'il ne suit pas les traces de ses cousins psychopathes, qui sont interdits de bal à cause de l'histoire avec King.

— Commençons la fête, déclare Duke, en s'emparant du champagne pendant que Dixie distribue les coupes, en ricanant bêtement tout du long.

Nous lançons la musique et ouvrons le toit de la limousine pendant qu'elle accélère sur la route qui mène à l'endroit chic où se déroulera le bal. Duke ouvre le champagne, en s'assurant d'en éclabousser sur Dolly pour qu'il puisse le lécher dans son décolleté pendant qu'elle jappe de surprise. Cependant, je dois bien admettre qu'elle n'a pas l'air vraiment consternée. La plupart des filles ne voient pas Duke arriver jusqu'à ce qu'il soit trop tard, jusqu'à ce qu'elles aperçoivent ses feux arrière lorsqu'il s'en va.

— Je n'ai jamais été dans une limousine, s'écrie Dixie en haussant la voix pour couvrir la musique, ses joues rougissant à cause du peu de champagne qu'elle a bu.

— Alors tu dois sortir la tête par en haut. Allez. Je t'accompagne.

Nous nous exécutons, et hurlons dans la nuit fraîche d'octobre en levant les bras comme si nous étions dans des montagnes russes.

— Quelqu'un me gifle les fesses, crie-t-elle en faisant un pas de danse assez drôle avant de s'effondrer à l'intérieur, et d'être suivie par de nombreux rires.

— Reviens, me dit Dolly. Tu vas te décoiffer.

— Je m'en fiche.

Pendant un moment, je reste seule à l'extérieur. J'ouvre la bouche et je hurle, avant d'inspirer profondément. Le froid, les lumières éparses de la petite ville, les voitures qui passent devant nous avec des drapeaux de l'école, les rires de mes amis à l'intérieur, le bourdonnement du champagne qui bouillonne dans mes veines… je me sens électrique.

Lorsque nous arrivons sur place, nous avons déjà descendu trois bouteilles de champagne, et nous sommes tous un peu pompette. Les gens qui vérifient les billets nous adressent des regards tantôt suspects tantôt énervés, mais nous nous en fichons. Nous sommes là pour faire la fête.

Je m'en rends compte en entrant dans la salle de bal, joliment décorée avec du noir et de l'or. Tous les regards se portent sur Colt, et personne ne semble se souvenir que Dixie et moi étions les chiennes des Dolce. Nous avons de magnifiques garçons à nos bras. Nous riions aussi fort que nous le voulons. Nous dansons avant que quiconque ne le fasse parce que nous le pouvons.

Oui, Lacey et ses amies se tiennent au bord de la piste de danse en nous jetant des regards mauvais, et en se moquant ostensiblement de nous, mais je sais que c'est seulement parce qu'elles ne sont pas assez confiantes pour lancer elles-mêmes la danse. C'est merveilleux. Quelqu'un doit bien le faire.

Et bientôt, d'autres personnes viennent danser avec nous, et la piste se remplit. Les gens peuvent bien dire qu'ils détestent la hiérarchie sociale, sauf que c'est faux. La vérité, c'est que nous l'avons créée, et que sans elle, personne ne saurait où se situer. Et tout le monde aime pouvoir s'intégrer quelque part. Ce qu'ils aiment encore plus, c'est savoir où est la place de tout le monde. Lorsque nous agissons ainsi, les gens sont à l'aise. Personne ne se demande où est notre place, personne n'est à cran sans savoir quoi faire de nous. Nous côtoyons les Darling au sommet. C'est quelque chose qu'ils comprennent.

Colt danse près de moi en levant les bras et en agitant les hanches.

— Ce mustang n'a pas encore été dompté, dit-il en m'adressant ce sourire sexy à la Matthew McConaughey. Tu veux essayer de le monter à cru, ou as-tu besoin d'une selle ?

— J'ai besoin de beaucoup plus d'alcool, dis-je en riant et en bougeant en rythme avec lui, laissant un espace entre nous.

— Ça peut s'arranger, réplique-t-il, en enroulant un bras autour de ma taille et en m'attirant vers lui.

Il glisse sa cuisse entre les miennes et se déplace à un rythme plus lent et sensuel.

— Tu es toujours certaine de ce truc entre amis ? m'inter-roge-t-il son souffle réchauffant mes joues. Parce que je ressens quelque chose pour toi.

— Tu es ivre, le contré-je en poussant contre son torse.

— Et si ce n'était pas que ça ?

Ses lèvres effleurent ma joue et me font frissonner. Il s'empare de ma main et la glisse entre nous, la pressant contre une bosse rigide dans son pantalon. Je suis tellement choquée que j'enroule machinalement mes doigts autour de son sexe. Je n'ai jamais touché un garçon comme ça auparavant, et mon cœur tressaute dans ma poitrine face à ce contact intime. Avant que mon cerveau ne rattrape mes gestes, les lèvres de Colt s'écrasent sur les miennes. Il enfonce son érection dans ma main, et gémit dans ma bouche en insinuant sa langue entre mes lèvres.

— Colt, le sermonné-je en mettant fin au baiser et en relâchant la main. Qu'est-ce que tu fais ? Nous sommes au milieu d'une pièce remplie de gens.

Il s'empare à nouveau de ma main, et me sourit en m'adressant son regard irrésistible.

— Nous pouvons aller dans un endroit plus privé si c'est ce que tu veux.

— Non, refusé-je mon corps se crispant. Je t'ai dit que nous venions ici en amis.

— Pour apaiser ton frère. Il n'a pas besoin de savoir que c'est plus que cela.

— Ce n'est pas ça, ajouté-je, convaincue par la vérité de mes propres paroles.

Bien sûr, ça fait du bien, et le souvenir de son érection entre mes doigts fait naître une montée d'excitation en moi. Si je n'avais jamais senti le souffle de Devlin contre mes lèvres et prié si fort pour qu'il m'embrasse, les choses auraient pu être différentes. Si je n'avais jamais senti mes genoux fléchir à l'odeur de sa peau, ça aurait pu fonctionner.

Mais tout ça est arrivé. Le contact de Colt est agréable, pourtant il n'a rien à voir avec celui de Devlin. Mon regard s'égare machinalement vers la porte, mais bien sûr, il n'est pas ici. Il ne peut pas venir.

— D'accord, réplique Colt en haussant les épaules et en souriant. Si tu le dis.

Puis, il continue de danser comme si je ne venais pas de le rembarrer. Je ne sais pas s'il n'est vraiment pas affecté par mon geste, ou s'il le dissimule aussi bien qu'il cache tout le reste.

— Amusons-nous.

— C'est ce que je fais déjà, me rétorque-t-il en tournant autour de moi et en fixant ma poitrine.

J'aime danser, et s'il est d'accord pour continuer de le faire avec moi après que je l'ai rejeté, ça me va. Peut-être qu'il a l'habitude d'embrasser des filles. Le premier jour, Lacey m'a dit de me méfier de Preston et de lui, en me disant qu'ils traitent leurs conquêtes comme des mouchoirs qu'ils jettent après utilisation. Je dois croire qu'il s'agit uniquement de ça, et qu'il finira par trouver une autre fille pour devenir sa prochaine victime.

Nous dansons, et au bout d'un moment, ma gêne est oubliée. Je danse avec les filles, et dans un groupe avec les autres, sautillant avec mes frères sur une chanson dynamique. Dolly n'a pas la moindre honte, et fait la danse du poulet, alors je la rejoins. Lorsque Lacey et ses amies se moquent de nous, Dolly me crie de « secouer mes plumes de queue ». Elle s'avère être très plaisante, malgré sa disposition sombre à mon égard la nuit précédente. Je ne me souviens même plus si je suis une chienne, une Doll ou la moitié des deux. Je me soucie simplement d'avoir des amis avec qui danser, que notre querelle est terminée, et que je m'amuse. Tout est parfait.

Nous avons dansé pendant quelques heures, lorsque soudain, un silence tombe sur la piste de danse. Je me retourne, à la recherche de l'origine de toute cette agitation. Un des portiers se trouve dans la cabine de DJ, en gesticulant furieusement. Je sens quelque chose me piquer le dos et tourne légèrement le cou. Devlin Darling se tient au bord de la piste de danse dans son jean foncé et sa chemise boutonnée, et m'observe fixement.

La musique se meurt.

Les danseurs grognent, puis se taisent lorsqu'ils réalisent qu'il y a quelque chose d'intéressant à observer.

Mon cœur bat si fort dans ma poitrine que je ne peux penser à rien d'autre ni ressentir quoi que ce soit d'autre. Je me joins à la foule béate d'admiration devant Devlin. Il jette un rapide coup d'œil autour de lui, puis avance. Vers moi. La fille qu'il a humiliée et menacée la veille au soir. La fille qu'il a traitée de chienne, qu'il a forcée à se promener en laisse, et qu'il a abandonnée comme un putain d'animal.

Il s'immobilise devant moi. Je devrais m'éloigner de lui, pourtant je n'en fais rien. J'inspire son odeur savonneuse, et je réalise qu'il vient sans doute juste de prendre une douche. Ses cheveux sont coiffés vers l'arrière et ont l'air encore légèrement humides. Sa peau est rasée de près. Ses yeux bleus s'accrochent aux miens, et parviennent à lire jusqu'à mon âme.

Il me tend la main.

— Danse avec moi.

Je n'arrive pas à trouver la bonne réponse. Ma bouche s'ouvre et les mots suivants m'échappent :

— Tu n'es pas censé être ici.

— Juste une danse, ajoute-t-il en s'avançant pour que nous soyons suffisamment proches pour danser.

Tout ce que j'ai à faire, c'est placer ma main dans la sienne. J'observe ses lèvres, si tentantes qu'elles me donnent l'eau à la bouche. Cependant je ne bouge pas.

— Pourquoi ?

— Je suis venu ici pour une danse. Ensuite, je m'en irai.

— Je ne pense pas qu'ils vont te laisser rester pour ne serait-ce qu'une danse.

— Ils peuvent bien essayer de me foutre dehors. Je ne partirai pas avant d'avoir dansé avec toi.

— Tu vas de nouveau être arrêté.

— Ça en vaudra la peine.

Je déglutis fortement avant de passer mes bras autour de son cou. Ses mains glissent lentement sur mes hanches. Le DJ lance la chanson « Say You Wont Let Go ».

— Comment savais-tu que j'aime cette musique ? lui chuchoté-je à l'oreille.

Devlin frissonne et m'attire plus près de lui en fermant les yeux pendant une seconde.

— J'ai eu de la chance, je suppose.

— De la chance, ou une violation flagrante de ma vie privée ?

— Oui, ça aussi.

Je pose mon front contre son torse, et incline ma bouche vers son cou.

— Devlin ? Pourquoi es-tu vraiment ici ?

— Je ne sais pas, avoue-t-il. J'étais à la maison, et tout allait bien. Mais je n'arrêtais pas de penser au fait que tu étais ici avec mon cousin. C'était n'importe quoi. J'en avais assez d'être énervé, alors je suis venu ici pour voir ce que tu faisais.

— Wow, dis-je en ricanant de façon troublée. Tu es un stalkeur ?

— Lorsqu'il s'agit de toi ? Putain, oui !

— Mais tu me détestes.

— Et alors ? Tu me détestes toi aussi.

Nous nous dévisageons pendant un long moment. Je

sonde son regard, et y perçois un défi, comme s'il pensait que j'allais le contredire. Je déglutis, puis hoche la tête.

— Oui…

— Alors arrête de parler et danse avec moi jusqu'à ce que les flics arrivent.

Ses mains serrent ma taille, ses longs doigts m'encerclent et me font me sentir petite et fragile. Son corps est dur contre le mien, et fait accélérer les battements de mon cœur alors que j'inhale son odeur. Pendant un moment, l'espace d'une chanson, je me laisse aller. Je me surprends à imaginer ce que ce serait, ce conte de fées. Je m'autorise à y croire.

Enfin, la chanson se termine, et Devlin s'éloigne. Il me regarde droit dans les yeux, et aucun de nous deux ne lâche prise. La musique se transforme en quelque chose de beaucoup moins sensuel, mais son regard ne quitte jamais le mien, ses mains ne se retirent pas de ma taille, ses hanches n'oscillent presque pas. Mon pouls commence à s'apaiser. Je bouge à peine, pourtant mon souffle me manque, comme si je venais de danser à en perdre haleine.

— Devlin, commencé-je lentement.

Un bruit à la porte attire brusquement notre attention. Quelqu'un hurle, et une vague de cris se répand dans la pièce :

— Les flics…

— Les flics…

— Les policiers…

— Je ferais mieux d'y aller, déclare Devlin en souriant l'espace d'une seconde.

— Je pensais que vous étiez intouchables. Et tu ne peux même pas t'assurer d'entrer dans un simple bal scolaire ?

Colt saisit le bras de son cousin et ma main, nous entraînant vers une sortie latérale.

— Dépêchons-nous. Cet endroit est sur le point de

sombrer dans le chaos. Je ne suis pas fait pour la prison. Je suis un étalon qui aime courir librement.

— Je ne peux pas abandonner mes frères, interviens-je en commençant à m'éloigner lorsque j'aperçois Duke.

Je lui attrape la main, et nous nous mettons à courir. Nous riions, mais mon cœur tremble de peur, d'excitation et de danger. Mes frères ne me laissent jamais faire ce genre de choses habituellement, et ne m'incluent pas dans ce genre de soirée. Baron nous rejoint lorsque nous atteignons la porte, et que nous sortons dans la nuit fraîche. Une brume entoure les lampadaires, et la musique résonne faiblement depuis l'intérieur. Nos pas résonnent sur le trottoir, ainsi que le rire de Dolly, qui est bien plus triste que ce que j'imaginais, et les sanglots de petite-fille de Dixie.

Des lumières bleues baignent le parking en un mouvement silencieux et incessant, comme des battements cardiaques. Devlin mène notre petit groupe jusqu'au parking, et s'arrête lorsque nous atteignons sa nouvelle décapotable rouge. Il l'ouvre, et il recule pendant que nous attendons tous, en étant à peine capable de nous retenir de sauter à l'intérieur avant que la capote ne soit descendue. Devlin se trouve déjà sur le siège avant, et me traîne sur ses genoux. Colt saute par-dessus la portière directement sur le siège passager, et attire Dixie sur ses genoux. Tout ce que je parviens à voir, ce sont ses jambes s'élever en un tourbillon de satin et de tulle. J'éclate de rire alors que la voiture s'élance dans la nuit.

Colt hurle sous les vêtements de Dixie, et Devlin grogne en faisant une embardée, avant de filer droit. Le vent frais et humide me coupe le souffle alors que nous parcourons à toute blinde les rues sombres de Faulkner. La lune brille dans le ciel comme une citrouille blanche, et des millions d'étoiles s'en échappent dans toutes les directions. Je prends une grande inspiration. C'est une petite ville, mais j'ai l'impression de vivre plus intensément que jamais.

Nous serpentons le long des ruelles jusqu'à travers les bois, avant d'atteindre enfin la prémisse d'un chemin de gravier qui ne m'est que trop familier.

— Bienvenue à l'*after*, s'écrie Colt, en sortant de la voiture avec Dixie dans ses bras.

Les jumeaux sautent à l'extérieur, chacun d'entre eux tenant une des mains de Dolly. Alors c'est comme ça que ça se passe.

— Merde. Nous avons abandonné Royal.

— Il peut prendre la limousine, déclare Colt.

— Et mon rencard, ajoute Baron.

Duke et lui éclatent de rire, et Devlin nous conduit jusqu'à la maison de sa mère. Apparemment, elle est déserte. Il nous guide dans une petite alcôve proche de la cuisine et ouvre une large armoire. Des bouteilles d'alcool onéreuses emplissent chaque espace de cette dernière. Colt attrape une bouteille de Tequila et l'emporte comme un trophée.

— Commençons la vraie fête !

Vingt-Trois

Je me réveille en percevant le martèlement de mon crâne. Je suis enveloppé de chaleur, et pendant une minute, je n'ai pas envie de bouger. Mais alors que ma conscience se réveille, je me souviens de la nuit précédente. Je me retourne, seulement pour me retrouver face à un torse entièrement nu.

— Putain !

Je murmure en m'asseyant et je le regarde avec incrédulité.

— Putain !

Je ne porte rien d'autre qu'un soutien-gorge et une culotte, et quelque chose de collant se trouve sur mon ventre. Je ferme les yeux en priant pour que ce soit du vomi. Je me souviens d'être tombée malade. Je me souviens que Devlin m'a offert des shots jusqu'à ce que je vomisse, qu'il a essayé de me faire manger, mais comme je continuais à vomir il a abandonné. Ce dont je ne me rappelle pas, c'est ce qui s'est passé après. Je ne me souviens pas avoir quitté la fête. Je ne me remémore pas d'avoir retiré mon pantalon. Je ne sais pas comment je suis arrivée ici. Je ne sais même pas où je suis.

Lorsque je rouvre mes paupières, le garçon est toujours

là. Le beau, et terrible garçon qui m'a tourmenté le vendredi soir, et qui est venu me réclamer le samedi. Le même garçon dont les parents ne se soucient pas suffisamment pour l'interrompre lorsqu'il m'a plaquée au sol en posant un couteau sur mon visage. Le garçon qui a refusé que je lui dise non pour une danse à un bal de lycée. Le garçon dont les bras sont enroulés autour de moi comme ceux d'un amant, et dont le visage ressemble à celui d'un ange avec le soleil qui éclaire ses mèches blondes tandis qu'il dort sur l'oreiller.

Pendant une seconde, je songe à le laisser dormir. À le laisser se réveiller en pensant que c'était un doux rêve, ou en priant pour qu'il ne s'en souvienne pas. Toutefois, je sais qu'il ne mérite pas autant de courtoisie.

Je m'écarte loin de lui, pose les couvertures contre ma poitrine, et frappe son épaule. Durement.

— Hé, aboyé-je.

— Merde, grogne Devlin en s'éloignant de moi sans ouvrir les yeux.

Je recommence mon geste.

— Réveille-toi.

— C'est quoi, ton putain problème ?!

Il se redresse sur ses coudes. Il se force à se rasseoir et laisse retomber sa tête dans ses mains, en jurant dans son souffle.

— C'est quoi mon problème ?!

Un rire incrédule m'échappe.

— Tu es sérieux, Devlin ? C'est quoi ton problème ? Non, ne me réponds même pas. Il n'y a pas assez de temps dans une journée pour expliquer à quel point tu dois être vraiment et profondément défoncé pour faire ce que tu m'as fait l'autre soir, avant de me demander de danser avec toi comme si tu me désirais.

Il lève la tête et cligne des yeux comme s'il pensait que j'allais me transformer en quelqu'un d'autre.

— Est-ce que nous avons baisé ensemble ?

— Je ne sais pas, répliqué-je en levant mes mains. La dernière chose dont je me souviens, c'est d'avoir pris des photos puis d'avoir perdu connaissance.

Bon sang. En réalité, je me souviens de plus que ça. Les événements de la veille me reviennent par flashes, comme des photos prises par quelqu'un d'autre. Tout le monde qui saute dans la voiture. Le trajet à travers la ville. Dolly prise en sandwich entre les jumeaux. Oh mon dieu. Est-ce que j'ai fait une lap dance à Devlin ?

— Est-ce que tu prends la pilule ?

Comme si c'était sa seule préoccupation.

M'avoir mise enceinte.

Comme si ce n'était rien d'important.

Bien sûr, pour lui, ce n'est probablement pas le cas. Ça ne ressemblait pas à la première fois où il s'échappait d'une soirée devenue incontrôlable. Mais pour moi… pour moi, c'est une putain de grosse affaire.

— Non, avoué-je.

Mes yeux plongent dans le cristallin de Devlin. Pour la première fois depuis que je l'ai rencontré, il me semble vraiment préoccupé. Il n'y a pas la moindre trace de son sourire sadique ou de sa colère renfrognée. Pendant une minute, je me suis laissé croire que nous étions dans le même bateau. Que si j'étais enceinte, il ne me laisserait pas tomber.

— Eh bien, qu'en penses-tu ? Est-ce que tu peux sentir si nous avons fait quelque chose ?

Ses yeux lorgnent vers mes genoux.

— Comment le saurais-je ?

— Crois-moi, à moins d'être star du porno, tu devrais être au courant, répond-il en souriant.

C'est alors que je me souviens que ce n'est absolument pas quelqu'un qui pourrait me soutenir si quelque chose m'arrivait, même s'il s'avérait que ce quelque chose soit son bébé. Devlin me méprise.

L'humiliation et la rage me brûlent de l'intérieur alors que je glisse une main entre mes cuisses. Je presse mes doigts contre ma culotte. J'ai mal à la mâchoire et au cou à l'endroit où il m'a attrapée vendredi soir. Mes côtes possèdent de nombreuses ecchymoses face à l'écrasement de ses genoux lorsqu'il m'a plaquée au sol. J'ai mal aux cuisses à force d'avoir dansé la veille au soir, j'ai mal à la gorge des suites de mes vomissements, et j'ai mal à la tête à cause de l'alcool. Mais lorsque je me touche à cet endroit précis, ça ne me fait pas mal.

Merci mon Dieu.

Je ferme les yeux et laisse échapper un soupir de soulagement.

Devlin en fait de même. Je rouvre les paupières. Il m'observe avec une telle intensité que je parviens à voir la douleur dans son regard. Le feu que j'y aperçois est différent de la rage que je connais, de l'intensité d'hier soir. C'est une flamme de pur désir.

J'en perds le souffle, et un tremblement de peur et d'anticipation me traverse de part en part, avant de s'installer en une pression délicieuse dans mon bas-ventre. En me mordant la lèvre inférieure, je secoue la tête.

— Non, murmuré-je. Ça ne me fait pas mal.

Devlin bondit. Il est si rapide que je ne parviens pas à réagir avant qu'il ne soit accroupi sur moi, en se maintenant sur ses poings et ses genoux.

— Je peux te faire tellement mal, souffle-t-il contre mon cou.

Ses lèvres effleurent la peau sensible de ma gorge, faisant

naître un frisson le long de tout mon corps. Il bascule vers l'avant, ses larges épaules me maintenant en place. Sa peau nue et chaude contre la mienne fait court-circuiter mon cerveau.

— Devlin arrête, le supplié-je.

Mais il n'en fait rien jusqu'à ce que je sois plaquée contre le matelas, sous lui. Mon cœur menace de sortir de ma poitrine, alors que j'appuie mes paumes à plat contre son torse.

— Je suis si dur que ça fait mal, m'avoue-t-il, ses mots m'excitant, et faisant pulser mon entrejambe. Permets-moi de te faire ressentir la même chose.

— Nous ne pouvons pas !

Cependant, je dois bien avouer que ma détermination s'effrite, mon corps se disputant avec mon esprit, en me faisant comprendre qu'il y a bien plus que ce que j'avais jamais imaginé derrière toute cette histoire. Il y a tout un monde que je n'ai jamais exploré, et en cet instant, il n'y a plus que Devlin Darling et moi qui comptons à mes yeux. Plus rien d'autre n'existe.

— Juste une fois, murmure-t-il contre mon oreille.

Ses lèvres effleurent mon lobe, et tirent doucement dessus.

— Nous ne le dirons à personne, ajoute-t-il.

— Nous nous haïssons, lui rappelé-je.

Il ricane doucement, et abaisse lentement son corps sur le mien. Chaque centimètre de ma peau tremble d'anticipation, me fait mal à l'idée de rencontrer le sien.

— Le sexe sous couvert de haine, est le meilleur sexe au monde, tu ne penses pas, Manhattan ?

Un sentiment de choc me traverse lorsque je sens quelque chose de chaud, de dur, et d'entièrement nu se presser contre ma cuisse. Il est nu. Merde. Devlin est entièrement nu. Qu'a-vons-nous fait hier soir ?

— Je n'en sais rien, d'accord ?

Je pousse contre son torse. Je ne parviens même pas à le faire bouger. Il est comme un mur solide fait de muscles se tenant au-dessus de moi. Et je dois dire que ça fait du bien. À ma plus grande horreur, mon corps lui répond, et je dois lutter pour ne pas enrouler mes jambes autour de lui, et ne pas faire courir mes mains sur chaque centimètre de sa peau. Il glisse ses hanches entre les miennes, effleurant ma culotte de son gland, puis déplace ses hanches en avant centimètre par centi-mètre, de sorte que la longueur de son érection frôle lente-ment l'entrée de mon corps.

Je déglutis lorsque cette chose commence même à rentrer en moi.

— Tu n'aimes pas le sexe haineux ? me demande-t-il, ses lèvres taquinant ma peau, me faisant frissonner. Je te ferai si mal que tu ne pourras jamais l'oublier.

— Je ne sais pas ce que j'aime, admets-je. Je n'ai jamais fait ça.

Devlin inspire profondément.

— Bien sûr, Manhattan. Tu es une petite vierge effa-rouchée.

— C'est la vérité, dis-je, le sang battant à mes oreilles.

Mon esprit sait pertinemment que c'est de la folie, pour-tant mon corps ne peut s'empêcher de répondre au sien. Lorsque je sens sa dureté plaquée contre mon ventre, je parviens à peine à respirer.

— D'accord, déclare-t-il. Je vais jouer le jeu. Je n'ai jamais fait ça non plus. Mais je peux être doux.

Ses mots recèlent un fond de moquerie.

— Lâche-moi, le supplié-je en le bousculant une fois encore.

Il rit doucement et mordille ma lèvre inférieure. Il l'attrape entre ses dents, et fait passer sa langue le long de cette dernière, en reposant entièrement sur moi.

— Oh, allez, bébé, murmure-t-il avec sa voix suave et sexy. Laisse-moi être le premier à te baiser. Nu. Sans rien entre nous. Laisse-moi t'ouvrir et te faire saigner. Laisse-moi jouir dans ta putain de chatte. Je te guérirai de mon sperme et je te renverrai ensuite à tes frères pour que tous puissent le sentir sur toi.

— Qu'est-ce qui ne va pas chez toi ?!

Je me tortille pour tenter de me libérer. Devlin m'emprisonne de ses hanches. Je sens l'humidité naître entre mes cuisses, et il doit la sentir, lui aussi, parce qu'une lueur de triomphe éclaire son regard.

— Tu aimes ça, pas vrai ?

Il bouge lentement ses hanches en cercle.

— Petite salope. Tu aimes les paroles cochonnes.

— Non, insisté-je, en rougissant.

Devlin ricane derechef et m'embrasse avant de sourire.

— Menteuse. Tu es trempée. Laisse-moi te goûter. Je veux lécher ta douce chatte.

— Arrête.

Toutefois, il y a tellement de sensations qui naissent dans mon corps que je ne sais même plus ce que je désire en réalité.

— Tout va bien, déclare-t-il contre ma gorge. Tu peux l'admettre. Nous avons tous nos sales petits secrets. Ou est-ce la mention de tes frères qui t'a excitée ? Parce que ma famille est peut-être merdique, mais ça serait complètement malade. Que tu baises avec eux ? Où tu leur donnes juste un petit avant-goût de ta précieuse sucrerie Dolce ?

— Je suis sérieuse. Arrête.

— Je ne peux pas m'arrêter maintenant.

Ses lèvres me taquinent, me rendent folle.

— Tu m'as forcé à commencer.

Des frissons me traversent suite à la caresse de ses lèvres, et à ses paroles grossières. Sa chaleur animale et ses muscles me font trembler de peur alors même que je frissonne pour en obtenir davantage. Il s'installe plus profondément contre moi, et ses lèvres m'offrent un réel baiser. Enfin. Je fonds pratiquement de soulagement, alors que le désir me parcourt de part en part, et que je ferme les cuisses tandis que sa langue m'achève. Un soupir m'échappe, il grogne, insinuant sa langue entre mes lèvres. Il goûte doucement ma bouche, et fait naître un intense sentiment de désir en moi, venant s'installer implacablement dans mon bas-ventre, alors que mon cœur se serre de douleur. Devlin roule des hanches contre moi, sa langue s'activant en moi, tandis que son corps me caresse en rythme.

Il s'abaisse, et relève ma culotte. J'essaie de protester, mais seul un gémissement m'échappe. Il répond par l'un des siens, et la vibration de sa voix me fait faiblir. Il écarte davantage ma culotte, et enfonce sa main entre mes cuisses. Insinuant un doigt dans mon intimité, il l'humidifie avant de le pousser profondément en moi.

— Oh merde, gémit-il, en mettant fin à son baiser et en parlant dans mon cou, la voix rauque et essoufflée. Tu ne mentais pas !

J'essaie de m'en prendre à lui, mais ma voix est aussi faible que la sienne.

— Non, je ne mentais pas.

Il enfonce plus profondément son doigt, et le fait bouger quelques fois.

— Je vais te faire jouir, annonce-t-il contre ma gorge. Mais je ne pourrais pas te baiser si tu es vierge, Crystal. Tu mérites quelqu'un de mieux que moi. Je me contenterais de te baiser et tu en finirais brisée.

— Je veux que tu me brises !

C'est tout ce que je souhaite en réalité. Je taquine son oreille de mes lèvres, et un frisson parcourt mon corps tout entier lorsque je réalise que son propre corps répond. Je m'agrippe à ses épaules, et bouge les hanches contre sa main, une pression exquise naissant à l'intérieur de moi tandis que son doigt se met en mouvement, effleurant mes parois, et me rapprochant du précipice. Enfin, je me détends, je me laisse aller au seul plaisir que tout l'argent du monde et le luxe ne peuvent offrir. C'est la seule chose qui m'a toujours été interdite, et je m'en empare désormais avec avidité, en hurlant le nom d'un Devlin impuissant qui m'amène vers ce nouveau lieu de découverte.

Vingt-Quatre

— Wow, murmuré-je lorsque Devlin se retire.

Il enfonce son doigt mouillé dans sa bouche et ferme les yeux, en inspirant profondément.

— Encore, murmure-t-il en descendant sur le lit.

Je m'agrippe à ses épaules, les yeux grands ouverts.

— Je ne me suis pas douché.

— Un avant-goût ne me suffira pas, réplique-t-il en plongeant plus bas et en enfonçant son visage entre mes cuisses.

Je me crispe, en serrant mes genoux autour de sa tête et en agrippant son menton, en essayant de l'éloigner. Il repousse mes mains et glisse sa langue entre mes lèvres vaginales. Une vague intense de plaisir me traverse, encore meilleure que la précédente. Je soupire, et mes genoux s'ouvrent et Devlin gémit en moi comme si j'étais le dessert le plus exquis au monde.

Encore une fois, je me permets de vivre cela. Je m'autorise à sentir son coup de langue dans des endroits où je n'ai jamais été touchée ou goûtée auparavant. Je le laisse m'amener de plus en plus haut, jusqu'à ce que je m'envole et que la tension à l'intérieur de moi, me fasse me crisper si brusquement que j'ai l'impression de me briser en deux.

Je me laisse faire, même en sachant que je vais le regretter.

— Devlin, soupiré-je en enfonçant mes doigts dans ses cheveux.

Il redresse le visage en affichant un large sourire.

— Oui ?

Il me demande cela en se penchant pour embrasser mes lèvres. Je parviens à sentir la chaleur de sa peau nue pressée contre ma chère humide et sensible, et je sais qu'il n'y a plus qu'une seule chose que je désire. Une seule chose qui parviendra à me soulager.

— Fais-le, annoncé-je, mon cœur battant la chamade.

— Vraiment ? Tu veux que je te baise ?

— Oui.

Je glisse mes bras autour de lui et me soulève vers lui, en posant mon cœur contre le sien. Je parviens à sentir les battements erratiques du sien, qui bat en accord avec le mien.

— Dis-le, m'ordonne-t-il, son regard flamboyant de convoitise en se posant sur mes lèvres.

— Quoi ?

— Demande-moi de te baiser. Supplie-moi.

— Je t'en supplie, murmuré-je.

— Tu me supplies de... ?

Je déglutis en plongeant dans son regard et en ajoutant :

— Baise-moi.

Sa queue palpite contre moi, j'en ai le souffle coupé. Il se lèche les lèvres, avant de pousser en avant. La tension est presque insupportable, alors qu'une intense douleur me parcourt lorsqu'il essaie de me pénétrer. Avec un grognement, il donne un coup sec et entre en moi. J'en perds le souffle, cependant il s'enfonce encore plus profondément.

Il s'immobilise, ses membres tremblants sous l'effort de se retenir. Je sens quelque chose s'étirer à l'intérieur de moi et menacer de se déchirer. Je ne sais pas comment il fait pour se retenir. J'ai envie de crier de plaisir et de douleur en même temps. Mes ongles s'enfoncent dans ses épaules, et j'écarte les genoux pour lui.

— Dernière chance, murmure-t-il, son souffle brûlant se perdant contre ma peau. Veux-tu vraiment offrir ta virginité à un homme que tu détestes ?

— Je ne te déteste pas.

— Tu le feras plus tard.

— Je ne pourrai pas te détester après ça.

— Tu le feras, répète-t-il. Mais pas autant que je me détesterais moi-même.

— Attends, reprends-je en m'agrippant à son bras. Un préservatif.

— Non, ajoute-t-il en croisant mon regard. Je veux te sentir lorsque je détruirai ton hymen.

Mon corps tout entier tremble, et je réalise que je ne pourrais pas l'arrêter même si je le voulais. Et la vérité, c'est que je veux le sentir ainsi moi aussi. Je désire sentir sa peau nue avec rien d'autre entre nous que ce besoin insatiable qui nous consume. C'est comme si chaque instant avant celui-ci avait été une danse menant à cette collision inévitable, comme si tout nous préparait à la tempête qui allait suivre.

Ce soir, la tempête fait rage.

— Prends-moi, ordonné-je en fléchissant les hanches.

Je force ainsi son sexe à franchir la barrière, à plonger profondément en moi. Je hurle de douleur, tout mon corps se crispant. Devlin laisse échapper un gémissement étouffé, avant de m'écarter les jambes, pour me posséder plus intensément, jusqu'à ce que nos hanches entrent en collision. Je peux sentir son érection à l'intérieur de mon être et ses palpitations.

Il m'étire à m'en faire mal. Des larmes me montent aux yeux. Devlin s'écarte et s'enfonce dans mon corps, me pilonnant sans relâche.

Je mords ma lèvre inférieure pour ne pas hurler, mais je ne peux pas m'en empêcher. La douleur me fait grincer des dents, et c'est tout ce que je peux faire pour ne pas sangloter. Devlin se penche sur ses coudes et me pénètre avec des coups de reins puissants et profonds. Chaque mouvement soutire un cri à mes lèvres, mais après un certain temps, ma douleur se transforme en plaisir. Devlin y va encore plus intensément, un grognement primitif et animal s'échappant de sa gorge chaque fois qu'il me pilonne avec une force meurtrière.

Je désire sa queue, j'ai besoin de sa violence.

— Plus fort, soupiré-je.

Il s'accroche à mes mains, et me martèle si intensément que je me cogne le crâne contre la tête de lit, encore et encore, jusqu'à ce que je ne puisse rien faire d'autre que m'agripper à lui et abandonner le reste du monde.

— Je vais jouir en toi, me prévient-il, sauvagement.

— Devlin…

— Tais-toi et jouis avec moi, m'ordonne-t-il en s'abaissant sur ses coudes.

J'enroule mes bras autour de son cou, rejette ma tête en arrière et ferme les yeux, toutefois il s'agrippe à mon menton.

— Ouvre les yeux, ronronne-t-il.

Nos regards s'ancrent l'un à l'autre, et il se remet à bouger, lentement d'abord, puis de plus en plus fort. La connexion entre nous est si intense que je peine à la supporter, sans pour autant être capable de fermer les yeux. Le plaisir monte dans mon corps, et j'enroule mes jambes autour de lui en me frottant contre lui. La tension qui m'anime grimpe de plus en plus, Devlin se mord la lèvre, agrippe ma cuisse, et me percute une dernière fois sans plus jamais se retirer.

Mes entrailles sont à vif et douloureuses, et une sensation de douleur me traverse alors qu'il reste là, me forçant à supporter chaque centimètre de lui à l'agonie. Il s'empale plus fort en moi, ses hanches se crispant alors qu'une chaleur s'épanouit dans mon intimité lorsqu'il me remplit. La sensation de le sentir se répandre en moi fait naître une excitation interdite dans tout mon corps, et en dépit de ma douleur, mon propre plaisir fleuri à nouveau. Je soupire son nom alors que l'orgasme m'emporte, et que les pulsations ondulent autour des siennes, alors qu'il me remplit encore et encore.

Suite à quoi, Devlin s'effondre contre moi, en me plaquant contre son torse comme si j'étais quelque chose de précieux qu'il est sur le point de perdre. Je glisse mes doigts dans ses cheveux, le tenant près de moi et berçant son corps du mien.

— Je suis désolé, murmure-t-il contre mon cou, la voix étouffée.

— Tout va bien, le rassuré-je en ricanant. Je suis à peu près certaine de te l'avoir demandé.

Il ne répond pas, et pendant un long moment, aucun de nous ne bouge. Nos peaux sont recouvertes de sueur, mais je ne perçois que son parfum, et savoure l'amertume salée de sa peau alors que je dépose un baiser sur son front. Je m'assoupis lorsque de la musique résonne brusquement de l'autre côté du mur. Devlin se crispe, s'empare de son jean et l'enfile.

— Est-ce que tout va bien ?

Je me sens brusquement vulnérable dans ce grand lit.

— Oui, répond-il en se penchant pour m'embrasser. Mais nous ferions mieux de nous lever.

Je déglutis et hoche la tête, un nœud d'appréhension se

formant dans ma gorge. Je n'ai pas envie de me lever devant lui, pourtant il se tient au-dessus de moi avec un sourire enchanté.

— Tu joues les timides, maintenant ?

Ses yeux étincellent d'humour.

— Eh bien…

— Crystal. J'ai vu chaque centimètre de toi, je t'ai fait jouir en criant mon nom pendant que j'étais en toi. Je pense que nous avons dépassé le stade de la timidité.

Je laisse échapper un soupir de frustration. C'est un homme… expérimenté. Bien sûr, il ne peut pas comprendre. En serrant les dents, j'écarte les draps et sors du lit. Il y a une grosse tache rouge là où je me trouvais.

— Merde. Je suis désolée. Je peux… payer pour le nettoyage.

Devlin éclate de rire. C'est la première fois que je l'entends faire cela, et c'est très surprenant. Son rire est bas et riche, tout comme sa voix, cet instant merveilleux résonne douloureusement dans ma poitrine. En même temps, j'aimerais qu'il rie bien plus et je suis égoïstement heureuse d'être l'une des rares personnes témoins de ce phénomène, d'apercevoir quelque chose de rare et d'authentique de la part de Devlin Darling.

— Tu es la chose la plus mignonne que j'aie jamais vue, dit-il.

— Arrête, répliqué-je en me détournant pour dissimuler mon embarras.

Après tout, je viens juste de saigner sur ses draps. C'est quelque chose de si humiliant que même entendre son rire ne peut chasser complètement mon embarras. Ma robe de bal est froissée sur le sol, et me semble bien trop pathétique pour être portée à nouveau. Ça ne sauvera certainement pas ma dignité.

En l'ignorant, je m'avance vers sa commode et m'empare d'un T-shirt.

— Qu'est-ce que tu fais ?

— Je m'habille. Je ne porterai pas ma robe, et je ne ferai très certainement pas la marche de la honte.

Avant qu'il ne réponde, je me tourne et ouvre un autre tiroir, y dénichant un pantalon de survêtement. Il est ridiculement trop long et trop grand sur moi, mais j'attache le cordon et je ne m'en sors pas trop mal. Lorsque je me retourne vers lui, un petit sourire naît sur ses lèvres, et son expression est indéchiffrable.

— Qu'est-ce qu'il y a ?

— Rien. C'est étrangement sexy.

Je récupère mes chaussures par terre et je les enfile, en ignorant ses ricanements. Pourtant, lorsque je lève le regard, il ne se moque pas de moi, ou en tout cas il ne le fait pas de la même façon qu'auparavant.

— Viens, m'ordonne-t-il, en glissant un bras autour de moi.

Il presse ses lèvres sur mon front. Je résiste un moment, mais tout ce que je souhaite faire en réalité c'est le reconduire au lit, me recroqueviller dans ses bras, et y rester pour toujours. Je pose mes mains sur ses hanches, et ferme les yeux en inspirant son odeur autant que possible. Comme si je pouvais préserver ce moment pour toujours.

— Et maintenant ?

Je lui pose cette question sans même ouvrir les yeux.

— Chut, répond-il en posant son menton sur le sommet de ma tête.

Une minute plus tard, des coups résonnent contre la porte, et il s'écarte. Sans un mot, il se retourne et sort dans le couloir. En prenant une profonde inspiration, je le suis.

À notre gauche, les jumeaux se tiennent avec Dolly entre

eux. Elle est maquillée, et porte sa robe de la veille, qui a l'air propre comme si elle l'avait accrochée dans le placard pendant la nuit, mais son expression est méfiante comme si elle attendait un jugement de notre part.

Le jugement de Devlin. Je m'en rends compte. Je l'observe, mais je suis incapable de déchiffrer son expression. Il leur jette un bref regard avant de se tourner vers l'autre côté. Colt se tient debout dans le couloir, et je réalise que c'est lui qui vient de frapper à la porte. Dixie se tient derrière lui en portant sa robe de bal et en tenant ses chaussures à la main. Son rouge à lèvres a disparu, et son maquillage au niveau des yeux a coulé. Son visage est pâle sous ses taches de rousseur, et pour une fois, je suis incapable de lire ses émotions.

Elle est juste… terriblement pâle.

Des bruits de pas s'élèvent dans les escaliers, et Preston apparaît en ayant l'air fraîchement lavé et rasé, alors qu'une excitation fiévreuse illumine son regard. Il s'arrête en arrivant à notre hauteur, et il nous observe tous de la même. Un sourire ironique se répand sur son visage alors qu'il attend, une main posée sur la rambarde.

Devlin jette un regard derrière nous tous, et quelque chose apparaît dans ses yeux. Je parviens presque à sentir la température grimper autour de lui. Le garçon que j'ai entraperçu il y a quelques instants a disparu, remplacé par l'homme froid et cruel qu'il est à l'école.

— Est-ce que tu les as vus ? demande Preston.

— Oui, répond Colt avec un sourire en se tournant vers Devlin.

— Vous l'avez fait ?

— Oui, ajoute Devlin. Il faut parfois jeter un os à un chien.

Le sourire de Colt s'élargit, tandis qu'il observe mes vêtements, de manière si nonchalante que ça me donne envie de m'entourer dans mes bras et de disparaître. Son regard me donne l'impression d'être une marchandise dont il évalue la valeur. Il tend la main à Devlin, mais ce dernier se retourne vers mes frères.

— Sortez de chez moi, déclare-t-il. Et emmenez vos putains avec vous.

— Alors je suppose que cette trêve était juste… quoi ?!

Je suis trop sous le choc pour faire semblant d'être à l'aise.

— Un stratagème pour te glisser entre mes jambes ? ajouté-je.

— Oh, ma puce. Ne sois pas si naïve. Il ne s'est jamais agi de toi.

— Menteur.

Je le fixe comme s'il était un étranger. Ce qu'il est. Le garçon qu'il était dans sa chambre n'est pas le même que celui qui se tient ici, qui ne me jette même pas un coup d'œil. Colt sourit, sans que ça n'atteigne ses yeux.

— Pourquoi ne courez-vous pas retrouver votre père pour qu'ils vous reconduisent à New York, là où se trouve votre place ?

— Toi, sifflé-je, mes paroles emplies de poison. Tu es un terrible menteur !

— Pensais-tu vraiment que vous pourriez être au même niveau que les Darling ?

Il m'adresse un regard de pitié.

— Notre famille a un nom, une histoire de richesse et de privilèges, ajoute Devlin en nous regardant. Nous sommes la royauté de cette ville. Vous pensez que parce que vous êtes riches, vous pouvez rivaliser avec des gens comme nous ? Vous n'êtes que de pauvres ordures blanches qui tentent d'agir comme nous.

Colt pousse Dixie dans ma direction en lui jetant à peine un regard. C'est à moi qu'il parle. À notre famille.

— Retournez tous d'où vous venez. Vous n'aurez jamais votre place dans cette ville, ni parmi nous.

— Allons-y, déclaré-je, en gardant la tête baissée.

Je me tourne vers Dixie.

— Allez.

Elle jette un regard pathétique et plein d'espoir en direction de Colt ce qui me brise presque le cœur. Toutefois, j'ai conscience que je dois garder le contrôle en cet instant avant que quelqu'un ne se fasse tuer. Et je sais que c'est ce qui arrivera si j'abandonne mon contrôle, parce que je suis celle qui serait prête à commettre un meurtre.

Preston se place derrière les jumeaux et s'agrippe au coude de Dolly.

— Beau travail, la complimente-t-il en lui souriant. Tu as été une source de distraction incroyable, n'est-ce pas, petite coquine ?

— Dolly est avec nous désormais, déclare Baron en l'agrippant par-derrière.

Je m'immobilise, et je jette un regard à cette fille qui faisait apparemment partie du plan élaboré pour nous détruire, et à mes frères, qui semblent toujours la désirer et qui sont parvenus à la faire changer de camp. Pendant une seconde, personne ne parle. Puis Dolly se redresse.

— J'en ai assez d'être le pion des Darling, annonce-t-elle en regardant fixement Devlin.

Une lueur de surprise traverse son visage, accompagnée par quelque chose d'autre que je ne parviens pas à identifier. Cette fille n'est pas seulement la groupie de Devlin. C'est quelqu'un de si important à ses yeux que toutes les filles qui ont suivi portent son nom. Quelqu'un qu'il a connu toute sa vie, qui pourrait même être son premier amour, son premier baiser, sa première fois…

Cette pensée fait naître quelque chose d'étrange en moi.

— Qu'est-ce que tu dis, Dolly ? lui demande Devlin à voix basse. Tu n'es pas un pion.

— Ah non ? réplique-t-elle pour le défier.

Elle se détourne de lui, de Colt et enfin de Preston, qui se tient toujours contre la balustrade du balcon.

— On pourrait penser le contraire, mais cette fille m'a ouvert les yeux.

Lorsqu'elle pose son regard sur moi, tous les Darling en font de même. Il y a une semaine, il y a un jour, j'aurais hurlé. Mais que peuvent-ils me faire de plus aujourd'hui ?

Ils m'ont eue. Ils m'ont brisée. Je n'ai plus rien à craindre d'eux.

Dolly est lancée, et elle continue. Elle se donne en spectacle, et est magnifique en cet instant.

— La seule différence entre une Darling Doll et une chienne, c'est que vous dites qu'il y a une différence. En réalité, nous sommes toutes pareilles. Nous obéissons toutes à vos ordres. Mais vous savez quoi ? Je ne suis pas une poupée. J'en ai assez d'agir comme tel, d'attendre que vous m'accordiez de l'attention et que vous décidiez de jouer avec moi.

— Bébé, on ne joue pas avec toi, tente de lui assurer Colt.

— J'en ai fini avec tout ça, conclut-elle en menaçant Devlin du doigt. De toi, de tes cousins, de vous tous.

Si elle essaie de le faire tressaillir, elle va devoir faire face à une réalité qui remet tout en question. Il ne cligne même pas des yeux, et se contente de l'observer fixement, son regard étant aussi glacial que celui d'un serpent. Il paraît tout bonnement hermétique à ses paroles.

— Allons-y. Nous en avons terminé ici.

Devlin observe intensément mes frères, sans même

prendre la peine de me jeter un regard lorsque je m'en vais. J'ai du mal à sentir mes jambes, il n'y a que la douleur entre elles qui me rappelle que Devlin m'a soutiré quelque chose que je ne récupérerai plus jamais. Je continue d'attendre que ses paroles se réalisent, que je commence à le haïr. Mais ce n'est pas le cas. Je ne ressens rien mis à part une étrange froideur là où mon cœur devrait se trouver. Ça doit être ce que Devlin ressent à chaque instant.

Son absence de cœur. Son absence d'émotions.

C'est impitoyable.

Je fais courir mes doigts sur la rambarde tout le long de l'escalier sinueux, en essayant de ressentir une sorte de nostalgie envers le moment où j'ai perdu ma virginité. Chaque pas fait naître un sentiment de douleur entre mes jambes, mais je continue d'avancer. Je savoure cette souffrance. La sale et humide sensation du sperme de Devlin qui s'écoule encore de moi, trempant mes vêtements. Je ne jette aucun coup d'œil en arrière, mais je perçois les bruits de pas de mes frères dans les escaliers. Ainsi que l'étalon de Dolly, et le bruit des pieds nus de Dixie qui nous rejoint. Je n'entends pas mes propres pas, je ne les sens même pas. C'est comme si je flottais.

Je ne m'arrête pas avant d'avoir atteint le chemin de gravier. C'est là que la réalité se rappelle à mon bon souvenir. Nous sommes venus ici sans notre voiture. Dolly gémit et se tape le front, en louchant contre le soleil brillant de cette fin de matinée. Dixie ne dit pas un mot. Elle se tient là comme un fantôme, en état de choc.

— Je vais appeler King, déclare Baron en sortant son téléphone.

— Est-ce que tu as vraiment baisé avec Devlin Darling ? me demande Duke en m'étudiant attentivement.

Je comprends dans son regard ce qu'il ne me dit pas.

Comme s'il n'était pas certain de pouvoir tenir le coup, comme s'il était prêt à exploser à tout moment. Comme s'il ne me reconnaissait plus, comme s'il ne pouvait pas comprendre ce que j'ai fait. Comme s'il n'était plus certain de pouvoir m'aimer et me respecter, ou pire, comme s'il pouvait avoir honte de m'appeler sa sœur. Je comprends tout dans son regard, puisque ses sentiments font écho aux miens.

— Est-ce que c'est vraiment important ?

Baron raccroche et se tourne vers nous, le visage pâle. L'effroi naît lentement dans ma poitrine, et pendant une seconde, je suis incapable de respirer.

— Royal, murmuré-je.

— King va venir nous chercher, déclare-t-il en observant la maison derrière moi.

— Qu'est-ce qui ne va pas ?!

Baron se force à croiser mon regard.

— Il n'est jamais rentré à la maison hier soir.

— Peut-être qu'il est rentré avec quelqu'un, hasardé-je, la voix emplie de panique.

Royal est le seul de mes frères qui n'agit pas ainsi. Il ne rentre jamais à la maison avec ses conquêtes.

— King s'est déjà entretenu avec le chauffeur de la limousine, m'apprend Baron. Royal est parti juste après nous, et le chauffeur l'a déposé au bout de notre allée.

— Quoi ?

Je parviens à peine à respirer par-dessus le nœud qui se forme dans ma gorge. Baron jette un coup d'œil vers la maison où se trouvent les Darling, en serrant les dents.

— Le chauffeur a dit que Royal avait rencontré un homme dans notre allée. Il n'a pas vu grand-chose parce qu'il faisait noir, mais il a décrit ce type comme étant grand et blond.

— Preston, murmuré-je.

Était-ce le but de tout cela ? Un leurre ? Une distraction ?

— Le chauffeur est parti pendant qu'ils discutaient, ajoute Baron. Et King dit que Royal n'est jamais rentré à la maison.

— Tu ne penses pas…

Je m'interromps et déglutis fortement, sans jamais finir cette phrase. Je n'ai pas besoin de le faire. Nous pensons tous la même chose. Devlin a dit que c'était personnel, mais il n'a pas la moindre idée d'à quel point ça va le devenir encore plus.

Nous sommes les Dolce, et nous n'avons rien de doux.

Notre sang est plus épais que le chocolat.

Notre famille passe toujours en premier.

Et s'ils s'en prennent à notre famille, les choses vont devenir personnelles.

Parce que s'ils s'en prennent à mes frères, je les traquerai jusqu'au bout du monde pour me venger.

* * *

Cliquez ici pour le tome 2, disponible en ebook et imprimé :
My Book

Offre Bonus

Chapitre bonus : Pour découvrir un chapitre de *Persécute-moi* raconté du point de vue de Devlin, inscrivez-vous à ma news-letter en anglais, *Elite Reader Army*. Ainsi, vous serez les premiers informés de mes nouvelles parutions et dates de parution !

Cliquez ici pour vous inscrire : https://landing.mailerlite.com/webforms/landing/f8o4t0